dtv

Die 46-jährige Mia, ein bisschen pummelig, ein bisschen chaotisch, ist seit sieben Jahren Witwe, arbeitet in einem Büro für Nachlassermittlungen und führt ein recht beschauliches Leben. Das ändert sich prompt, als Mias Lieblingstante Paula bei einer waghalsigen Putzaktion sich das Bein bricht und im Krankenhaus beschließt, fortan in einem Seniorenheim zu leben. Mia soll zusammen mit Paulas Stiefsohn Nick ihr Haus bewohnen. Eigentlich eine gute Idee – wäre Nick nicht seit Kindertagen Mias Erzfeind. Doch damit nicht genug: Mias Wagen wird von dem Vintage-Mercedes des angegrauten Schauspielers Jan Hörnum gerammt, der sich sogleich an Mias Fersen heftet und sich sogar ungefragt bei ihr einquartiert. Währenddessen versucht ihre Freundin Ines, sie zur Vegetarierin zu erziehen, und ihre Kollegin Lea ist über Nacht einem dubiosen buddhistischen Guru verfallen. Mit einem Mal hat Mia also mit Problemen verschiedenster Art zu kämpfen – und Nick offenbart plötzlich ganz andere, überraschende Seiten.

Ursula Schröder, geboren 1957, studierte Englisch und Geschichte in Bonn. Sie veröffentlichte Kurzgeschichten, Sachtexte sowie erfolgreiche Frauenromane und arbeitet als PR-Beraterin in ihrer eigenen »Text & Ideenwerkstatt«. Sie ist verheiratet und hat drei Kinder. Mehr unter www.ursulaschroeder.de

Ursula Schröder

Umzug ins Glück

Roman

Deutscher Taschenbuch Verlag

Von Ursula Schröder sind
im Deutschen Taschenbuch Verlag erschienen:
Schöner wohnen mit Mann (20992)
Wochenlang kein Schönheitsschlaf (21080)
Träum schön weiter (21118)

Ausführliche Informationen über
unsere Autoren und Bücher
finden Sie auf unserer Website
www.dtv.de

FSC
www.fsc.org
MIX
Papier aus verantwortungsvollen Quellen
FSC® C019821

Originalausgabe 2011

Umschlagkonzept: Balk & Brumshagen
Umschlagbild: Victoria Ball
Gesetzt aus der Sabon Antiqua 10/12
Satz: Greiner & Reichel, Köln
Druck und Bindung: Druckerei C.H. Beck, Nördlingen
Gedruckt auf säurefreiem, chlorfrei gebleichtem Papier
Printed in Germany · ISBN 978-3-423-21265-6

1

Ich heiße Mia und ich bin ein Morgenmuffel. Telefonanrufe vor acht Uhr machen mich aggressiv und hektisch, weil sie mich aus meiner knapp geplanten Routine reißen. Und erst recht, wenn sie von Frau Grützbauer kommen, Tante Paulas neugieriger Nachbarin.

»Irgendwas stimmt da drüben nicht«, behauptete sie mit einer weinerlichen, leicht hysterischen Stimme, die meine Laune völlig in den Keller sacken ließ. »Ihre Tante hat weder die Rollläden hochgezogen noch die Zeitung reingeholt.«

»Aber Frau Grützbauer, es ist noch früh«, sagte ich mit mühsam erzwungener Höflichkeit. Warum sollte ein Mensch, der nicht gezwungen war, zur Arbeit zu gehen, freiwillig um sieben Uhr dreiundzwanzig schon auf den Beinen sein? »Vielleicht hatte sie eine schlechte Nacht und schläft einfach etwas länger.«

»Aber Frau Behrendt muss bis sieben Uhr die Mülltonne rausgestellt haben«, fuhr die Grützbauer aufgeregt fort. »Und das hat sie noch nie vergessen.«

Seufzend betrachtete ich mich im Flurspiegel. Jetzt fehlten mir kostbare Minuten für Haare und Make-up. »Gut, Frau Grützbauer, ich rufe sie an.«

»Das hab ich schon versucht. Ich hab auch geklingelt. Sie rührt sich aber nicht.«

Das hätte ich auch nicht getan, wenn ich gewusst hätte,

dass Sie das sind, dachte ich giftig. »Na schön, ich fahre eben bei ihr vorbei.«

»Da bin ich aber beruhigt«, sagte sie. Es klang allerdings eher wie: Das wollte ich aber auch meinen. Missmutig legte ich den Hörer auf, schaltete die Kaffeemaschine wieder ab und nahm eine ungeschmierte Weißbrotscheibe mit ins Bad. Man muss im Leben Prioritäten setzen, und in diesem Fall hatte Schminken den Vorrang vor Frühstücken. Ich wusste schließlich, dass zumindest Heidi Klum mir da bestimmt zustimmen würde.

Auf dem Weg quer durch Bredenscheid fluchte ich innerlich auf Frau Grützbauer, weil sie mir mit ihrer Jammerstimme den Morgen versaut hatte, und auf Tante Paula, die lieber mir ihren Ersatz-Hausschlüssel anvertraute als ihrer Nachbarin. Was verständlich war, aber nicht praktisch.

Ich hatte fest damit gerechnet, dass Tante Paula in der Zwischenzeit die Rollläden hochgezogen, die Zeitung reingeholt und den Mülleimer rausgestellt hätte, sodass ich nach einem beruhigten Blick direkt ins Büro fahren konnte. Aber das war nicht der Fall, und plötzlich beschlich auch mich eine gewisse Sorge. Die Haustür war zweimal abgeschlossen. So wie man das für die Nacht tut. Die Zeitung steckte im Briefschlitz. Ich zog sie heraus und sah bereits, dass im Flur Licht brannte. Obwohl es draußen ja schon hell war.

Nicht gut. Nachdem ich die untere Etage erfolglos abgesucht hatte, lief ich mit beklommenem Gefühl nach oben. Sie ahnen es sicher schon: Ich fand Tante Paula auf dem Vorleger in ihrem Badezimmer unter einem Haufen von Handtüchern.

»Gut, dass du kommst, Mia«, sagte sie mit ungewohnt leiser Stimme.

»Was machst du denn hier?«

Sie verzog das Gesicht. »Ich bin gefallen«, erklärte sie mir. »Und jetzt kann ich nicht mehr aufstehen. Das ist bestimmt ein Oberschenkelhalsbruch.«

Ich registrierte im Badezimmer neben dem üblichen Mobiliar einen umgekippten dreibeinigen Hocker, einen abgebrochenen Handtuchhalter und einen Handfeger, der etwas unmotiviert in der Gegend herumlag, aber es erschien mir jetzt nicht so wichtig zu rekonstruieren, wie das passiert war. Vorrang hatte die Frage, was mit Tante Paula los war. Ich hockte mich neben sie und berührte ihren Arm. Er fühlte sich relativ kühl an. »Wie lange liegst du denn schon hier?«

»Seit gestern Abend. Ich wollte eigentlich ins Bett gehen.« Sie klang sehr jämmerlich, noch schlimmer als Frau Grützbauer, aber sie hatte wenigstens einen Grund.

»Glaubst du, dass du aufstehen kannst, wenn ich dir helfe?«

»Nein!« Jetzt hörte sie sich schon wieder recht energisch an. »Denkst du, ich bin freiwillig hier liegen geblieben? Das tut viel zu weh!«

»Dann rufe ich den Notarzt an.«

Bis ich einen Krankenwagen bestellt hatte und ins Badezimmer zurückkam, hatte sie sich schon diverse Dinge überlegt, die ich bis zum Eintreffen der Sanitäter erledigen sollte. »Erst mal nimm diese Handtücher weg«, befahl sie, »und steck sie sofort unten in die Waschmaschine.«

Das war eine ziemliche Menge, und einige waren noch original gefaltet. Sie hatte sie offensichtlich direkt aus dem Regal neben sich ziehen können. »Alle in die Wäsche?«

»Jawohl!« Tante Paula sah mich ungehalten an. »Ein paar davon sind ... etwas nass. Schließlich konnte ich das

Klo nicht erreichen. Und du musst mir eine neue Unterhose aus dem Schlafzimmer bringen und diese schwarze Jerseyhose. So lasse ich mich jedenfalls nicht abholen.«

»Du willst dich wirklich umziehen?« Mir war klar, dass sie das nur mit meiner Hilfe konnte. Und ehrlich gesagt, war der Gedanke an das Pipi nicht so schlimm wie die Vorstellung, was für eine Verletzung dabei zum Vorschein kommen könnte. Ich weiß, warum ich nicht Krankenschwester geworden bin. »Das macht den Sanis bestimmt gar nichts aus, dass du …«

»Aber mir macht es was aus!«, fauchte sie. »Nun mach schon, bevor die hier sind!«

Es war mühsam, aber machbar. Ich merkte, dass sie große Schmerzen hatte, aber der Ehrgeiz, sich den Sanitätern auf keinen Fall so zu präsentieren, war stärker. Ich ließ sie auf ihren Wunsch auf der Badematte liegen und trug den gesamten Handtuchbestand in den Keller, wobei ich kopfschüttelnd feststellte, dass vermutlich kaum jemand über so viele Badetücher verfügte wie Tante Paula. Aber sie stammte schließlich aus einer Zeit, die auch die »schlechte« genannt wurde, und wie viele ihrer Generation tendierte sie dazu, diese Erfahrung durch das Horten von umso mehr Sachen zu kompensieren. (In diesem Fall ihr Glück, denn so hatte sie wenigstens nicht zu arg frieren müssen.) Es war typisch, dass ich, nachdem ich mühsam die erste, feuchtere Hälfte der Wäsche in die Trommel gestopft hatte, die Wahl zwischen mindestens fünf verschiedenen Waschmitteln hatte.

So lief die Waschmaschine schon, bevor das Klinomobil vor der Tür stand. Tante Paula war angekleidet und verfügte wie gewünscht über ihre Handtasche, das Tagebuch aus ihrer Nachttischschublade und eine mittelgroße Reisetasche mit den notwendigen Utensilien für einen mehrtägigen Krankenhausaufenthalt. Zwei freundliche

Männer hievten sie auf eine Trage und rüsteten sich zum Abstieg.

»Ich schließe noch ab und komme dann nach«, sagte ich.

»Brauchst du nicht«, sagte sie. »Ich war so lange Grüne Dame da, ich kenne doch alle. Die können sich jetzt ruhig mal um mich kümmern.«

Ich muss zugeben, so unangenehm war mir das nicht. Stundenlanges Herumsitzen in Krankenhäusern ist nicht mein Hobby. »Hast du denn alles? Was zu lesen? Deine Brille?«

»Alles in der Handtasche«, versicherte sie mir, während sie die Treppe hinuntergeschaukelt wurde. »Aber du könntest mir noch einen Gefallen tun.«

»Was denn?« Ich war zu allem bereit, weil sie mir das Mitkommen ersparte.

»Im Bad schräg über dem Waschbecken ist oben an der Decke eine dicke Spinnwebe«, sagte Tante Paula. »Die mach doch bitte noch weg. Ich musste mir sie die ganze Nacht ansehen. Das hat mich total verrückt gemacht.«

Nur ansehen? Ich vermutete spontan, dass der Versuch, das Spinnennetz mit Hilfe eines dreibeinigen Hockers und eines Handfegers zu entfernen, der Grund für ihren Unfall gewesen war. Weil sie zu bequem gewesen war, eine Trittleiter oder einen Besen mit langem Stiel zu holen, hätte ich fast eine meiner letzten lebenden Verwandten verloren.

In meiner Familie (mütterlicherseits) wird seit Generationen das Ein-Kind-Prinzip praktiziert, schon viel länger als bei den Chinesen, die aber bekanntlich wenig von der Berücksichtigung des Urheberrechts halten und deswegen so tun, als sei es ihre Idee gewesen. Aber wir waren eher da. Es lässt sich nur schwerer nachverfolgen, weil es sich bei den Einzelkindern meistens um Mädchen handelte und deswegen eine einheitliche Namenskennung nicht vorhanden ist.

Familientreffen sind bei uns eine wirklich überschaubare Angelegenheit. Das (im wahrsten Sinne seit Menschengedenken) letzte Mal, dass einem Elternpaar mehr als ein Kind geboren wurde, war im Jahr 1915, als meine Oma das Licht der Welt erblickte. Wir führen das auf die Wirren des Ersten Weltkriegs zurück, weil meine Urgroßeltern schon 1914 ein überlebensfähiges Mädchen in die Welt gesetzt hatten, Auguste, die Mutter von Tante Paula.

Die beiden Schwestern machten das Beste aus der Situation und standen sich sehr nahe. Sie heirateten beide früh und bekamen 1936 beide innerhalb von einem halben Jahr ein Kind, eben Tante Paula und meine Mutter Annemarie, die ihrerseits wiederum ein Leben lang eine enge Freundschaft pflegten. Auch die markige Blut-und-Boden-Rhetorik des Führers konnte die beiden Schwestern nicht davon überzeugen, weitere Kinder zu kriegen. Bei Tante Guste hing es wohl auch damit zusammen, dass ihr Mann direkt im Jahr 1939 fiel, sozusagen noch bevor der Krieg richtig in Schwung gekommen war. Mein Großvater hielt länger durch. Er starb erst irgendwann in den Fünfzigerjahren. Bei uns hieß es immer: Er war ein Opfer seines Glaubens, und zwar deshalb, weil er im Garten einen Blindgänger entdeckte und glaubte, er könnte ihn selbst entschärfen und das Metall dann weiterverwenden. Er hinterließ ein großes Loch und eine kleine Rente, und meine Oma und meine Mutter lebten fortan allein und in fußläufiger Entfernung von Tante Paula und Tante Guste.

Das ist das zweite Prinzip unserer Familie: relativ frühe und häufig unnatürliche Todesarten, vornehmlich bei den angeheirateten Männern. Besonderen Ruhm erntete in dieser Beziehung mein Urgroßvater, der von einer Kirchenglocke erschlagen wurde. Dabei war er noch nicht mal besonders fromm. Aber immerhin weiß ich durch die in der Familie tradierte Geschichte, dass die Glocke runde 1000 Kilo wog und die Inschrift trug »Die Lebenden ruf ich, die Toten bewein ich«, was ich als Kind sehr schicksalhaft fand, bis ich später erfuhr, dass dieser Text nicht selten auf Glocken zu finden ist.

Meinen Vater – und meine Mutter dazu – erwischte das Schicksal auf der A5 irgendwo hinter Karlsruhe, weil jemand eine Leiter auf der Autobahn verloren hatte. Es bringt meiner Überzeugung nach nicht zwingenderweise Unglück, wenn man unter einer Leiter hergeht, aber wenn man mit hundertsechzig im Dunkeln auf eine drauffährt, dann schon. Ich war zu der Zeit bereits mit Stephan verheiratet, sonst hätte ich vielleicht gar nicht mehr gewagt, das Leben eines mir nahestehenden Mannes durch eine Eheschließung zu gefährden. Auf jeden Fall passte ich eine ganze Zeit lang nach diesem Unfall wie eine Glucke auf ihn und meinen Sohn Magnus auf, bis meine überbehütende Art eine handfeste Ehekrise heraufbeschwor. Mühsam gewöhnte ich mir diese Einstellung wieder ab, was vermutlich unsere Ehe rettete.

Stephan dankte es mir, indem er sich in den Kopf setzte, er könnte die SAT-Schüssel auf unserem Dach selber installieren. Das Installieren war nicht das Problem. Das Problem waren eher die extrem glatten Dachziegel und die Tatsache, dass Stephan nicht angeseilt war. So wurde Magnus mit dreizehn zum Halbwaisen und ich beinahe zur Alkoholikerin.

Wenn nicht Tante Paula gewesen wäre, die sich in dieser Zeit rührend um uns kümmerte. Sie hatte zwar geheiratet, auf das persönliche Kinderkriegen jedoch verzichtet. Immerhin hatte Onkel Rudolf bereits einen Sohn aus erster Ehe, der aber (zum Glück, fand ich zumindest) meistens bei seiner Mutter lebte, bis er erwachsen war.

In der Zeit nach Stephans Tod schickte Tante Paula Onkel Rudolf zur Arbeit oder auf die Jagd und machte es sich zur Aufgabe, Magnus und mich zu betreuen. Ich mochte sie immer schon gern, auch wenn ich es nicht richtig fand, dass sie auf Familienfeiern keine etwa gleichaltrige Kusine vorweisen konnte, mit der ich kichernd die neueste ›Bravo‹ hätte studieren können. Stattdessen hatte sie oft ihren widerlichen Stiefsohn im Schlepp, der zwei Jahre jünger war als ich und mich ärgerte, wo er nur konnte. Aber das war inzwischen verjährt, der schreckliche Nick hatte sich längst irgendwo in Bredenscheid als Architekt niedergelassen und aufgehört, mir Juckpulver in den Pullover zu schütten, und Tante Paula verwendete ihre gesamte Energie darauf, mich behutsam wieder ins Leben zurückzuholen.

Deshalb konnte ich ihr nichts übel nehmen. Nicht die gelegentlichen Versuche, mich mit irgendeinem Sohn von Onkel Rudolfs Jagdgefährten zu verkuppeln, oder ihre extravaganten Vorschläge zur Verschönerung meines Hauses. Ein wenig konnte ich mich revanchieren, als Onkel Rudolf einige Jahre später einem Jagdunfall zum Opfer fiel (nein, er wurde nicht erschossen, sondern stürzte von einem morschen Hochsitz in eine Brombeerhecke, die ihm viele kleine, blutige Kratzer verpasste, und weil er es nicht für nötig hielt, sich danach eine Tetanusspritze geben zu lassen, verstarb er an einer völlig überflüssigen Sepsis). Wir hatten in erster Linie uns beide, und das war deutlich mehr als eine Zweckgemeinschaft, sondern trotz des Altersunterschieds eine echte Freundschaft.

Natürlich war ich nicht nur mit Tante Paula befreundet. Ich hatte nette Nachbarn und einige Kolleginnen, mit denen ich auch außerhalb der Arbeitszeit gern zusammen war. Aber in manchen Fällen ist Blut einfach dicker als Wasser, und deshalb war ich ganz schön besorgt, als ich dem Krankenwagen mit Tante Paula drin hinterherschaute. Sie war erst dreiundsiebzig. Das ist doch noch nicht alt.

2

Nachmittags nach Feierabend sind die Parkplätze am Kreiskrankenhaus in Bredenscheid immer knapp, vor allem wenn man keinen Kleinwagen fährt. Ich hatte schon unter Seufzen in mehreren Parkreihen erfolglos Ausschau gehalten, als ich endlich in der letzten Reihe eine Lücke entdeckte, die auch für einen Opel Omega breit genug war. Eilig setzte ich den Wagen zwischen die Begrenzungslinien und wollte mich gerade eine Sekunde meinem Glücksgefühl darüber hingeben, dass das so problemlos geklappt hatte, als mein Fahrzeug durch einen heftigen Stoß erschüttert wurde. Völlig unerwartet. Was war passiert?

Ich sah mich um und erkannte einen großen silberfarbenen Mercedes ziemlich dicht an meiner rechten Fahrzeugseite. Während ich in meine Parklücke hineingefahren war, hatte der Fahrer offensichtlich zeitgleich versucht auszuparken, den Platz neben sich als leer gespeichert und dementsprechend weit eingeschlagen. Und war so mit dem vorderen Kotflügel in meine Beifahrerseite gekracht.

Das war nicht meine Schuld. In diesem immerhin beruhigenden Bewusstsein stieg ich aus, um den Schaden zu begutachten und mich mit dem Verursacher zu einigen. Ich hatte allerdings nicht damit gerechnet, was das für eine schillernde Erscheinung war.

Der Mann, der dem riesigen, jetzt ziemlich schräg im Weg stehenden Auto entstieg, trug einen cremefarbenen Anzug und Cowboystiefel, hatte langes, graues, wild um den Kopf wallendes Haar und eine dicke Hornbrille mit getönten Gläsern. Vielleicht hatten Letztere seine Sehfähigkeit eingeschränkt? Es war in der Tat kein sonniger Tag.

Statt sich zu entschuldigen, wie ich erwartet hatte, begann er ohne vorhergehende Grußformel damit, mich zu beschimpfen. »Was haben Sie sich denn dabei gedacht? Sehen Sie nicht, dass ich da stehe? Haben Sie Ihre Brille beim Seniorentanztee vergessen?«

Kurzfristig war ich erst mal sprachlos ob dieser Unverschämtheit, aber ich fing mich schnell wieder. »Na hören Sie mal, wenn hier eine Brille das Problem ist, dann ja wohl Ihre! Sie haben mich gerammt, als ich schon in der Parklücke stand!«

»Ja, das glauben Sie!«, behauptete der Kerl. »Sie konnten doch sehen, dass ich den Rückwärtsgang eingelegt hatte, da hätten Sie warten müssen, bis ich rausgefahren bin! Ich werde jedenfalls mein Auto keinen Millimeter bewegen, bis die Polizei hier war und den Schaden aufgenommen hat. Dann lässt sich ja feststellen, wer die Schuld hat.«

Für mich war ziemlich eindeutig, wer hier der Unfallverursacher war. Mein Omega stand so gerade wie selten in der Parklücke, während der Angeberbenz dieses Kerls fast die gesamte Breite der Fahrspur zwischen den beiden Parkreihen versperrte, die vordere Fahrerseite noch verräterisch eindeutig gegen die Seite meines Wagens gedrückt. »Klar, tun Sie das«, sagte ich siegessicher und umrundete sein Schlachtschiff, um mir den Schaden an meinem Auto anzusehen. Eine tiefe Schramme mit silbrigen Spuren begann an der Beifahrertür und endete dort, wo sich die Autos berührten. »Sehen Sie sich das an! Sie haben mir die ganze Seite verschrammt! Das wird teuer!«

Der Mann schüttelte abfällig sein silbergraues Haupt. »Vermutlich würde die Reparatur den Zeitwert dieser Gurke übersteigen«, sagte er. »Das nennt man dann Totalschaden.«

Gurke! Totalschaden! Und das über mein Auto, mit dem Stephan und ich damals in Avignon waren. Mit dem wir eigentlich in die Toskana ... »Und Ihr Auto? Glauben Sie, das ist jünger?«

»Das ist Wientotsch,« behauptete der Mann im Brustton der Überzeugung. Sein Akzent hörte sich norddeutsch an, aber Wientotsch? Gab es das Wort?

»Was soll denn das sein?«

»Das ist ein Oldtimer«, erklärte er herablassend. »Sehen Sie nicht das Kennzeichen? Das H am Ende? Das bekommen nur Fahrzeuge im Originalzustand, die dreißig Jahre und älter sind. Deshalb wird das eine aufwändige Reparatur, das kann ich Ihnen versprechen.«

Ich wäre beeindruckt oder zumindest immer noch verwirrt gewesen, wäre da nicht dieser provokante letzte Satz gewesen, der wieder meine berechtigte Wut über den Seniorentanztee aufleben ließ. »Das ist nicht mein Problem. Ich hoffe, Sie haben eine Vollkaskoversicherung. Melden Sie es der. Und überhaupt, ich möchte gern Ihren Führerschein sehen.«

»Wozu denn das?« Jetzt sah er ziemlich skeptisch aus.

»Damit ich weiß, wer Sie sind«, fauchte ich.

»Sie wissen nicht, wer ich bin?«

»Bin ich Hellseherin? Nun machen Sie schon!«, schimpfte ich. »Oder haben Sie etwa keinen Führerschein mehr?«

»Natürlich habe ich einen Führerschein«, belehrte mich der Kerl mit einer Hochnäsigkeit, die mich immer aggressiver machte. Er zog sein Portemonnaie aus der Hosentasche und fischte einen grauen Lappen heraus, der ihn – deutlich jünger, aber trotz Elvis-Tolle eindeutig erkennbar – als Günter Mäderle identifizierte. Ich schrieb mir den Namen zusammen mit dem Kennzeichen seines Oldtimers (das wichtige H eingeschlossen) auf die Rückseite eines Kassenzettels, der mir als erstes Stück Papier in meiner Handtasche in die Hände fiel.

»So, jetzt brauche ich noch Ihre Adresse, damit meine Versicherung sich mit Ihrer in Verbindung setzen kann.«

»Erst mal rufen wir die Polizei«, plusterte er sich auf. Er hatte immer noch nicht kapiert, dass er im Unrecht war. »Na los, rufen Sie an.«

»Ich?«, schrie ich empört. »Wieso denn ich?«

»Von mir aus tu ich es«, sagte er. »Geben Sie mir Ihr Handy.«

»Warum nehmen Sie nicht Ihres?«

»Ich habe keins bei mir.«

Dagegen war schwer etwas zu sagen. Und wenn ich endlich die Sache vom Tisch haben wollte, sah es so aus, als müsste ich wirklich die Polizei dazuholen. Seufzend grub ich mein altes Nokia aus. Es war leicht zu finden, doppelt so groß und dreimal so schwer wie zum Beispiel das von Magnus.

Dass mein Unfallgegner kein eigenes Handy hatte, hielt ihn nicht davon ab, über meins zu spotten. »So eine Antiquität! Warum haben Sie nicht direkt eine Telefonzelle dabei? Oder eine Trommel?«

Ehrlich gesagt hatte ich schon selbst über den Austausch des Geräts nachgedacht, zumal Magnus es mir immer wieder nahelegte. Mit meinem Handy konnte man weder fotografieren noch im Internet surfen, aber eigentlich will ich mit einem Mobiltelefon auch nur telefonieren. Und ich trenne mich ungern von Dingen, an die ich mich gewöhnt habe. Aber als ich jetzt feststellte, dass der Akku mal wieder schlappgemacht hatte, tendierte ich doch zu der Neuanschaffung. Nur im Augenblick nützte mir das nichts. Ich musste diesem unsäglichen Herrn Mäderle eingestehen, dass man mit meinem Telefon zurzeit nichts anfangen konnte.

»Zünden Sie es einfach an, dann können Sie wenigstens Rauchzeichen damit geben«, maulte er.

»Sie sind doch derjenige, der die Polizei rufen will«, sagte ich bockig. »Ich muss jetzt ins Krankenhaus, einen Besuch machen. Fahren Sie einfach nach Hause und rufen Sie Ihre Agentur an, dann werden die das schon regeln.«

Er sah etwas überrascht aus. »Was hat denn meine Agentur damit zu tun?«, fragte er. »Außerdem fahre ich nirgendwohin, bevor die Polizei hier war. Und Sie bleiben auch da, sonst ist das Unfallflucht.«

»So ein Blödsinn«, knurrte ich. Ich fand einen weiteren Kassenbon und schrieb meine Adresse auf. »Hier, das muss jetzt reichen. Ich muss ins Krankenhaus zu meiner Tante.«

»Dann komme ich mit«, beschloss er und ging neben mir her. »Ein Telefon finden.« Das war offensichtlich seine fixe Idee.

Ich warf ihm einen zweifelnden Blick zu. »Wollen Sie nicht wenigstens Ihr Auto aus dem Weg setzen?«

»Das bleibt genau so stehen, bis die Polizei kommt«, beharrte er und wich nicht von meiner Seite, obwohl ich jetzt sehr schnell ging.

Nicht mein Problem. Ich musste jetzt zu Tante Paula, und dieser Typ würde ja wohl nicht so dreist sein, bis ins Krankenzimmer hinter mir herzulaufen.

Dachte ich. »Hast du noch einen Arzt mitgebracht?«, fragte Paula überrascht, als der cremeweiße Cowboy hinter mir in ihr Zimmer kam.

»Das ist Herr Mäderle«, versuchte ich zu erklären. »Er hat gerade ...«

»Das ist Jan Hörnum«, unterbrach mich Paula mit kugelrunden Augen. »Wo kommt der denn her?«

»Guten Abend, gnädige Frau«, sagte der Mensch mit der multiplen Persönlichkeit und küsste ihr formvollendet die Hand. »Wie geht es Ihnen?«

Paulas Blick wurde immer hingebungsvoller. »Den Umständen entsprechend«, erwiderte sie sanft. »Ich hatte einen Unfall, wissen Sie. Oberschenkelfraktur.«

»Wir hatten auch einen Unfall«, versuchte ich zu erklären, aber mir hörte keiner zu. Noch nicht mal die andere Frau, die in dem Bett am Fenster lag. Sie starrte ebenso hingerissen auf den Mann wie Tante Paula.

»Wie unangenehm«, sagte der mit einem Tonfall, der zu seinem cremefarbenen Anzug passte. Genauso butterweich und schmierig. »Aber hier sind Sie in besten Händen. Das kann ich Ihnen versichern.«

»Sind Sie denn auch Patient hier?«, wollte die Frau am Fenster wissen, worauf sich der Kerl auch ihr widmete.

»Ich nicht«, erklärte er. »Aber ich kenne einen der Professoren.«

Paula seufzte andächtig. »Ich fasse es nicht«, sagte sie. »Jan Hörnum! An meinem Bett! Warum konnte das nicht zwanzig Jahre früher passieren?«

Weil da Onkel Rudolf an deinem Bett gestanden hätte, dachte ich.

Herr Mäderle alias Jan Hörnum (verflixt, warum kam mir der Name bekannt vor?) hatte eine andere Erklärung bereit. »Gnädige Frau, da wäre ich doch wegen Verführung Minderjähriger verhaftet worden!«

Während sich in mir bei diesem Geschleime alles wand, kicherte sie verschämt. »Sie sind so ein Charmeur, Herr Hörnum!«

»Nennen Sie mich Jan«, bat er und zog den einzigen Stuhl im Zimmer zu sich heran. Mit elegantem Schwung nahm er in der Mitte zwischen beiden Betten Platz. Zähneknirschend holte ich mir den Hocker aus dem Bad und setzte mich auf Tante Paulas andere Bettseite, natürlich völlig ignoriert von ihr und allen anderen. Ich kam mir vor wie ein Kindergartenkind.

»Ich habe alle Ihre Filme gesehen«, versicherte Tante Paula nun. Und mir dämmerte langsam, was das für eine Erscheinung war. Auch meine Mutter hatte früher keine Fernsehsendung verpasst, in der ein Schwank aus dem Nordlicht-Theater vorgeführt wurde. Und besagter Jan Hörnum hatte damals den jugendlichen Liebhaber gegeben. Damals waren seine Haare noch nicht so grau gewesen und er hatte keine Brille gehabt, aber der norddeutsche Tonfall ... dieser seelenvolle Blick ... diese künstliche Bräune ...

»›Sturmflut vor Helgoland‹ hat mir am besten gefallen«, sagte die Bettnachbarin, ebenfalls eine Dame in den Siebzigern, mit leicht violetter Tönung in der zurzeit etwas zerdrückten Frisur. »Oder ›Heimweh nach Husum‹, das war auch wunderbar.«

»Und dann diese Serie ›Asthmaklinik Norderney‹«, ergänzte Paula. »Sie waren einfach großartig als Chefarzt Doktor Knudsen.«

»Tja, das waren noch Zeiten ...«, sagte Jan Hörnum mit einer gewissen Melancholie.

»Sagen Sie«, fragte die Bettnachbarin, »was ist denn eigentlich aus Svantje van Wiek geworden?« Das war, wie ich mich erinnern konnte, damals seine regelmäßige Partnerin gewesen, so ähnlich wie Rock Hudson und Doris Day, nur irgendwie maritimer, wenn Sie wissen, was ich meine.

Jan Hörnum nahm einen noch melancholischeren Gesichtsausdruck an. »Eine traurige Geschichte«, seufzte er. »Die arme Svantje lebt schon seit Jahren in einem Seniorenheim in Emden und kennt niemanden mehr. Noch nicht mal mich.« Und das wollte offensichtlich was heißen, so wie die beiden Frauen ihn vergötterten.

»Nein!«, rief die Bettnachbarin erschüttert. »Das ist bestimmt diese Altersheimer-Krankheit oder wie das heißt. Ach nein. Wie tragisch.«

Einen Moment schüttelten wir alle bewegt die Köpfe darüber, wie schade es ist, wenn aus Prominenz Demenz wird. Dann wurde mir so langsam wieder bewusst, warum ich eigentlich hier war. Ich saß schließlich auf der Seite, von der aus man Tante Paulas bandagiertes Bein sehen konnte.

»Was ist denn nun mit dir?«, fragte ich in die elegische Stille hinein. »Also kein Oberschenkelhalsbruch?«

»Nein, nein«, sagte sie hastig, und ich spürte, dass sie jetzt nicht über solche Altersbeschwerden reden wollte.

»Welcher Arzt hat dich denn behandelt?«, bohrte ich weiter. »Soll ich mal mit dem reden?«

»Nicht nötig«, versetzte sie. »Die sagen dir sowieso nichts. Dürfen die gar nicht. Außerdem hat Nick schon mit dem Arzt gesprochen.«

»Nick war hier?«

»Natürlich. Er ist kurz vor Mittag gekommen, da hat er den Doktor Werner gleich nach der Visite gesehen. Der hatte ihn schon angerufen, die kennen sich irgendwoher.«

Autsch. Ich musste zugeben, dass das schmerzte. Ich als letzte Blutsverwandte musste hier untätig auf einem unbequemen Hocker sitzen und bekam von den Ärzten keine Auskünfte, während Nick, der doch nur ihr Stiefsohn war, vermutlich von Mann zu Mann mit dem Doktor geplaudert hatte. Dabei war ich es schließlich gewesen, die Paula gefunden und den Notarzt gerufen hatte, ich würde in den nächsten Wochen ihre Blumen gießen und ihre Mülltonne rausstellen und was sonst noch an lästigen Pflichten anstand!

Während Jan Hörnum, inzwischen deutlich warmgelaufen, die beiden kranken Damen mit Geschichten über seinen Gastauftritt auf dem ›Traumschiff‹ unterhielt, begann ich mich mehr und mehr zu bemitleiden. Dieser Tag war von Anfang bis Ende blöd gelaufen. Tante Paula war immerhin gut versorgt und hatte sozusagen als Entschädigung noch Besuch von dem Mann ihrer Träume, und ich hatte ein kaputtes Auto, durfte Spinnweben von der Wand fegen, war von diesem Gespräch so gut wie ausgeschlossen, und außerdem tat mir noch der Fuß weh, an dem ich das Hühnerauge hatte. Damit haderte ich sozusagen doppelt, weil ein Hühnerauge in meinem Alter definitiv noch nicht angesagt war. Mit sechsundvierzig war man zu jung für Gesundheitsschuhe, da mussten es einfach noch Pumps mit Absatz sein. Fand ich. Meine Füße waren leider anderer Meinung.

Was mich wiederum daran erinnerte, dass ich schon eine Dreiviertelstunde hier war und nicht ewig bleiben konnte. »Paula, ich muss los«, sagte ich und stand auf. Der Hocker machte ein unangenehmes Geräusch auf dem Krankenhauslinoleum. »Ich komme morgen wieder. Soll ich dir irgendwas mitbringen?«

»Allerdings«, sagte sie. »Ich brauche den Süßstoff, in der Küche im Schrank rechts vom Herd. Dann schau mal im Kleiderschrank im Gästezimmer, zweite Schublade unten, da müsste in einer Tüte so ein blaues Bettjäckchen sein. Wenn du das nicht findest, bring mir die Strickjacke mit, die …«

Ich konnte nur hoffen, dass mein Gedächtnis mit ihrem Redeschwall mithalten konnte. Meine Zettel hatte ich ja schon alle verbraucht, aber zur Not musste ich Tante Paula eben morgen noch mal anrufen, bevor ich fuhr. Das musste man ihr lassen: Bei dem ganzen Zeug, das sie in ihrem Haus hatte, wusste sie so ungefähr von jedem Teil, wo es sich befand. Im Gegensatz zu mir, die ich öfter mal gezwungen war, größere Suchaktionen zu starten. Nicht nur einmal hatte ich dabei Dinge wiedergefunden, die ich gar nicht mehr in meinem Besitz vermutet hatte.

Nachdem Paula ihre Liste abgespult hatte, war ich quasi für heute entlassen. »Dann fahr doch nach Hause und ruh dich aus«, sagte sie. »Du machst so einen erschöpften Eindruck.«

Kein Wunder, ich lag schließlich nicht hochherrschaftlich in einem Krankenbett, sondern hatte bereits einen Arbeitstag hinter mir und zu allem Überfluss noch das Problem, mich mit einem uneinsichtigen Unfallverursacher herumschlagen zu müssen.

»Tja, ich muss euch leider auch den Herrn Hörnum entführen«, sagte ich, was die beiden Damen offensichtlich sehr traurig machte. Und den Herrn Hörnum gleich mit. »Zu schade«, sagte er bedauernd. »Ich hätte gern noch weiter mit Ihnen geplaudert. Aber Sie können sich freuen, denn Sie haben doch einen Fernseher hier, und heute Abend kommt ›Amrum Ahoi‹ im Nordfernsehen. Mit dem Shantychor Greetsiel, glaube ich.«

Tante Paula griff sofort nach der Liste mit den Sendern, um sicherzugehen, dass sie das Nordfernsehen auch finden würde, und ich zog mit ihrem Idol im Schlepptau von dannen. Ich hätte ihn eigentlich gern dagelassen, aber ich befürchtete, dass er erst mal sein Auto wegsetzen musste, damit ich vom Parkplatz kam.

Natürlich fing er im Foyer gleich wieder mit seinem Thema »Polizei anrufen« an und brachte mich sogar dazu, ihm einen Euro zu geben, damit er den Münzfernsprecher benutzen konnte. Mir fiel auf, dass der norddeutsche Tonfall im Verlauf des Gesprächs immer intensiver wurde. Außerdem verlief es offenbar nicht so, wie er sich das vorgestellt hatte.

»Was soll das heißen, Sie waren schon da? Wer hat Sie denn bestellt? Was meinen Sie mit abgeschleppt? Wo kann ich den Wagen denn abholen?« Er gestikulierte wild in meine Richtung, aber ich konnte ihm auch nicht helfen. »Wieso heute gar nicht mehr? Das kann doch wohl nicht sein! Ich brauche das Auto! Heute! Gibt es denn keine Möglichkeit ...«

Als ich ihn so beobachtete, kämpften zwei Empfindungen in mir. Eine Stimme sagte: Geschieht diesem Lackaffen recht, er muss einfach mal begreifen, dass er nicht überall der große Star ist. Ich hatte gleich geahnt, dass man nicht einfach ein Auto mitten auf dem Parkplatz stehen lassen kann, schließlich wollen die anderen Leute ja auch rausfahren, nicht nur ich. Aber als ich sein betroffenes Gesicht sah, nachdem er begriffen hatte, dass er sein Auto heute nicht mehr auslösen konnte, tat er mir schon fast ein bisschen leid.

Ziemlich ratlos hing er den Hörer ein. »Die sagen, es ist jetzt nach sechs, da ist keiner mehr auf dem Gelände. Was mach ich denn jetzt?«

Ich konnte es mir nicht verkneifen. »Das hätten Sie sich vielleicht eher überlegen müssen, wenn Sie ihre Karre so einfach im Weg stehen lassen.«

Sofort wurde er wieder zum arroganten Arschloch. »Klar, typisch Frau, muss immer noch darauf rumhacken.«

»Ich kann dann ja gehen«, sagte ich zuckersüß. »Rufen Sie sich ein Taxi, lassen Sie sich in ein Hotel bringen, und morgen früh kriegen Sie dann Ihr Auto wieder und können zurück an die Waterkant fahren. Moin, moin, wie der Norddeutsche sagt.«

»Aber ich hab alles in meinem Auto«, gestand er, »meine Kreditkarten, mein Gepäck ...«

»Pech für Sie.«

»Und meine Medikamente ...«

Verflixt. Hätte er doch nicht die Medikamente erwähnt. Schließlich war er heute hier im Krankenhaus gewesen. Im Augenblick sah er auch recht mitgenommen aus. Ich konnte ihn nicht einfach seinem Schicksal überlassen, zumal Tante Paula mich lynchen würde, wenn sie das mitkriegte. Wenn er morgen wegen der fehlenden Medizin im Koma lag, wäre das meine Schuld ...

»Also gut«, seufzte ich, »dann kommen Sie mit. Ich nehm Sie mit nach Hause, Sie können bei mir übernachten, und mein Nachbar ist Apotheker, mit dem können wir gleich sprechen.«

»Vielen Dank«, sagte er, wieder ganz manierlich, »ich wusste doch, dass Sie ein gutes Herz haben.«

»Wer weiß«, brummte ich. »Vielleicht ist es auch nur eine weiche Birne.«

Wovon ich kurze Zeit später schon wieder überzeugt war. Nicht nur, weil sich der eingebildete Herr Mäderle darüber mokierte, weshalb ich so eilig nach Hause musste und nicht bereit war, unterwegs noch an diversen Geschäften vorbeizufahren, wo er sich behelfsmäßig ausstatten wollte. Ein bisschen Bares hatte er offensichtlich doch bei sich.

Ich versicherte ihm, dass ich eine Zahnbürste für ihn hätte, aber jetzt zuhause einen Termin wahrnehmen müsste.

»Fußpflege? Sie muten mir zu, in meiner Unterwäsche zu schlafen, weil Sie eine Fußpflegerin bestellt haben?«

»Von mir aus können Sie einen Schlafanzug von meinem Sohn haben«, fauchte ich. »Aber wenn meine Podologin mich gleich nicht antrifft, dann kriege ich so schnell keinen Ersatztermin. Und ehrlich gesagt, mir reicht schon die Schramme an meinem Auto. Ich habe keine Lust, Ihretwegen auch noch wochenlang mit einem Hühnerauge rumzulaufen.«

Er knurrte etwas, das wie »zoologisches Wunder – Zicke mit Hühneraugen« klang, aber er war nicht bereit, es zu wiederholen, weil wir gerade an einer Kreuzung halten mussten und er vermutlich befürchtete, ich würde ihn aus dem Auto werfen. Schweigend fuhren wir zu mir nach Hause, wo wir zeitgleich mit der Fußpflegerin ankamen, die zu jung war, um den berühmten Jan Hörnum zu erkennen. Ich zeigte ihm kurz, wo sich Gästezimmer, Bad, Küche und Fernseher befanden, schnappte mir das schnurlose Telefon und überließ mich erst mal den kundigen Händen von Frau Mertens.

Während sie meine Fersenhornhaut reduzierte, rief ich meinen Nachbarn Klaus an. Er war noch in der Apotheke und ganz Ohr, als ich ihm mein Anliegen schilderte.

»Du hast Jan Hörnum bei dir zu Gast? Er übernachtet freiwillig in deinem Gästezimmer?«

Das klang, als sei mein Gästezimmer eine Guantanamo-Zelle. »Ganz freiwillig vielleicht nicht, aber ich hab ihn auch nicht als Geisel genommen. Können wir gleich noch vorbeikommen wegen der Medikamente, die er braucht?«

»Im Prinzip ja«, sagte Klaus. »Aber wenn Romy hört, dass ich Jan Hörnum bedient hab, ohne dass sie ihn zu sehen gekriegt hat, dann könnte das das Ende unserer Ehe sein. Also kommen wir lieber gleich eben rüber und klären das bei dir. Ich bringe auch eine Flasche Wein mit.«

Das klang nicht schlecht, zumal ich dann nicht gezwungen war, den Abend mit diesem Blödmann allein zu verbringen. Überhaupt verstand ich jetzt schon nicht mehr, wie ich dazu gekommen war, ihn zu mir einzuladen. Normalerweise tu ich so was nicht. Es musste damit zusammenhängen, dass ich mich in Tante Paulas Krankenzimmer so überflüssig gefühlt hatte. So hatte ich wenigstens mal aktiv was getan. Mehr oder weniger entspannt steckte ich meine Füße in das Fußbad, das Frau Mertens für mich bereitet hatte, und versuchte die nächste Dreiviertelstunde an etwas anderes zu denken.

Klaus und Romy hatten es so eilig gehabt, dass ich sie schon mit Jan Hörnum zusammen im Wohnzimmer antraf, nachdem ich Frau Mertens bezahlt und verabschiedet hatte. Klaus hatte bereits den Wein geöffnet und in meine guten Kristallgläser verteilt. Im Fernsehen lief ›Amrum Ahoi‹, sodass ich mich nur leise auf einen meiner Sessel setzen durfte, während der Shantychor Greetsiel ein markiges Medley von Seemannsliedern zum Besten gab. Klaus reichte mir großmütig ein Glas rüber.

Nachdem Amrum mit dem Abspann im Nebel verschwunden war und Jan Hörnum für Romy in Ermangelung einer Autogrammkarte ihr vorsorglich mitgebrachtes Gästebuch signiert hatte (das ich noch nie gesehen hatte und in dem bislang nur zwei Einträge aus dem Jahr 1995 standen), brachte ich das Gespräch auf das eigentliche Anliegen.

»Klaus und Romy haben eine Apotheke«, erklärte ich.

»Wir können Ihnen bestimmt helfen«, setzte Klaus hinzu.

Jan Hörnum zog die Stirn in Falten. »Helfen?«

»Wegen Ihrer Medikamente«, sagte ich. »In Ihrem Auto. An die Sie nicht drankommen.«

»Ach die«, sagte er mit einem Kopfschütteln. »Das ist nicht so wichtig.«

»Oh, das sollten Sie nicht sagen«, meinte Romy besorgt. »Die meisten Komplikationen entstehen deshalb, weil die Patienten ihre Mittel nicht regelmäßig und wie verordnet einnehmen. Zum Beispiel bei Antibiotika.«

»Nein, Antibiotika sind es nicht«, sagte Jan Hörnum vage.

Aber Apotheker sind nun mal Menschen, die es genau nehmen. »Nun sagen Sie schon, was für Medikamente Sie in Ihrem Wagen hatten«, drängte Klaus.

Jan Hörnum rutschte ein wenig auf dem Sofa herum und schaute in keine spezielle Richtung. »Och ... zum Beispiel Paracetamol.«

Klaus und Romy sahen sich an. Ich sprang dagegen beinahe an die Decke. »Paracetamol? Sie wollen sagen, dass Sie dieses ganze Drama wegen ein paar Kopfschmerztabletten inszeniert haben?«

Jetzt schaute er entrüstet. »Ich hab kein Drama inszeniert! Ich hab nur gesagt, dass ich Medikamente im Auto hab, und das war nicht gelogen.«

»Aber Sie haben so getan, als ob ...« Ich schnappte empört nach Luft. »Als ob Sie die dringend brauchen!«

»Hab ich nicht!«, protestierte er. »Wenn Sie das gleich glauben, dann ist das Ihr Problem.«

Ich knirschte wütend mit den Zähnen. Das Schlimmste war, dass er irgendwie recht hatte. Ich hatte in das eine Wort eine ganze Geschichte hineininterpretiert, weil ich mal auf dem Flughafen mitbekommen hatte, wie jemand wegen stundenlanger Verspätung einen Zuckerschock erlitten hatte. Das war in der Tat mein Problem. Und der Problemverursacher saß mit selbstgerechter Miene auf dem Sofa, flankiert von Klaus und Romy, die sich noch nicht so ganz im Klaren darüber waren, wie sie sich jetzt verhalten sollten.

»Sollen wir denn rasch in die Apotheke fahren und ein paar Tabletten holen?«, fragte Romy. Schließlich tat man ja alles für einen Star, der einem gerade das Gästebuch signiert hatte. Das war eine Story, die bestimmt nicht jeder im Golfclub aufweisen konnte.

»Das fehlte noch«, drohte ich. »Eine Kopfschmerztablette habe ich zur Not auch noch.«

»Aber du nimmst doch immer Ibuprofen«, wandte Romy ein.

»Die helfen auch gegen Kopfschmerzen. Sofern man überhaupt welche hat.«

Jan Hörnum sah aus wie ein Friedensapostel, als er erklärte, er hätte keine Kopfschmerzen, er brauchte keine Tabletten, aber er hätte ziemlichen Hunger, ob jemand etwas dagegen hätte, wenn wir Pizza bestellen würden?

»Die Pizza vom Pizzataxi ist scheußlich«, erklärte Klaus, und so landeten wir um kurz nach neun noch im Waldstübchen, wo niemand Jan Hörnum erkannte. Wider besseres Wissen bestellte ich mir eins der Schnitzelgerichte, für die das Waldstübchen bekannt ist.

Natürlich war mir klar, dass ich so ein köstliches Schnitzel nicht zur Hälfte zurückgehen lassen würde, und als ich schließlich Romy und Klaus nach Hause geschickt, Jan Hörnum ins Gästezimmer komplimentiert und mich selbst ins Bett gelegt hatte, konnte ich nicht einschlafen. Ich hatte zu viel gegessen und mich zu viel geärgert. Ich machte mir Sorgen um meine immer üppiger werdende Figur, um Tante Paula, mein kaputtes Auto, darüber, wie ich morgen meinen Übernachtungsgast pünktlich am Parkplatz des Abschleppunternehmens abliefern konnte, und weil ich gerade so im Fluss mit Sorgen machen war, auch noch über Magnus' Seminararbeit und die Frage, ob ich aus Kostengründen jetzt im Frühjahr noch mal Heizöl bestellen sollte oder ob es wohl besser war, das erst im Herbst zu tun. Es war ein Wunder, dass ich überhaupt noch einschlafen konnte.

3

Als ich am nächsten Morgen aufstand, war Jan Hörnum bereits fort. Ob er beschlossen hatte, zu seinem Auto zu wandern, oder ob er sich ein Taxi gerufen hatte, war nicht zu erkennen. Aber er hatte offensichtlich die Zeitung studiert, sich einen Kaffee gemacht, ohne danach die Maschine wieder auszustellen, hatte seine Zahnbürste strategisch sichtbar in den Mülleimer geworfen und war weg.

Nun ja. So ging es auch. Dadurch hatte ich deutlich mehr Ruhe, mich für die Arbeit fertig zu machen und zu frühstücken. Ich rief noch rasch bei Paula an, die aber um diese Zeit genauso wenig gesprächig ist wie ich, und machte mich dann auf den Weg.

Im Büro platzte ich gerade in die Diskussion über die Frage, ob Ravioli ein vegetarisches Gericht seien.

»Natürlich nicht«, sagte Lea. »Da ist doch ganz eindeutig Fleisch drin.« Sie trug heute eine seltsame bräunlich-rote Leinenbluse (vielleicht waren sie durch die Farbe überhaupt auf das Thema Ravioli gekommen?), die ihr weder von Farbton noch Schnitt her besonders gut stand. Ich fragte mich, wer von uns wohl die Aufgabe übernehmen könnte, ihr das möglichst taktvoll zu sagen, aber bis auf mich selbst kam ich auf niemanden.

»Also in den Ravioli, die ich für meine Kinder manchmal mache, ist so gut wie keins drin«, behauptete Doris.

»Eigentlich sollten die auf die Dose schreiben: ›Kann Spuren von Fleisch enthalten.‹ Insofern kann man das ruhig zu den vegetarischen Gerichten rechnen.«

Ich schlängelte mich an ihnen vorbei (okay, bei meinem Umfang passt das Schlängeln nicht mehr so recht, aber ›ich riesenschlangte mich vorbei‹ hab ich noch nie gehört), um meinen Schreibtisch zu erreichen und den Computer einzuschalten. Wieso überhaupt jemand freiwillig Ravioli essen konnte, erschloss sich mir eh nicht, deswegen hielt ich diese Diskussion eher für müßig. Und ich hatte wahrlich genug andere Dinge, die mir durch den Kopf gingen. Wieso war Jan Hörnum heute früh so sang- und klanglos abgehauen? Wie lange musste Paula im Krankenhaus bleiben – und was würde dann mit ihr passieren? Denn auch wenn es sich nur um eine Oberschenkelfraktur und nicht um einen Oberschenkelhalsbruch handelte, würde sie eine Weile nicht wirklich mobil sein, und das war schwierig für jemanden, der allein in einem Haus mit zwei Etagen lebte.

»Es reicht schon, wenn die Füllung mit Rinderbrühe zubereitet wurde«, behauptete jetzt Lea. »Echte Vegetarier lehnen das ab.«

»Echte Vegetarier haben einen an der Waffel«, bemerkte Horst, der gerade auf seine Einzelzelle zusteuerte. Er kann so was sagen, zum einen weil er der Chef ist, zum anderen weil er aus Erfahrung spricht. Er hat nämlich selber einen an der Waffel. Wobei er natürlich auch frühkindlich geschädigt ist. Ich meine, was sind das für Eltern, die ihren Sohn Horst nennen, wenn sie bereits mit Nachnamen Adler heißen? Vermutlich musste er sich dieses arrogante bis chauvinistische Getue, mit dem er uns alle nervt, schon als Sechsjähriger zulegen, um in der Grundschule zu überleben. Auf jeden Fall sind wir froh, dass er meistens in diesem winzigen Chefbüro sitzt und deshalb nur selten seine unqualifizierten Kommentare zu unseren Gesprächen abgibt.

Doris wartete ab, bis sich die Tür hinter ihm geschlossen hatte, und rief ihm dann halblaut nach: »Selber Vegetarier!«

»Das stimmt aber!« Jetzt mischte sich auch noch unsere Auszubildende Mandy ein. »Ich kenne eine Frau, die isst noch nicht mal Wurst.« Sie dachte einen Moment nach und setzte dann hinzu: »Und zu McDonald's geht sie auch nicht.«

»Das tun auch Leute, die keine Vegetarier sind«, sagte Lea. »Das spricht eher für ihren guten Geschmack.«

»Guten Geschmack hat die aber nicht«, erklärte Mandy. »Die hört Volksmusik. Wildecker Herzbuben und so. Und Freddy Quinn.«

»Der lebt noch?«, fragte Lea ungläubig.

»Selbst wenn er tot ist, kann man ihn noch hören«, sagte Doris. »Dafür gibt's Platten und so.«

»Wenn man möchte«, schränkte Lea ein. »Aber wer möchte das?«

Sofort fiel mir wieder dieser verrückte Jan Hörnum ein, mit seinem hellen Anzug und dem dramatisch wallenden Haupthaar. Wenn ich den anwesenden Damen jetzt erzählte, dass er bei mir übernachtet hatte, würde ich den Bürobetrieb vermutlich für die nächste Stunde lahmlegen.

Das durfte natürlich nicht sein, denn Zeit ist Geld. Unser Büro hat sich auf Nachlassermittlungen spezialisiert, was vielen Leuten sehr mysteriös erscheint. Sie denken dabei an Detektive, die sich in unauffälligen Trenchcoats in Hauseingängen herumdrücken, um Verdächtige zu beschatten. Dabei findet der größte Teil der Arbeit entweder im Internet oder per Post statt, weil es mehrheitlich darum geht, Angehörige im Ausland zu ermitteln oder

Leute aufzuspüren, die nach Familienstreitigkeiten nicht mehr auffindbar sind.

Nun bin ich nicht diejenige, die stundenlang Mikrofilme sichten oder alte Archive durchforsten muss. Meine Arbeit besteht eher darin, die umfangreiche Korrespondenz zu erledigen. Vermutlich wird man, wenn ich mal tot bin, meine Ohren vergleichen und feststellen, dass eins größer ist als das andere, weil ich dort immer den Knopf des Diktaphons getragen habe. Deshalb achte ich bei meiner Frisur auch immer darauf, dass sie die Ohren bedeckt, aber das interessiert vermutlich niemanden. Interessant sind eher die Ergebnisse, die Mitarbeiter wie Lea und Doris produzieren, um irgendwelchen ahnungslosen Erben zu einem Vermögen zu verhelfen, wenn sie sich nicht gerade mit solchen nutzlosen Themen wie Ravioli beschäftigen.

»Wieso interessierst du dich eigentlich für vegetarisches Essen?«, fragte ich Lea. »Erst neulich hast du mir noch das Rezept für dieses asiatische Hähnchengericht gegeben. Das war übrigens lecker, auch wenn ich kein Zitronengras gekriegt habe.«

»Ich bin dabei umzudenken«, belehrte sie mich. Das gequälte Gesicht von Doris war ein Hinweis darauf, dass sie das heute nicht zum ersten Mal referierte. »Ich bin ja schon eine Weile auf der Suche, das ist mir aber jetzt erst klar geworden, nachdem ich die Schriften des Bodhisattva Monasanga kennengelernt habe.«

Body was? Ich wagte nicht nachzufragen. Brauchte ich auch nicht, denn Lea war schon mitten im Thema. Sie erzählte von Sachen wie großen Fahrzeugen und achtfachen Pfaden, von gutem und schlechtem Karma, das über unsere Wiedergeburt entscheidet, und dass das Elend der Welt durch die Gier verursacht wird, die es durch tugendhaftes Leben zu überwinden gilt.

»Bist du denn eher am Theravada interessiert oder am Mahayana?«, fragte ich sie, und ich sah aus dem Augenwinkel, wie Doris' Hand über ihrer Computertastatur abrupt innehielt.

Leas Augen wurden kreisrund. »Verfolgst du auch den achtfachen Pfad?«

»Nein, aber ich hab eine Freundin, die Buddhistin ist.« Wobei das schon recht intensiv war, denn glauben Sie mir, Begriffe wie ›Theravada‹ merken Sie sich nicht beim ersten Hören. Auch wenn sie wie Zahnpasta klingen. Oder vielleicht gerade deshalb.

Leas Gesichtsausdruck signalisierte Begeisterung. »Weißt du, zu welchem spirituellen Zentrum sie geht?«

»Keine Ahnung«, sagte ich. »Aber ich kann sie ja mal fragen.«

»Ach ja, bitte. Wenn sie auch der Lehre von Bodhisattva Monasanga folgt, das wäre einfach vollkommen.«

Doris drehte sich noch einmal zu uns um. »Sag mal, Lea, warum wirst du nicht einfach katholisch? Da kannst du essen und anziehen, was du willst, und diese komplizierten Namen musst du auch nicht lernen.«

»Ich war katholisch«, sagte Lea mit Nachdruck. »Und es hat mir überhaupt nichts gebracht.«

»Wenn hier etwas was bringen soll«, sagte Horst Adler, der uns alle durch seine plötzliche Anwesenheit zusammenfahren ließ, »dann ist es ja wohl konzentrierte Arbeit. Haben Sie schon irgendwas im Fall Engelhardt erreicht?«

»Noch nicht«, sagte Lea zerknirscht und schlich in Richtung ihres Büros.

Horst sah ihr irritiert nach. »Über was für merkwürdige Themen unterhalten Sie sich eigentlich hier?«

»Wir sprachen über Seelenwanderung«, behauptete Doris unerschrocken. »Und so lautlos wie Sie sich anschleichen, waren Sie wohl in einem früheren Leben eine Fledermaus, Herr Adler.«

»Ich war ein Vampir«, entgegnete er und bleckte seine Zähne. Allerdings erinnerte er mich so eher an ein Pferd als an einen Vampir. »Glauben Sie denn an Seelenwanderung?«

»Ich nicht«, sagte Doris. »Mir reicht schon, wenn ich einmal auf der Erde bin. Aber Lea interessiert sich neuerdings für fernöstliche Weisheiten.«

»Alles Schnickschnack«, sagte Horst Adler abfällig. »Dieses Rumsitzen und ›Omm‹-Singen führt doch nur zu Passivität und Phlegma. Ich glaube, dass man für sein Glück aktiv etwas tun muss.«

»Zum Beispiel?«, fragte ich. Seinen Beitrag fand ich seit langer Zeit zum ersten Mal beachtenswert.

»Man muss ein Ziel vor Augen haben«, sagte er. »Und wenn man dieses Ziel kennt, dann wird man auch die Wegzeichen erkennen, die einen dorthin bringen.« Um das zu unterstreichen, reckte er selbstbewusst sein Kinn nach oben. »Allerdings finde ich, dass dieses ganze Getue um Religion und so was nur von diesem Ziel ablenkt und es verschleiert.«

»Interessant«, murmelte ich, leicht unsicher, wie ich darauf reagieren sollte. Auch wenn ich kein eifriger Kirchgänger bin, wollte ich ihm nicht in der Ansicht zustimmen, dass Religion nur Getue war.

»Und unser Ziel«, fuhr er fort, »ist die Verfolgung von Nachlassangelegenheiten. Also zur Sache, meine Damen.«

Sein Ziel war offensichtlich die Toilette. Doris rollte mit den Augen. »Wenn das mit der Wiedergeburt stimmt«, sagte sie, »dann wünsche ich mir, dass er im nächsten Leben ein Käfer ist. Und ich will die Kuh sein, die ihm auf den Kopf kackt.«

Nach der Arbeit fuhr ich direkt zu Paulas Haus und suchte die Dinge zusammen, die sie hatte haben wollen. Eigentlich ist das Haus nicht besonders groß – im Erdgeschoss die Küche, Wohnzimmer, Esszimmer, ein Gästebad und Onkel Rudolfs Arbeitszimmer, das Paula sich nach seinem Tod als Hobbyraum eingerichtet hatte. In der oberen Etage dann drei Zimmer und das Badezimmer, in dem sie ihren Unfall hatte. Aber weil jeder Zentimeter des Hauses mit Sachen vollgestopft war, fühlte sich so ein Besuch an wie eine Dschungelexpedition.

Als Kind schon hatte mich diese Ansammlung von Gegenständen fasziniert. Tante Paula hatte ein Faible für das Basteln und Handarbeiten, das ich in gewissem Maße von ihr abgeguckt habe. Dazu gehört leider auch der tief verwurzelte Verdacht, dass man fast alle Sachen noch für irgendwas gebrauchen kann. Während meine Mutter leere Klorollen oder Streichholzschachteln mit einem gewissen Widerwillen und nur deshalb über einen längeren Zeitraum hortete, weil die Tanten im Kindergarten oder später die Kunstlehrerin das angeordnet hatten, ließen sich bei Tante Paula die tollsten Dinge zum Basteln entdecken, und sie war auch immer bereit zu Experimenten: Ob man die Kugeln aus leeren Deorollern noch zu irgendwas verwenden konnte. Was passierte, wenn man mit vielen Nähgarnfäden häkelte. Oder ob man Kastanien am Einschrumpeln hindern konnte, wenn man sie mit klarem Nagellack versiegelte. Im Zweifelsfall ließ ich meine Mutter mit solchen Dingen in Ruhe und ging direkt zu Tante Paula, die auch meistens ein offenes Ohr und viele hübsche, brauchbare Kleinigkeiten für mich hatte. Schwierig war es nur, wenn Nick da war, weil er dazu neigte, unsere Bastelaktionen zu sabotieren.

Erst später begann ich, Tante Paulas Sammelwut mit mehr Skepsis zu betrachten. Vielleicht weil ich durch die stetigen Auseinandersetzungen mit Stephan, der von uns beiden der Wegschmeißer war, dafür sensibilisiert war. Und weil sogar mir, die ich für mindestens zehn Pullover Wolle im Keller verwahrte, sich die Notwendigkeit für eine Tüte leerer Papprollen nicht mehr erschloss, zumal es weit und breit kein Kindergartenkind mehr gab, für das sie die sammeln musste.

Zum Glück hatte Paula genau angegeben, wo sich die Sachen, die sie brauchte, befanden, sonst hätte ich niemals alles gefunden. Mit dem Gewünschten ausgerüstet fuhr ich ins Krankenhaus, in der Hoffnung, Paula dieses Mal allein anzutreffen, damit ich mal in Ruhe mit ihr reden konnte. Aber leider hatte ihre violett getönte Nachbarin ebenfalls Besuch – den Ehemann, der ungefähr so farblos wirkte wie seine beigefarbene Windjacke, und die Tochter, eine geschwätzige Frau mit schwarz gefärbten Haaren, die unentwegt von irgendwelchen Belanglosigkeiten redete. Ihr einziger Pluspunkt war, dass sie mich um mindestens zwei Konfektionsgrößen übertrumpfte. Ich fühle mich immer etwas besser, wenn ich nicht die dickste Person im Raum bin. Aber die Art, wie sie das Zimmer mit ihrer lauten Stimme ausfüllte, war nervtötend.

Und nicht nur das. An Paulas Bett saß auch Nick, seit vierzig Jahren mein ärgster Konkurrent um ihre Gunst. Unglaublich, dass ich ihm schon so lange aus dem Weg zu gehen versuchte, auch wenn das nicht immer möglich war. Bei jeder Familienfeier war er anwesend, so als wollte er mir zu verstehen geben, dass er rein rechtlich die nähere Position zu Tante Paula hatte, obwohl ich eher da gewesen war. Selbst wenn er das konkrete Piesacken mit Blasrohren, Furzkissen und ähnlichen Scherzartikeln längst aufgegeben hatte, fühlte ich mich in seiner Anwesenheit immer etwas unsicher, sogar wenn er wie jetzt sofort aufstand und mir mit tadellosen Umgangsformen seinen Stuhl anbot.

»Bleib doch sitzen«, sagte ich abwehrend. »Ich muss erst mal die Sachen verstauen.« Ich leerte meine Tüte in Paulas Schrank und ihr Nachtschränkchen aus. »Möchtest du das Bettjäckchen gleich anziehen?«

Während sie sich noch in das Jäckchen wurschtelte, kam die Visite, und wir mussten das Zimmer verlassen. Blasser Vater und dicke Tochter stürzten sich sofort auf die Sitzgruppe am Ende des Korridors, sodass Nick und ich etwas hilflos voreinander im Flur standen.

»Wie geht es dir?«, fragte er freundlich. »Ich hab dich lange nicht gesehen.« Früher war er kleiner als ich gewesen und hatte lange blonde Locken gehabt. Inzwischen überragte er mich, und seine Haare waren maximal einen Zentimeter lang. Aber in seinen Augen erkannte ich immer noch das Funkeln, das mich seit jeher verunsicherte.

»Das ist ja nicht weiter schlimm«, sagte ich schroffer als nötig. »Es hat sich nicht viel geändert in meinem Leben.«

»Ich weiß nicht«, meinte er grinsend. »Paula hat mir gerade erzählt, dass du gestern mit Jan Hörnum hier aufgetaucht bist. Das klang wie eine kleine Sensation.«

Ich zuckte mit den Schultern. »Das ist auch nur so ein abgewrackter Dorfschauspieler«, behauptete ich. »Ich hätte ihn nicht mal erkannt.«

Das Funkeln verstärkte sich. »Ach nee«, meinte er. »Und wo hast du den aufgelesen?«

»Erst ist er mir auf dem Parkplatz ins Auto gerasselt, und dann hat er mich verfolgt.«

Nick schmunzelte. »Na, so was. Das muss doch ein tolles Gefühl für dich sein.«

»Wenn mir jemand in mein Auto fährt und dann behauptet, es wäre meine Schuld gewesen? Nein, vielen Dank.«

Er hatte inzwischen viele Lachfältchen, wenn er so grinste wie jetzt. Ich nutzte die Gelegenheit, ihn gründlich zu mustern, von den kurz geschnittenen Haaren, die ihn fast glatzköpfig aussehen ließen, weil er so blond war, über Rollkragenpullover, Lederjacke und Jeans bis zu den klassischen schwarzen Schuhen. Er hatte viel von Onkel Rudolf – die breiten Schultern, den schwindenden Haaransatz, die langen Beine – aber er hatte sich noch nicht den Bauch zugelegt, den sein Vater mit zunehmendem Alter vor sich hertrug. Ich fand das unfair. Seit Magnus' Geburt kämpfte ich mit meinem Gewicht, und inzwischen hatte ich mich beinahe damit abgefunden, dass ich im besten Fall in Größe Zweiundvierzig passte (aber nur, wenn das Teil großzügig geschnitten war). Stephan hatte zwar versucht, mich bei meinen Diäten moralisch zu unterstützen, aber genutzt hatte es wenig. Und Nick hätte vermutlich immer noch die Klamotten anziehen können, die er sich als Student gekauft hatte.

Jetzt wurde er wieder ernst. »Hast du dir seine Versicherungsdaten geben lassen?«

»Ich habe mir seine Adresse und sein Autokennzeichen aufgeschrieben.«

Er sah aus, als ob er mit dieser Information unzufrieden sei. »Na, hoffentlich hat er dir keinen Bären aufgebunden. Wenn du Schwierigkeiten kriegen solltest, sag mir Bescheid. Mein Freund Torben ist Fachanwalt für Verkehrsrecht.«

Na klar. Nick hatte Freunde in allen wichtigen Positionen: Chefärzte, Anwälte, möglicherweise auch Kriminalkommissare und Regierungsdirektoren. Immer bereit, ihm einen Gefallen zu tun.

Ich beschloss, über meinen Schatten zu springen und

ihn das zu fragen, was mich interessierte. »Offensichtlich ist Tante Paulas Arzt ja auch dein Freund. Was hat denn der gesagt?«

Seine Miene verfinsterte sich. »Tja, das ist so eine Sache. Sie hat nur diesen Bruch, das ist für die Leute hier etwas ziemlich Banales. Deswegen werden die sie voraussichtlich schon nächste Woche nach Hause schicken.«

»Aber was machen wir denn dann?«, fragte ich ratlos. Ich konnte mir nicht vorstellen, wie sie allein mit Krücken in ihrem Haus zurechtkam. Schon mit dem Mülleimer, dessen Bewegungen Frau Grützbauer so akribisch überprüfte, würde sie sich wirklich was einfallen lassen müssen.

Nick schüttelte grimmig den Kopf. »Keine Ahnung. Ich vermute mal, du hast auch keine Lust, deinen Jahresurlaub zu nehmen, um sie die nächsten Wochen zu versorgen?«

»Eher nicht«, sagte ich zögerlich. So lieb ich Paula hatte, mein Jahresurlaub oder zumindest der größere Teil davon war eigentlich für eine Reise nach Spanien vorgesehen. Den Rest wollte ich über das Jahr verteilen, um meinen Garten im Griff zu behalten. Und als Krankenpflegerin sah ich mich, wie schon gesagt, gar nicht. »Weiß sie das schon?«

»Ich war gerade dabei, mit ihr darüber zu sprechen«, erklärte er. »Ich hab schon überlegt, ob ich sie zu mir hole, aber da sind noch mehr Stufen, und ein Gästezimmer gibt es auch nicht.«

Mir wurde klar, dass ich keine Ahnung hatte, wie er wohnte. Soweit ich wusste, hatte er irgendwo in einem Vorort von Bredenscheid eine Eigentumswohnung. »Dann müsste sie wohl zu mir«, sagte ich unglücklich. »Ich könnte das Esszimmer umräumen und ein Bett …«

»Mia«, unterbrach mich Nick mit einem Kopfschütteln, »das ist doch keine Lösung für mehrere Wochen. Wir müssen mal herausfinden, was es für Möglichkeiten gibt, eine Pflegerin für diese Zeit einzustellen.«

So sind Männer. Sie sind ziemlich schnell bereit, ihr eigenes Engagement zu reduzieren und stattdessen jemand anderen zu beschäftigen. Obwohl ich zugeben musste, dass mich seine Bereitschaft, Tante Paula zu sich zu holen, schon gerührt hatte. Aber während ich noch alle Möglichkeiten meines Hauses durchdachte, hatte er schon wieder die Karte »Lösungen zukaufen« gezogen.

»Glaubst du nicht, dass das ziemlich teuer wird?«

Er zuckte mit den Achseln. »Erstens hat Paula Vermögen. Zweitens gibt es eine Pflegeversicherung, für die man genau aus diesem Grund Beiträge bezahlt, oder nicht? Ich werde mal mit meinem Freund Harro sprechen.«

Wie praktisch, noch ein Freund für Spezialaufgaben. »Wer ist das? Der Geschäftsführer der AOK?«

Nick runzelte die Stirn. »Wie kommst du denn darauf? Nein, Harro ist auch Architekt. Aber er hat schon einiges hinter sich mit seinen Eltern, deswegen kennt er sich aus. Der hat inzwischen alles durch, vom Zivildienstleistenden über ambulante Pflege bis zu diversen Altersheimen.«

Okay, das entging einem also, wenn man seine Eltern rechtzeitig verlor. Stephans Eltern lebten zwar noch, aber weit genug entfernt in Duisburg-Rheinhausen, von wo sie mir zum Geburtstag eine Karte schrieben und ansonsten in den Zuständigkeitsbereich ihrer Tochter Anke fielen. Während wir jetzt notgedrungen zurück zu Tante Paula gehen und ihr unsere Gedanken bezüglich ihres weiteren Wohlergehens unterbreiten mussten.

Den Hauptteil davon übernahm Nick. Er schilderte ihr unter Einbeziehung architektonischen Fachvokabulars, dass wir uns Sorgen darum machten, wie sie nach der Entlassung klarkommen würde, dass wir es aber als höchst schwierig empfänden, sie in unseren jeweiligen Wohnungen aufzunehmen. »Deswegen fragen wir uns, ob es nicht jemanden gibt, der sich vielleicht in den nächsten Wochen um dich kümmern könnte? Eine Nachbarin vielleicht?«

Bisher hatte Paula uns schweigend zugehört. Jetzt kam sie uns fast entgegengesprungen. »Ihr denkt doch wohl jetzt nicht an die bekloppte Grützbauer?«

Wir zuckten erschrocken zurück. »Immerhin ist sie diejenige, die mich angerufen hat, als du deinen Unfall hattest«, gab ich zu bedenken.

Paula rollte wild mit den Augen. »Sie ist diejenige, die immer ihren Müll in meine Tonne stopft, damit sie sich eine kleinere nehmen kann, die billiger ist«, erklärte sie. »Nee, die Grützbauer kommt mir nicht ins Haus.«

»Muss ja auch nicht«, sagte Nick beschwichtigend. »Vielleicht fällt dir noch jemand ein, der kein Interesse an deiner Mülltonne hat. Denk einfach mal weiter darüber nach, ja? Wir wollen doch nur, dass du gut aufgehoben bist, bis du wieder Marathon laufen kannst.«

Er musste nur ein paar solcher weichgespülten Sprüche machen, schon war sie wieder ganz zahm. Sie tätschelte seine Hand. »Das weiß ich doch. Ihr beiden meint es gut mit mir. Ich muss mich einfach damit abfinden, dass ich eine alte Frau geworden bin.«

»Unsinn!« Nick schüttelte tadelnd den Kopf. »Mit dreiundsiebzig ist man noch keine alte Frau. Du schon gar nicht. Du steckst uns noch alle in den Sack und wieder raus.«

Man sah ihr geradezu an, wie sie in diesen verbalen Streicheleinheiten schwelgte. Wenn sie nicht von Nick gekommen wären, hätte ich das richtig bewundert, aber bei ihm vermutete ich immer, dass er das ganz gezielt tat, um sich im Vergleich zu mir in ein besseres Licht zu rücken.

Was ihm in diesem Fall perfekt gelang. »Meinst du wirklich?«, fragte sie, um noch eine Zugabe zu bekommen.

»Na klar!«, sagte Nick. »Du bist auf jeden Fall noch nicht zu alt, um deine eigenen Entscheidungen zu treffen. Denk darüber nach, wie du es haben willst, und dann sagst du es uns. Ein paar Tage Zeit hast du ja noch.«

Zum Glück streckte sie nun auch die Hand nach mir aus, bevor ich wirklich eifersüchtig werden konnte. »Ich bin so ein Glückspilz, dass ich euch habe«, verkündete sie uns. Die violette Bettnachbarin, blasser Vater und dicke Tochter durften andächtig zusehen, wie sie sekundenlang sehr bewegt unsere Hände drückte. Und dann nötigte sie uns zu gehen, damit sie die Wiederholung von ›Amrum Ahoi‹ sehen konnte. »Ich bin gestern so richtig auf den Geschmack gekommen«, sagte sie. »Schade, dass Jan Hörnum nicht dabei war. Aber er sagte gestern, dass er vielleicht in einer der nächsten Folgen einen Auftritt hat.«

Na klar, dachte ich. Und dann wird er Tatort-Kommissar. Aber weil ich Tante Paula nicht verletzen wollte, ließ ich ihr ihre Promi-Schwärmerei und zog mit Nick von dannen.

4

Ich hatte Ines für diesen Abend eingeladen, und die zu beköstigen ist nicht so einfach. Zum Glück gab es in dem großen Supermarkt hinter der Klinik fair gehandelte Bananen und andere politisch korrekte Lebensmittel. Mit einer mittelgroßen Tüte auf dem Beifahrersitz erreichte ich schließlich mein Haus – und musste nach Luft schnappen, denn vor der Einfahrt parkte ein riesiger silbriger Wagen mit dem zusätzlichen »H« auf dem Nummernschild. Der Vintage-Mercedes.

Und ich hatte gedacht, ich würde diesen Reeperbahn-Cowboy nie mehr wiedersehen. Mit etwas unklarer Stimmungslage betrat ich mein Haus und merkte sofort, dass er sich darin befand. Aus dem Radio im Wohnzimmer erscholl eine Art von Musik, die ich normalerweise nicht höre, und zwar ziemlich laut, weil sie sich gegen die Dunstabzugshaube in der Küche durchsetzen musste. Ich fühlte mich spontan an Mandys Beschreibung der Vegetarierin erinnert, die außer den Wildecker Herzbuben Freddy Quinn so liebte.

Vor Herd und Dunstabzugshaube stand Jan Hörnum, ganz klischeegerecht in einem blau-weiß gestreiften Friesenkittel, und briet etwas, das ziemlich zischte. Wegen der intensiven Geräuschkulisse hatte er mich nicht kommen gehört und zuckte heftig zusammen, als ich ihm laut entgegenrief: »Was machen Sie hier?«

»Ich koche«, sagte er. »Und zwar echten Hamburger Pannfisch.«

Gut, er hatte eine klare Frage klar beantwortet. Eigentlich ging es eher darum, wieso er noch hier war, wie er ins Haus gekommen war und was ihn dazu bewogen hatte, hier das Kochen anzufangen. Die mittlere der Fragen beantwortete er bereitwillig. »Ich habe heute früh Ihren Zweitschlüssel mitgenommen. Der hing ganz sichtbar hier am Bord. Wenn Sie mich fragen, ist es ziemlich leichtsinnig, auf einen Schlüsselanhänger ›Haustür Hegelstraße 5‹ draufzuschreiben. Stellen Sie sich vor, den findet mal ein Krimineller!«

Das Argument war nicht von der Hand zu weisen, was meine Laune nicht stabilisierte. »Ich dachte, Sie wollten wieder zurück in den Norden?« Ich hatte noch nicht mal die Spur einer Ahnung, wo genau er wohnte.

»Noch nicht direkt«, beschied er mich gelassen, während er etwas in die Pfanne gab, das wie Fischstücke aussah. »Ich würde gern noch ein, zwei Tage bleiben.«

Irgendwas lief hier falsch. Seit wann war mein Haus ein Hotel? »Und da denken Sie, Sie können hier wohnen bleiben?«, fragte ich kritisch und sah mich um. Es war schwierig, in meiner sonst so aufgeräumten Küche noch eine freie Fläche zu finden, auf der ich meine Einkaufstüte abstellen konnte.

Ich kannte bisher keine Norddeutschen, aber offensichtlich sind sie an Sturheit kaum zu überbieten. Wenn man von Jan Hörnum ausging, prallt alles an ihnen ab wie Wellen an einer Kaimauer. »Sie haben gesagt, ich kann in ihrem Gästezimmer übernachten«, sagte er und wendete die Fischstücke gewissenhaft. »Sie haben nicht gesagt, dass Sie es ab heute jemand anderem versprochen haben. Also relaxen Sie mal. Ich koche ja auch, um mich dafür zu revanchieren.«

»Aha«, sagte ich, ansonsten sprachlos. Und glauben Sie mir, das passiert mir nicht oft. Irgendwie musste ich erst mal meine Kräfte sammeln, um mich wieder gegen diese Überrumpelung wehren zu können.

»Sie könnten schon mal die Kartoffeln pellen«, schlug er vor und wies auf meinen großen Kochtopf, der mitten in der Spüle stand.

Ich lüftete vorsichtig den Deckel, und tatsächlich schwamm da mindestens ein Kilo Kartoffeln in ziemlich heißem Wasser. »Haben Sie die noch nicht abgeschreckt?«

»Nö, das können Sie grad machen«, entschied er und schichtete den gebratenen Fisch auf einen Teller. Auf einen Teller von meinem guten Goldrandgeschirr, das nur von Hand gespült werden darf. Ich knirschte innerlich mit den Zähnen. Aber bevor ich mich endgültig auf eine Auseinandersetzung mit Jan Hörnum einließ, beschloss ich erst mal die Kartoffeln abzugießen und kalt abzuspülen, sonst würde das Pellen eine elende Quälerei werden. »Am besten schneiden Sie sie gleich in Scheiben«, setzte er hinzu.

Erwartete er, dass ich salutierte und »Aye, aye, Käpt'n!« rief? Ich ließ die Kartoffeln in ein großes Sieb gleiten. Es waren wirklich eine Menge. »Warum diese Riesenportion?«, wollte ich wissen, während ich die erste Knolle in Angriff nahm.

»Na, ich habe Ihre Freunde zum Essen eingeladen«, erwiderte er. »Romy war so nett, mich heute früh zu diesem Platz zu fahren, damit ich mein Auto wieder zurückbekomme, und als kleines Dankeschön koche ich jetzt für uns vier.«

Ah, das erklärte zumindest, warum er nicht von mir erwartet hatte, ihn zu chauffieren. Das mussten die beiden gestern Abend ausgeheckt haben, als ich eine Weile mit Klaus über die richtige Zeit zum Bäumebeschneiden diskutiert hatte. Das hätten sie mir ja mal sagen können. Immerhin hatte ich auch eigene Pläne und Termine.

»Kochen Sie lieber für fünf«, sagte ich bissig. »Ich bekomme nämlich heute noch Besuch.«

»Von einem Herrn?«, wollte er wissen. »Dieses Gericht ist nur für vier Personen berechnet.«

Das ging ihn eigentlich gar nichts an. »Nein, von meiner Freundin«, zischte ich. »Und die ist Vegetarierin. Die wird Ihren Fisch nicht essen. Die isst überhaupt nichts Tierisches.«

Auch das focht ihn nicht an. »Wenn wir ihr eine Kartoffel verwahren«, überlegte er, »glauben Sie, die wird sie mit Butter essen?«

»Höchstens mit Margarine«, sagte ich frostig. »Zum Glück habe ich auch noch eingekauft. Vielleicht können Sie mal Wasser für die Artischocken aufsetzen.«

»Das geht jetzt nicht. Und danach kriegen Sie es nicht mehr hin, bis der Pannfisch fertig ist«, warnte Jan Hörnum mich. »Außerdem hat Ihr Sohn angerufen, Sie sollen ihn zurückrufen.«

»Und das sagen Sie mir erst jetzt?« Empört ließ ich die nächste Kartoffel zurück ins Sieb fallen.

»Keine Panik. Er sagt, er ist bis halb neun zuhause.«

Es war wohl besser, wenn ich sofort die Küche verließ, statt mit der Pellkartoffelgabel auf Jan Hörnum einzustechen. Ich nahm das Telefon von der Station und verkroch mich in mein Zimmer.

Magnus war guter Dinge. »Was hast du dir denn da für einen Käpt'n Blaubär an Land gezogen?«, fragte er lachend. »Ich dachte, ich fass es nicht. Ich ruf zuhause an und ein fremder Mann hebt ab. Das hat es noch nie gegeben.«

Da hatte er recht. »Das wird es hoffentlich auch nicht

wieder geben«, sagte ich und klagte ihm mein Leid. Aber natürlich sieht ein zwanzigjähriger Student die Dinge anders. Für ihn war es vermutlich normal, dass Leute ganz spontan bei anderen übernachten und auch ihren Aufenthalt ungefragt verlängern.

»Und er kocht für dich?«, fragte er. »Was gibt es denn Gutes?«

»Hamburger Pannfisch. Sagt Jan Hörnum.«

»Huh«, machte er. »Klingt fast wie Helgoländer Heringstorte mit Schlickflundern.« Man merkte, er hatte seinen Moers verinnerlicht. Jahrelang hatten wir die Kassetten auf jeder Autofahrt in Dauerschleife gehört. »Kommt Hein Blöd auch?«

»Romy und Klaus kommen. Und Ines.«

Das erheiterte ihn zusätzlich. »Tja, dazu kann man eher die drei Bärchen sagen. Oder zwei Doktorfische und eine Seegurke, um mal im weitesten Sinne nautisch zu bleiben. Das hört sich an, als könnte es ein sehr lustiger Abend werden.«

»Das bleibt abzuwarten. Warum hast du überhaupt angerufen?«

»Na, um zu hören, wie es Tante Paula geht.«

Das rührte mich wieder. Mein Sohn mag schnodderig und manchmal auch sehr unkonventionell sein – ich konnte nur hoffen, dass die Löcher von Nasen- und Augenbrauenpiercings wieder zuwuchsen, bis aus einem widerspenstigen Gymnasiasten ein seriöser Diplomingenieur geworden war. Aber er hatte viel Familiensinn und eine warmherzige Grundstruktur, selbst wenn er die manchmal mit Dutzenden von ruppigen Sprüchen zu kaschieren versuchte.

Ich setzte ihn ausführlich ins Bild und informierte mich anschließend über den Stand seiner Studien. Wobei er da etwas allgemein blieb, aber das kannte ich schon.

Vermutlich traute er seiner alten Mutter, die nie studiert hatte, nicht so recht zu, den Unterschied zwischen Vorlesung und Seminar zu durchschauen. Aber solange er sich regelmäßig meldete, wollte ich nicht meckern.

Unten war inzwischen Romy eingetroffen und deckte gerade im Esszimmer den Tisch. Ich glaube, ihr war völlig klar, dass ich Jan Hörnums eigenmächtige Aufenthaltsverlängerung nicht aus vollem Herzen begrüßte. Mit einem Gesicht, aus dem das schlechte Gewissen sprach, erklärte sie mir, sie hätte ihn natürlich auch zu sich einladen können, aber zurzeit schlafe sie selbst in ihrem Gästezimmer, weil Klaus immer so schnarche und sie selbst häufig mit Hitzewellen zu tun habe, und überhaupt …

»Warum hast du mir nicht gesagt, dass du mit ihm das Auto abholen fährst?« Ich war noch nicht so ganz ausgeglichen, auch wenn mich das Gespräch mit Magnus etwas beruhigt hatte.

»Ich dachte, er sagt es dir!«, verteidigte sie sich. »Du hast ihm doch auch den Schlüssel gegeben …« Sie brach ab, als sie meinen Gesichtsausdruck sah und richtig interpretierte. »Oh. Hast du nicht.«

Eigentlich konnte ich es ihr nicht nachtragen. Sie war genau wie ich ein Opfer von Jan Hörnums Art, die Welt als seine persönliche Requisitenkammer zu sehen. Außerdem hatte sie schon Hitzewellen, und wir waren doch beinahe gleichaltrig, wobei mir sechsundvierzig als reichlich früh für Hitzewellen vorkam. Vielleicht lag es an Klaus. Er hatte manchmal eine Art, bei der ich mir vorstellen konnte, schneller zu altern.

Jetzt kam er besorgt zu uns ins Esszimmer und fragte: »Sagt mal, was kocht der da eigentlich? Das ganze Haus stinkt nach Fisch.«

»Helgoländer Heringstorte«, zitierte ich Magnus. Oder besser gesagt Käpt'n Blaubär. »Mit Schlickflundern.«

Als Ehepaar ohne Kinder hatten Romy und Klaus nie Berührung mit Käpt'n Blaubär gehabt. Deshalb nahmen sie das ernst. »Oje. Hoffentlich gibt es noch eine leckere Beilage.«

Ich erinnerte mich an eine Einladung vor vielen Jahren bei Stephans Chef, bei der es als »kleinen Imbiss« einen Gorgonzola-Auflauf gab. Sonst nichts. Alle lobten ihn sehr, bis auf mich. Ich hasse Gorgonzola. Insofern war das ein sehr diätischer Abend für mich.

Dann erinnerte ich mich außerdem daran, dass ich Ines eingeladen hatte. Die hätte zwar vielleicht den Gorgonzola gegessen, aber der Pannfisch ohne eine vegetarische Alternative käme beinahe einer Kriegserklärung gleich. »Ich geh mal in die Küche und sehe, was ich tun kann.«

Die Lage in der Küche hatte sich, was das Platzangebot anging, nicht verbessert. Jan Hörnum hatte inzwischen mehrere Pfannen auf dem Herd in Arbeit, außerdem stand dort meine größte Auflaufform, in die er abwechselnd Kartoffelscheiben und Fisch schichtete.

»Sagen Sie, gibt es dazu auch Gemüse?«, fragte ich argwöhnisch.

»Nein, wieso?«

Vermutlich erwarten nur Spießer die klassische Kombination von Fleisch (beziehungsweise Fisch), Gemüse und einer Sättigungsbeilage. Aber vielleicht war es manchmal besser, ein Spießer zu sein. Seufzend erkundete ich die Lage. Es war definitiv zu spät, um meine Artischocken zu kochen, und für die Herstellung der dazu dringend erforderlichen Bearnaise hatte ich sowieso weder den Platz noch die nötigen Gerätschaften zur Verfügung.

Immerhin hatte ich eine große Auswahl von Gemüse mitgebracht, das sich auch als Rohkost eignete. Unter großem Protest des Kochs räumte ich einen Teil des Tisches frei und begann, Kohlrabi, Paprika, Gurken, Möhren und Tomaten in Scheiben und Streifen zu schneiden. Ich hatte gerade noch Zeit, eine Fertigpackung Kräuterquark mit einigen Gewürzen zu verfeinern. Dann klingelte es und Ines kam.

»Was ist denn bei dir los?«, fragte sie leicht irritiert. »Hier stinkt es wie auf der Kirmes am Fischbrötchenstand.« Sie hing ihre Designer-Jacke auf und bemerkte, dass die Garderobe schon ziemlich voll war. Sonst hängen dort nur mein jeweiliger guter Mantel, meine Alltagsjacke und der alte Lodenmantel von Stephan, den ich immer anziehe, wenn ich bei Regen in den Garten muss. Jetzt waren auch noch Romys Steppjacke, das Sakko von Klaus und zwei Jacken von Jan Hörnum hinzugekommen, sodass langsam die Bügel ausgingen. Ich runzelte kritisch die Stirn. Meine Nachbarn hatte ich ja gern da. Aber dieser Mensch machte sich eindeutig zu breit in meinem Leben.

»Es gab eine relativ kurzfristige Programmänderung«, teilte ich ihr mit, während ich sie zu Romy und Klaus ins Esszimmer führte. Aus dem Augenwinkel bekam ich gerade noch mit, wie Jan Hörnum von der Küche in Richtung Kellertür schritt. Das beunruhigte mich ein wenig. Was hatte er denn dort vor?

Ines hatte es offensichtlich auch registriert. »Sag mal, plant ihr eine Überraschungsparty?«, fragte sie verwundert. »Hat Lotte etwa einen runden Geburtstag?«

Lotte ist meine Nachbarin zur Linken, während Romy und Klaus rechts wohnen. Aber mit Lotte und Elmar habe ich deutlich weniger zu tun als mit Apothekers. »Wie kommst du denn darauf?«

»Na, die ist doch so ein Waterkant-Fan. Und gerade ist dahinten ein Jan-Hörnum-Imitator rumgeschlichen und hat sich im Keller versteckt bis zu seinem Auftritt. Ich weiß, du wolltest das verhindern, aber ich hab ihn doch gesehen.«

Ein Imitator? Plötzlich wurde mir ganz flau. Am Ende war das gar nicht der echte Schauspieler, sondern ein Hochstapler übelster Sorte? Und ich spielte dabei die Rolle einer gutgläubigen alleinstehenden Dame, die nach Strich und Faden betrogen und ausgenommen wurde?

Das sei ferne, wie der Apostel Paulus zu sagen pflegte. Ich war weder so alt noch so naiv, dass mir so etwas passieren sollte. Außerdem war bei mir echt nichts zu holen, das hätte diesem Typen schon der alte Opel Omega sagen müssen. Reiche Frauen fuhren doch bestimmt schicke kleine BMW-Cabrios oder etwas in der Art. Aber auf jeden Fall war ich gewarnt. Ich würde auf der Hut sein und auf mich achten, egal ob es der echte Jan Hörnum war oder nicht.

Ines und ich kannten uns seit der Schule und waren damals mit ganz ähnlichen Voraussetzungen gestartet: zwei dünne, blonde Mädchen, die gerne Aufsätze schrieben und dafür in Mathe immer etwas länger brauchten. Dann hatten wir uns eine Weile aus den Augen verloren, und als wir uns wiedertrafen, einfach deshalb, weil wir nur zwei Straßen voneinander entfernt wohnten, mussten wir erkennen, dass wir uns in diametral entgegengesetzte Richtungen entwickelt hatten. Ich hatte sozusagen mit meinen Pfunden gewuchert, geheiratet, das standardmäßige Kind bekommen, und seitdem ich über meine Haarfarbe selbst bestimmen konnte, trug ich ein warmes Rotbraun, das mein Friseur immer wieder als sehr natürlich lobte.

Ines war immer noch blond und immer noch dünn, schon beinahe knochig. Man hätte es auf ihre Essgewohnheiten schieben können, aber sie war schon so schlank gewesen, bevor sie sich entschied, a) Buddhistin zu werden und b) nur noch pflanzliche Kost zu sich zu nehmen. Sie hatte nie geheiratet und es deshalb auch ein bisschen weiter gebracht als ich mit meinem Sekretariatsjob – offenbar hatten ihre Mathefähigkeiten für die Leitung des Einkaufs einer Kette von Naturkostläden gereicht. Aber deshalb war es auch immer eine gewisse Herausforderung, sie zum Essen einzuladen.

Sie guckte schon ein bisschen schräg, als wir sie im Esszimmer an den Tisch komplimentierten. Spontane Aktionen hatte sie noch nie geschätzt, und das mit dem echten Jan Hörnum glaubte sie uns sowieso nicht, gerade weil Romy und Klaus es immer wieder mit Inbrunst beteuerten. Vermutlich hatte sie eher den Verdacht, Opfer oder zumindest Komparsin eines Streichs im Stil von »Verstehen Sie Spaß?« zu sein.

Als ich mit meiner großen Rohkostplatte hereinkam, bewahrte sie noch die Fassung. Aber als dann Jan Hörnum erschien und mit großer Geste eine Schüssel vor ihr abstellte, in der drei einsame Pellkartoffeln in etwas zerlassener Margarine schwammen, entgleisten ihr leicht die Gesichtszüge. »Was soll denn das sein?«, fragte sie mit einer Stimme, die bestimmt jeden Untergebenen auf der Stelle strammstehen ließ.

»Das ist das vegetarische Gericht«, erklärte Jan Hörnum unbeeindruckt. »Guten Appetit, die Dame.« Damit stakste er wieder hinaus, um seinen großen Auftritt vorzubereiten: das Servieren des Hamburger Pannfisches. Er hätte bestimmt gern einen Tusch dazu gehabt, als er die Form in der Mitte des Tisches platzierte.

Klaus hatte bereits Weißwein in meine Kristallgläser gefüllt, und Romy und er drehten etwas nervös an den Stielen, als sie die Auflaufform begutachteten. Jan Hörnum nahm zufrieden am Kopfende Platz – das war immer Stephans Stuhl gewesen, stellte ich mit leichter Beunruhigung fest – und schlug mit großer Geste seine Serviette auf. »Bitte bedienen Sie sich!«

Rein optisch war das Gericht eine ziemlich farblose

Angelegenheit. Kartoffeln, Fisch, dicke Zwiebelringe und eine helle, leicht wässrige Sauce wetteiferten um die maximale Blässe, nur einige Pfefferkörner und zwei Lorbeerblätter setzten spärliche Kontraste. Entsprechend verhalten gingen wir deshalb auch daran, unsere Teller zu füllen, und nach den ersten Bissen beneidete ich bereits Ines, die sich mit Todesverachtung ihre Pellkartoffeln einverleibte.

Romy sezierte die Portion auf ihrem Teller. »Welches sind denn die Schlickflundern?«, fragte sie argwöhnisch.

»Das ist Seelachs«, erläuterte Jan Hörnum. »Der zergeht auf der Zunge.« Romy kostete vorsichtig.

»Ich hol mal etwas Salz«, schlug ich vor, weil der Fisch und die Kartoffeln nach gar nichts schmeckten, während die Zwiebeln und die von Zitrone dominierte Sauce einen unangenehm säuerlichen Grundgeschmack abgaben. Romy und Klaus griffen dankbar nach dem Streuer. Es half natürlich nicht wirklich, aber zumindest dem Fisch taten ein paar Körnchen Salz gut.

Jan Hörnum dagegen packte sich eine ordentliche Portion auf den Teller und aß mit sichtlichem Wohlbehagen. »Das war immer Svantjes Lieblingsgericht«, erklärte er uns.

Meins würde es nicht werden, und meinen Apothekerfreunden ging es ähnlich. Immer wieder griffen sie nach dem eigentlich für Ines gedachten Rohkostteller. Es war erstaunlich, wie willkommen eine in Quark getunkte Kohlrabistange oder ein Stück Tomate sein kann, bevor man wieder eine nur halb durchgegarte Zwiebel verspeisen muss. Und noch erstaunlicher war, wie viele Erklärungen einem einfallen, wenn man zum Nachnehmen aufgefordert wird und rasch einen guten Grund braucht, um ablehnen zu können.

»Wir essen meistens am Abend nicht so viel«, behauptete Romy, unter völliger Missachtung der Tatsache, dass wir uns gestern noch relativ spät im Waldstübchen einen riesigen Schnitzelteller reingezogen hatten.

»Und ich vertrage Zwiebeln nicht so gut«, ergänzte Klaus, der stattdessen an einem Paprikastreifen kaute.

Ich schob unter dem Vorwand, da seien einige Gräten drin, einen Teil meiner Portion zur Seite. Ines beobachtete es mit schadenfrohem Grinsen. »Tja, das ist der Vorteil von pflanzlicher Ernährung«, sagte sie. »Keine Gräten, keine Knochen, keine ungesunden Fette.«

»Ich sollte dich mal mit meiner Kollegin Lea bekannt machen,« sagte ich, um vom Thema Pannfisch abzulenken. »Die ist nämlich seit neustem auch Vegetarierin.«

»Wenn das alles ist, was sie mit mir gemeinsam hat, dann kann ich dir einfach ein paar Internetseiten aufschreiben«, versetzte Ines spitz. »Da kann sie sich alles anlesen, was sie wissen muss.«

Ich war das schon gewöhnt. Deshalb machte es mir nicht so viel aus. »Nein, ich glaube, sie interessiert sich auch für fernöstliche Philosophie«, sagte ich. Ines legte großen Wert darauf, dass Buddhismus keine Religion ist.

»Dann kann sie ja mal mit ins Spirituelle Zentrum kommen«, sagte Ines etwas versöhnlicher und sicherte sich rasch die letzten Gurkenscheiben, auf die auch Klaus schon angesetzt hatte. Bedauernd ließ er sich in seinen Stuhl zurückfallen und griff nach seinem Weinglas.

Jan Hörnum nahm sich noch mal einen ordentlichen Nachschlag. »Tja, das ist hier wohl nicht so eine Fischgegend«, stellte er fest. »Ich hatte sonst schon überlegt, ob ich nicht morgen eine Aalsuppe koche. So richtig klassisch mit Backobst und Pökelfleisch und Mehlklößen.«

»Wir haben morgen schon was vor«, sagte Romy hastig.

Auch Ines sah ihn etwas angewidert an. »Sind Sie eigentlich zum Kochen hier? Oder wieso wohnen Sie bei Mia?«

»Sie war so freundlich, mir Asyl zu gewähren«, sagte er würdevoll. So konnte man es auch sehen. Ich hätte gesagt, er habe sich seine Übernachtung unter Vorspiegelung falscher Tatsachen erschlichen, aber das hatten wir ja gestern schon diskutiert. Wirklich überrascht war ich allerdings, als er fortfuhr: »Ich bin hier, weil ich für eine Rolle bei den Karl-May-Spielen auf der Freilichtbühne in Hammerscheid im Gespräch bin. Mein Agent meint, ich wäre wie geschaffen für die Rolle.«

Die Freilichtbühne hatten wir schon aufgesucht, als Magnus noch klein war. »Was spielen sie denn dieses Jahr?«, fragte ich mit einem Blick auf die Fischreste auf meinem Teller und den Mann, der dieses kaum genießbare Gericht zubereitet hatte. »Moby Dick?«

Jan Hörnum sah mich gekränkt an. »Moby Dick ist doch nicht von Karl May!«, belehrte er mich.

Romy blamierte sich sofort danach, indem sie sagte: »Nein, das ist von Wilhelm Busch, oder?«

»Nein, das ist Max und Moritz«, sagte Ines herablassend. Manchmal kann sie ganz schön arrogant rüberkommen. »Und was oder wen sollen Sie nun spielen, Herr Hörnum?«

»Nennen Sie mich Jan«, bat er. »Ich soll die Rolle von Kara Ben Nemsi übernehmen. Ich suche noch nach jemandem, der mir dafür Reitstunden gibt. Kennen Sie zufällig eine Reitschule in der Gegend?«

Ratlos sahen wir uns an. Da wir alle keine zwölfjährigen Töchter hatten, war das Thema für uns nicht so aktuell. »Wir können uns ja mal umhören«, bot Klaus an. »Dann spielt das nicht im Wilden Westen?«

»Nein, das ist doch schon so abgegriffen«, sagte Jan

Hörnum. »Ich meine, wie oft kann man Winnetou sterben lassen? Nein, inzwischen sind sie auf die Orient-Romane übergegangen. Das Stück dieses Jahres heißt ›Von Bagdad nach Stambul‹.«

»Da kann man ja nur hoffen, dass da keine amerikanischen Generäle mitspielen«, knurrte Ines. »Ich weiß nicht, ob das so angemessen ist, in dieser Zeit so ein Stück anzusetzen.«

»Aber die anderen haben sie schon durch«, argumentierte Jan Hörnum, »und das gehört nun mal in die Reihe.« Er begann, uns in aller Ausführlichkeit die Handlung zu erzählen – und zwar der Gesamtreihe, nicht nur die des angesetzten Teils. Es dauerte eine ganze Weile, bis er mitbekam, dass uns das nicht so brennend interessierte. »Oh«, meinte er und griff nach der immer noch halb vollen Auflaufform. »Vielleicht sollte ich mal abräumen. Bleiben Sie bitte sitzen, ich erledige das schon.«

Er machte mit der Auflaufform seinen Abgang in die Küche, und wir fielen über die Reste der Rohkostplatte her. Wobei das nicht mehr viel war. »Glaubst du, es wäre unhöflich, wenn wir noch ein Brot essen?«, zischte Romy mir halblaut zu.

Ich hatte auch schon etwas Ähnliches gedacht. Es war nur die Frage, wie wir das organisierten, ohne Jan Hörnum zu beleidigen. Immerhin hatte er sich viel Mühe gegeben mit diesem bescheuerten Essen (und schon für den vielen Fisch hatte er bestimmt eine Stange Geld bezahlt), aber wie wir aus der Werbung wussten, genügt Mühe allein ja nicht.

»Ich hab noch ein paar Pfefferminz in der Tasche«, sagte Ines hämisch. Sie hatte gut reden, immerhin hatte sie drei anständige Pellkartoffeln zu essen gekriegt und musste keine halbrohen Zwiebeln kauen. »Möchte einer?«

Ich glaube, Romy und Klaus waren fast so weit, in ihrer Hungersnot das Angebot anzunehmen. Aber weil Jan Hörnum nun gar nicht wiederkam, sondern offensichtlich die Küche mit unbekanntem Ziel verlassen hatte, machte ich einen mutigen Ausfall. In Windeseile schmierte ich drei dick belegte Salamibrote, die wir genauso hastig verzehrten, von Ines mitleidig beäugt, während unten im Keller etwas rumpelte.

Wir stellten das Kauen ein und lauschten. Wieder rumpelte es, ziemlich genau unter uns. Das musste Jan Hörnum sein.

»Was macht der da unten?«, fragte Klaus ratlos. »Übt er auf deinem Trimmrad Reiter-Kunststücke?«

»Zuzutrauen wäre es ihm«, sagte ich kauend. »Ich gehe gleich nachsehen.« Ich versuchte mir zu vergegenwärtigen, was für Möglichkeiten dieser unberechenbare Chaot in meinem Keller hatte. Es waren recht viele, denn dort befanden sich nicht nur die Gartengeräte, sondern auch Stephans Werkstatt mit allerhand Werkzeugen, die ich zwar nie benutzte, sondern höchstens gelegentlich an die männlichen Nachbarn auslieh. Aber bisher hatte ich es auch noch nicht übers Herz gebracht, sie wegzugeben.

Romy schob den Rest ihres Brotes in den Mund. »So, jetzt geht es mir besser«, seufzte sie. »Vielleicht sollte er sich doch besser auf das Schauspielern konzentrieren als aufs Kochen.«

»Das kann er ja gut«, sagte Ines. »Das ist schon ein seltsamer Vogel. Ist euch mal aufgefallen, dass er nie konkrete Fragen zu seiner Person beantwortet? Wo er wohnt, zum Beispiel? Vielleicht hat er gar keine Wohnung mehr und schnorrt sich immer bei seinen Fans durch.«

Bei diesen Worten fühlte ich wieder die Verunsicherung von vorhin. Was, wenn Jan Hörnum wirklich ein

Hochstapler war? Er hatte meinen Hausschlüssel und damit Zugang zu allem, was mir wichtig war.

Während ich noch überlegte, wie ich weiter vorgehen sollte, hörten wir Jan Hörnum zurückkommen. Eilig wischten wir die Brotkrümel von der Tischdecke und bemühten uns, ganz unschuldig auszusehen.

Dann stand er mit einem Tablett in der Esszimmertür. »So, jetzt kann es weitergehen«, verkündete er. »Ich hab zum Nachtisch Creme brulée gemacht, aber zum Flambieren musste ich erst mal den Unkrautbrenner aus dem Garten holen.«

»Vielen Dank für das interessante Abendessen«, sagte Romy etwa eine Stunde später zu Jan Hörnum, als sie schon in der Garderobe stand. »Vor allem der Nachtisch war vorzüglich.«

Da hatte sie recht. Nachdem wir erst einmal mit großer Skepsis einen Löffel durch die braun flambierte Zuckerschicht gebohrt und eine Miniportion gekostet hatten, machte sich wahre Begeisterung breit. Sogar Ines ließ sich zu einem Lob herab. »Das war das Beste, was ich in letzter Zeit gegessen habe«, sagte sie, und wenn man bedachte, was sie vorher bei mir bekommen hatte, war das absolut nachvollziehbar.

»Ich hatte schon Sorge, Sie würden das nicht essen wollen«, sagte er. »Weil da doch Ei drin ist.«

Ines' Mundwinkel rutschten nach unten. »Oh«, machte sie. »Na, ab und zu muss man wohl eine Ausnahme machen.«

»Und für ein Ei ist immerhin kein Tier gestorben«, tröstete er sie.

Als ich dann in meiner chaotischen Küche stand, ließ die Begeisterung wieder nach. Ich hinderte Jan Hörnum in letzter Minute daran, mein Goldrandgeschirr in die

Spülmaschine zu räumen, was er als Aufforderung auffasste, das Spülen ganz zu lassen. Zähneknirschend räumte ich den Rest in die Maschine und stellte die guten Teile in die Spüle zum Einweichen.

»Sie sind ja dann morgen noch hier«, sagte ich. Vielleicht verstand er den Wink und würde sich morgen früh um den Spülkram kümmern.

»Ja, morgen hab ich ein volles Programm«, erklärte er. »Ich habe erst einen Termin mit dem Besetzungsbüro in Hammerscheid, dann muss ich eine Reitschule finden, und wenn möglich, werde ich noch Ihre Tante besuchen.«

»Wieso das denn?«, fragte ich verblüfft.

Jan Hörnum lächelte mild. »Na, weil sie krank ist«, sagte er. Und dann ließ er mich in der Küche stehen und ging ins Bett.

Als ich am nächsten Morgen frühstückte, schlief er offensichtlich noch. Alles war still im Haus, so wie ich es gewohnt war. Nur das dreckige Geschirr in der Spüle zeugte davon, dass meine Lebensumstände sich etwas verändert hatten.

An der Garderobe sah ich seine beiden Jacken, und nach kurzem Zögern durchsuchte ich die Taschen. Ich fand zwar nichts, was mir weiteren Aufschluss über seine Identität gegeben hätte, aber ich begegnete meinem Haustürschlüssel wieder. Einen Moment spielte ich mit dem Gedanken, den Schlüssel einfach mitzunehmen. Dann könnte er nicht mehr rein, wenn er einmal das Haus verlassen hatte. Aber andererseits würde er es entweder vorher merken und so etwas Leichtsinniges tun wie die Gartentür offen lassen. Allein der Gedanke machte mir klar, dass ich in diesem Fall keine ruhige Minute im Büro haben würde. Oder er merkte es erst hinterher, und weiß der Kuckuck, was er dann unternehmen würde, um wieder ins Haus zu gelangen. Nicht auszudenken. Ich ließ den Schlüssel wieder in seine Jackentasche gleiten.

Aber ich hatte ja andere Möglichkeiten. »Kannst du mir einen Gefallen tun?«, fragte ich Doris, sobald sich Horst in seine Zelle verzogen hatte. »Könntest du für mich etwas über einen Günter Mäderle herausfinden, vermutlich in Hamburg oder Umgebung geboren? Ich weiß nicht viel über ihn, nur dass er 1967 in Hamburg seinen Führerschein gemacht hat.«

»Kein sehr hamburgischer Name«, bemerkte Doris. »Wann ist der denn gestorben?«

»Der lebt noch«, sagte ich. Mit Betonung auf ›noch‹, für den Fall, dass er noch Schlimmeres anrichtete als meine Küche zu verwüsten.

»Na, das ist ja schön für ihn«, sagte Doris und begann mit ihrer Recherche. Sie wurde ein paarmal unterbrochen, sodass wir erst in der Mittagspause dazu kamen, darüber zu sprechen.

»Dieser Mäderle«, begann sie. »Du wirst nicht glauben, was ich über den herausgefunden habe.«

»Lass mich raten, sag's mir nicht.« Ich schwenkte meinen Löffel, mit dem ich gerade einen Becher Fabrik-Pudding aß. Kein Vergleich mit der Creme brulée von gestern. »Erster Versuch: Das ist ein Versicherungsvertreter aus Elmshorn, der vor zwanzig Jahren verstorben ist.«

»Falsch«, sagte Doris. Wir spielten so was öfter, und schon gewisse Ähnlichkeiten in der Vita wurden als Übereinstimmung gewertet.

»Zweiter Versuch: Ein Hochstapler oder Heiratsschwindler mit einem Vorstrafenregister von Klorollenlänge.«

»Auch falsch.« Sie sonnte sich schon in dem Bewusstsein der Überraschung, die sie mir gleich bereiten wollte. Aber ich hatte auch noch einen Trumpf im Ärmel.

»Zum dritten: Das ist ein Schauspieler, der unter dem Künstlernamen Jan Hörnum auftritt.«

Doris atmete schwer. »Das hat dir der Teufel gesagt«, schimpfte sie. »Wenn du schon alles über den Kerl weißt, warum machst du dann solche Rumpelstilzchen-Spiele mit mir?«

»Ich weiß nicht alles über ihn«, gestand ich. »Deswegen hab ich dich ja gefragt. Ich wollte wissen, ob er es wirklich ist. Er wohnt im Moment bei mir, und immer wenn ich ihn ausfragen will, macht er Ausflüchte.«

»Der wohnt bei dir?«, staunte Doris. »Hast du eine Pension eröffnet?«

Vielleicht eher ein Heim für heimatlose Streuner. Ich griff das Blatt, das sie für mich ausgedruckt hatte, und begann zu lesen, was ihre Quellen über den Herrn Mäderle hergaben. Er war Jahrgang 1947 – so gesehen war es tapfer von ihm, dass er jetzt noch mit dem Reiten anfangen wollte, um diese Rolle zu bekommen. Und was ich sonst noch so las, erforderte ebenfalls, mit einer Portion Mut durchs Leben zu gehen. Ich musste meine Einstellung zu ihm wohl etwas revidieren.

Nach der Arbeit fuhr ich wieder ins Krankenhaus, Paula besuchen. »Schön, dass du kommst«, sagte sie. »Guck mal, wer schon hier war!«

Sie deutete auf ihren Nachttisch. Dort – wie übrigens auch bei der violetthaarigen Bettnachbarin – prangte unübersehbar ein Porträt von Jan Hörnum mit persönlicher Widmung. Ich besah es genauer und kam zu dem Schluss, dass das Foto vermutlich schon zwanzig Jahre alt war und aus seiner Glanzzeit am Nordlicht-Theater stammte – seine Haare waren zwar ähnlich lang wie heute, aber noch richtig dunkel, und auch sein Gesicht, ohne Brille, war eindeutig faltenfreier. Er trug eine Prinz-Heinrich-

Mütze, verwegen schräg auf seinen Kopf gedrückt, und ein Ringel-Shirt, und eigentlich hätte noch ein Leuchtturm im Hintergrund zu sehen sein müssen, wenn alles schon so laut ›Waterkant‹ schrie.

»Na, das ist ja nett, dass er dich noch mal besucht hat«, sagte ich.

»Ja, er meinte, das sei ja wohl das Mindeste, was er tun kann, wenn er dir schon so viel Mühe bereitet«, sagte Paula. Das überraschte mich, weil er mir gegenüber noch nie etwas geäußert hatte, das im Entferntesten durchblicken ließ, dass er das so sah. »Aber wir haben schon eine neue Lösung gefunden.«

»Lösung wofür?«, fragte ich misstrauisch. Ich stellte das Bild wieder gut sichtbar neben ihr Telefon.

»Wo er wohnen kann, bis das mit seinem Vertrag perfekt ist«, erklärte sie mir. »Weißt du, wenn er erst mal in Hammerscheid bei der Freilichtbühne unterschrieben hat, dann stellen die ihm auch eine Wohnung. Und bis dahin zieht er in mein Haus.«

»In dein Haus?«, rief ich überrascht aus.

»Natürlich!«, sagte Paula. »Sieh mal, das ist doch für alle ein Vorteil. Du hast wieder deine Ruhe, er hat einen Platz zum Wohnen, und ich hab jemanden, der im Haus nach dem Rechten sieht.«

So gesehen klang das ganz einleuchtend. Ich war mir nur nicht sicher, ob ich einem unzuverlässigen Chaoten wie Jan Hörnum ein Haus überlassen würde, ohne wenigstens ab und zu überprüfen zu können, was er da tat. Und wenn es nur die Zubereitung von Pannfisch war, dessen Spuren wohl noch unübersehbar in meiner Küche vorhanden waren.

»Und außerdem«, fügte sie hinzu, »ist es natürlich eine Ehre, wenn man einen berühmten Schauspieler mal bei sich beherbergen kann.«

»Findest du?« Ich musste zugeben, dass Jan Hörnum für mich nicht in erster Linie ein berühmter Schauspieler war. Wenn ich Robert Redford oder George Clooney an seine Stelle rückte, sah das schon etwas anders aus. Denen hätte ich sofort mein Haus überlassen. Am liebsten mit mir drin.

Nach meinem Besuch fuhr ich direkt bei Tante Paulas Haus vorbei. Sie sagte, sie hätte Jan Hörnum ihren Schlüssel schon gegeben, aber den Umzug wollte er erst morgen vornehmen, weil er heute noch einen Termin hatte. Deshalb wollte ich lieber noch mal vorher nach dem Rechten sehen.

Das Haus war dunkel und kalt, weil ich die Heizung runtergedreht hatte. Und ohne Tante Paula darin war es irgendwie trübsinnig. Ich ging nach oben in ihr Schlafzimmer und untersuchte ihren Schmuckkasten, in dem es, wie ich wusste, einige recht wertvolle Stücke gab. Sollte ich die irgendwo verstecken oder mitnehmen? Wäre es Jan Hörnum zuzutrauen, dass er die Perlenkette und die beiden massiv goldenen Armreifen klaute, wenn wir doch alle wussten, dass er hier zuletzt gewohnt hatte?

Das hielt ich für sehr unwahrscheinlich. Und ich konnte mir auch nicht vorstellen, wo ich die Sachen verstecken sollte, wenn er doch viel mehr Zeit hatte, alles zu durchsuchen. Außerdem, argumentierte mein Verstand, wäre ein Verlust aus dem Schmuckkasten einfacher nachzuweisen als sich hinterher daran zu erinnern, in welches Versteck man die Perlenkette denn nun getan hatte.

Aber wenigstens verschloss ich den Kasten ordentlich und stellte ihn in den Kleiderschrank. Tante Paulas Kleiderschrank war riesig, weil sie inzwischen Onkel Rudolfs Hälfte auch nutzte. Es gab stapelweise Pullover und Shirts, mindestens zwei Meter nur Flatterkleider in vielen

Farben, schätzungsweise vierzig Paar Schuhe in den Originalkartons und einen Raummeter Handtaschen. Dafür hing kein einziger Mantel im Schrank, und ich wusste auch, warum: Für Jacken, Mäntel, Stiefel und Schirme hatte sie unten nämlich noch einen Extra-Schrank.

Ich holte tief Luft. Ich hatte ja schon viele Sachen, aber das hier sah aus, als hätte sie seit ihrer Hochzeit nicht eine einzige Unterhose in die Kleiderspende gegeben. Neben dem Kleiderschrank gab es noch einen Schubladenschrank, und ohne konkrete Veranlassung, einfach aus Neugier, öffnete ich die Lade in Höhe meiner Taille.

Man sollte immer auf Überraschungen gefasst sein. Tante Paula war gern gereist, und das dokumentierte sich hier durch eine schier unglaubliche Anzahl von kleinen Hotelpackungen: Seifen, Shampoos, Körperlotionen, Nähetuis, Nagelfeilen, Kugelschreiber, Notizblöcke, ja sogar die süßen Betthupferl auf den Kopfkissen hatte sie mitgenommen und hier verwahrt, statt sie zu essen.

Nun kann ich das ja verstehen. So ein kleines Shampoofläschchen hat einfach was. Man kann es gut in den Kulturbeutel packen, es spart Platz und Gewicht, und wenn dann noch ein nobles Hotellogo draufsteht, ist es gleichzeitig eine Trophäe. Immer wieder erinnert es einen daran, dass man wenigstens einmal im Leben im »Vier Jahreszeiten« übernachtet hat, auch wenn die Klimaanlage zu laut war und man wegen des ungewohnten Kopfkissens nicht einschlafen konnte oder sonst irgendwas passiert ist, das den Aufenthalt nicht zu dem Top-Ereignis werden ließ, das er hätte sein sollen. Ich war zum Beispiel mal mit Stephan in Dresden im noblen Kempinski-Hotel »Taschenberg-Palais«, und obwohl ich mir vorgenommen hatte, dass das der Event des Jahres werden sollte, konnte ich die erste Nacht nicht genießen, weil ich mir den Magen verdorben hatte, und die zweite stand ebenfalls unter einem schlechten Stern, weil Stephan und ich uns in der Stadt verloren hatten und er den ganzen Tag deswegen sauer auf mich war. Aber ich habe immer noch ein paar der Pflegeprodukte aus dem hübschen Körbchen im Bad.

Was Tante Paula hingegen hier angehäuft hatte, überstieg meine Souvenirsammlung bei weitem. Und es waren beileibe nicht nur Hotelpackungen, sondern auch die flachen Creme-Proben, die in Zeitschriften eingeklebt sind, und die Duftpröbchen, die man in Parfümerien bekommt. Vereinzelt gab es dazwischen auch Geschenk-Sets mit bestickten Taschentüchern, Regenhauben, Schlüsseltäschchen, eben all diesen Firlefanz, der in Spezialkatalogen unter der Rubrik »Giveaway« rangiert und bei einer Abnahme von über fünfhundert Stück kostenlos mit dem Firmenlogo bedruckt wird.

Erschüttert schloss ich die Schublade wieder. Was wollte sie bloß damit? Wenn sie wenigstens regelmäßig diese Sachen weitergegeben oder selbst verwendet hätte, dann würde es für mich Sinn machen. Aber diese Menge sprach eher dafür, dass sie die Sachen in den Schrank warf und dann vergaß.

Entschlossen ging ich weiter ins Gästezimmer, wo ja nun Jan Hörnum untergebracht werden sollte. Ich hatte den Verdacht, dass Onkel Rudolf zu seinen Lebzeiten hier häufiger gewohnt hatte, vielleicht wenn er zu unchristlichen Zeiten von der Jagd kam oder aus anderen Gründen in Ungnade gefallen war. Dies war ein zutiefst männlicher Raum mit Bildern von jagdbarem Wild an den Wänden, einem schweren Eichenschreibtisch und einer Menge hässlicher Zinngegenstände auf der Fensterbank. Jan Hörnum würde dem nun noch einen maritimen Touch verleihen.

Immerhin war die Hälfte des Kleiderschranks leer, sodass ein Besucher seine Sachen dort unterbringen konnte. Das Bett war bezogen. Mehr konnte man nicht tun.

Ich fuhr nach Hause und fand das Haus erleuchtet, den Mercedes vor der Einfahrt und Jan Hörnum vor dem Fernseher. Gerade lief ein alter Winnetou-Film mit Pierre Brice und Lex Barker, den er offensichtlich sehr intensiv studierte – Vorbereitung auf seine Rolle auf der Freilicht-Bühne.

In der Küche hatte sich nichts verändert. Seufzend ließ ich Wasser in den Heißwasserbereiter laufen, um mein Goldrandgeschirr zu spülen. Die Auflaufform mit dem Pannfisch war für den Kühlschrank zu groß, deshalb stand sie abgedeckt neben dem Herd.

Ich wollte sie schon nehmen und den Inhalt wegschmeißen, entschied mich aber dann doch noch, sie erst mal Jan Hörnum zu zeigen. »Essen Sie das noch?«

»Natürlich!«, teilte er mir mit. »Ich mach mir gleich was warm.«

»Und dann entsorgen Sie bitte den Rest«, sagte ich. »Ich mag keinen aufgewärmten Fisch.«

»Natürlich!« Er starrte intensiv auf den Bildschirm, wo Lex Barker gerade besonders heldenhaft aussah. Eine Indianerin mit beinahe zwanghaft ordentlichen Zöpfen sah ihn hingebungsvoll an. Ich wandte mich ab, um mir ein Brot zu machen.

Salamibrot kauend guckte ich mit ihm den Film zu Ende. Offensichtlich nahm er diese Rollenstudien sehr ernst, denn ich konnte ihn verstohlen dabei beobachten, wie er Lex Barkers spärliches Mienenspiel nachahmte. Auch kleidungstechnisch hatte er sich schon zu Kara Ben Nemsi passend eingestellt – er trug heute weder den cremefarbenen Anzug noch das Friesenhemd, sondern eine cognacbraune Lederjacke über einer kragenlosen Leinentunika. Wenn er noch ein Palästinensertuch dazu kombiniert hätte, wäre ich auch nicht verwundert gewesen.

Mit einem Seufzer nahm er die Fernbedienung und schaltete den Fernseher aus. »Das waren noch Zeiten«, sagte er. »Solche Filme macht heute keiner mehr.«

Ich erinnerte mich an seine Karriere und dass er ja auch schon vor der Kamera gestanden hatte. »Wann haben Sie Ihren letzten Film gedreht?«

»Vor acht Jahren«, sagte er wie aus der Pistole geschossen. »Das war ›Rettungskreuzer Balthasar‹. Ich habe den Kapitän Peddersen gespielt, der nach einem Fährunglück bei Windstärke zehn die Passagiere vor dem Ertrinken rettet.« Er strich sich durch die wallende Mähne. »Tja, danach hat leider der Produzent alle Projekte an seinen Sohn übergeben, und mit dem kam ich überhaupt nicht zurecht. Der wollte plötzlich alles anders haben, mehr so in Richtung Problem ohne Happy End, das wäre beim Publikum doch sofort durchgefallen. Das hätte meinem Image geschadet, und so hab ich mich dann wieder mehr aufs Theaterspielen verlegt.« Sein Gesicht leuchtete auf, als er sagte: »Allein mit dem Stück ›Köm zum Frühstück‹ haben wir mehr als dreihundert Vorstellungen gegeben. Das war eine Traumrolle für Svantje, sie hat diese Kioskbetreiberin so toll angelegt – das Publikum hat immer getobt. Dreihundert Vorstellungen lang.« Er sackte wieder in sich zusammen. »Und dann konnte sie irgendwann ihre Garderobe nicht mehr finden. Das war der Anfang vom Ende. So eine Schande. Eine Künstlerin, die ihre Rollen immer bis aufs i-Tüpfelchen beherrscht hat, kennt irgendwann die Namen ihrer besten Freunde nicht mehr.«

Ich nickte etwas mitleidig. Das war nicht der einzige Schicksalsschlag, den er hatte wegstecken müssen. »Und dann wurde Ihre Frau krank?«

Er zuckte regelrecht zusammen. »Das wissen Sie? Ich habe immer versucht, mein Privatleben zu schützen. Ich hätte eine Menge Geld mit diesen Homestorys für die bunten Blätter verdienen können, aber meine Frau wollte das nicht. Sie wollte immer noch unerkannt zum Metzger gehen können.«

Er stand etwas steifbeinig auf und ging in die Küche. Nach einer Weile hörte ich die Mikrowelle klingeln, dann kam er mit einem Teller Pannfisch zurück. Er schien das Zeug wirklich zu mögen. Schauspieler sind merkwürdige Menschen.

»Ich habe in meiner Firma Erkundigungen über Sie einholen lassen«, sagte ich ihm. »Ich weiß gern, mit wem ich es zu tun habe. Vor allem, wenn er in meinem Haus wohnt. Oder in dem meiner Tante.«

Jan Hörnum schaufelte sich eine Gabel voll in den Mund und nickte. »Und was haben Ihre Schnüffler rausgekriegt?«

»Dass Sie schon lange einen Hof in der Nähe von Stade haben. Vor drei Jahren haben Sie das Theater aufgegeben, um ihre Frau zu pflegen. Vor vier Monaten ist sie dann gestorben. Und nun versuchen Sie ein Comeback.«

Schweigend aß er weiter. Auch wenn er so ein selbstherrlicher Idiot sein konnte, jetzt tat er mir leid. Ich konnte mir vorstellen, dass es ihm auch darum ging, ein Stück Abstand zu gewinnen zu dem Ort, wo seine Frau gestorben war. Deshalb schreckte er noch nicht mal davor zurück, in seinem Alter noch auf ein Pferd zu steigen und einen Sommer lang vor johlenden Schulklassen über eine Freilichtbühne zu galoppieren.

Schließlich stellte er den leer gekratzten Teller auf den Couchtisch. »Eigentlich hätte ich bei dem Professor wohnen können, der meine Frau behandelt hat. Der ist nämlich jetzt hier in Bredenscheid an der Klinik. Aber der hat gerade seine Frau verlassen. Da ging das nicht. Ich brauche die Unterkunft bei Ihrer Tante nur, bis mein Vertrag unterschrieben ist.«

»Ich weiß«, sagte ich. »Dafür waren Sie heute doch bei der Festspielleitung, oder?«

»Die wollten, dass ich ihnen vorspreche«, sagte er erbost. »Stellen Sie sich das vor! Nach fünfundvierzig Jahren auf der Bühne muss ich denen noch beweisen, dass ich eine solche Rolle spielen kann!«

»Und? Haben Sie sie überzeugt?«

»Das will ich ja wohl hoffen«, sagte er. »Aber dann kommen sie mit so einem Gefasel daher, dass sie sich noch nicht sicher sind, wie genau sie die Rolle anlegen möchten, und dass es noch ein paar Tage dauert, bis das Regiekonzept steht, und so lange wollen sie sich alle Optionen offenhalten.« Jetzt sah er etwas ärgerlich aus. »So ein Gewäsch! Das hätte es früher nicht gegeben, da wusste ein Regisseur, was er wollte, sonst war er gleich weg vom Fenster.« Er griff nach der Fernsehzeitung und warf sie wieder auf den Tisch, sodass sie ein Stück weit in meine Richtung schlitterte. Auf dem Titel grinste mir ein modisch gestyltes Pärchen entgegen: er mit viel Haargel und einer lavendelfarbenen Lederjacke, sie in einer Art Unterrock, der nicht mehr viel der Fantasie überließ. Die Unterschrift besagte, dass es sich um Sina Solea und Holger Helmut Kasprowiak handelte. Ich wusste nicht, was sie zeitschriftentitelwürdig gemacht hatte. Vielleicht eine der vielen Soaps im Vorabendprogramm? Ich war wohl inzwischen zu alt für so was. Eine bittere Erkenntnis für jemanden, der sich in mancher Hinsicht immer noch so unsicher fühlt wie eine Konfirmandin.

»Und das hätte es früher auch nicht gegeben!«, schimpfte Jan Hörnum weiter. »Holger Helmut Kasprowiak! Mit dem Namen wär der beim Nordlicht-Theater noch nicht mal durch die Tür gekommen! Ein passender Künstlername ist das A und O, hieß es da.«

Das leuchtete mir ein. Ein Günter Mäderle hätte vielleicht auf eine Stuttgarter Volksbühne gepasst, aber in Reeperbahn-Nähe klang der Name etwas deplatziert. »War denn Svantje van Wiek auch nicht ihr richtiger Name?«

»Nur so halb«, erklärte er. »Sie heißt Edelgard Wieck, aber sie hat ihren Vornamen noch nie gemocht. Und auch jetzt hört sie nur auf Svantje.« Er biss sich auf die Lippen. »Wenn überhaupt.«

Ich hatte den Eindruck, als ob es hinter den Brillengläsern etwas feucht wurde. Beinahe erwog ich schon, ihn tröstend in den Arm zu nehmen, aber dann nahm ich doch davon Abstand.

Jan Hörnum nahm auch Abstand. Er griff seinen Teller und stand auf. »So, ich packe schon mal meine Sachen zusammen. Morgen früh bin ich weg.«

Sachen packen? Das klang, als wohnte er schon wochenlang hier. Erst als ich meinen eigenen Teller in die Küche bringen wollte, fiel mir auf, dass er sich auf diese Weise schon wieder vorm Spülen gedrückt hatte.

5

Am nächsten Morgen verabschiedete er sich mit einem Autogramm, das ich etwas verblüfft entgegennahm. Mir war eigentlich wichtiger, dass es mit der Regulierung des Schadensfalls voranging, und das sagte ich ihm auch.

Das hörte er gar nicht gern. »Ich habe gar keine Nummer von meiner Versicherung, die sind oben in Buxtehude.«

»Dafür gibt es Telefonbücher.«

»Sie haben ein Telefonbuch von Buxtehude?«, fragte er ironisch. »Alle Achtung, das hätte ich Ihnen gar nicht zugetraut.«

Ich funkelte ihn böse an. So früh am Morgen war ich noch nicht zu Scherzen aufgelegt, und wenn es um mein Auto ging, schon gar nicht. Ich hatte gestern Doris ein Stück mitgenommen, und dabei hatte sich herausgestellt, dass die Beifahrertür klemmte. Jetzt wollte ich das repariert haben. »Wenn Sie mir den Namen der Versicherung und vielleicht noch des Agenten sagen, dann suche ich die Nummer im Internet heraus.«

»Wieso wollen Sie denn meinen Agenten wissen?«, fragte er verwundert. »Danach haben Sie schon mal gefragt. Wollen Sie mich buchen? Aber wie Sie wollen. Das ist die Künstleragentur Mögerich. In Altona.«

Ich rollte mit den Augen, bis meinen Pupillen ganz schlecht wurde. »Ihr Versicherungsagent«, stellte ich klar. »Der Mensch, bei dem Sie Ihren antiken Benz haftpflichtversichert haben.«

»Ach je«, seufzte er. »Darum hat sich immer meine Frau gekümmert.«

Wie hatte er sich wohl vorgestellt, wie das weitergehen würde? Wollte er zu einem Medium gehen und seine Frau im Jenseits kontaktieren? »Dann schauen Sie doch mal in Ihrem Auto nach, ob da nicht so eine Karte mit den Versicherungsdaten drinliegt«, schlug ich vor. »Man legt sie gern griffbereit ins Handschuhfach, um genau für solche Fälle vorbereitet zu sein.«

»Das ist eine gute Idee«, sagte er. »Ich werde mal nachsehen.«

Er hatte nicht gesagt, wann er das tun würde. Auf jeden Fall nicht sofort.

»Könnten Sie mir vielleicht noch Ihre Mobilnummer geben«, machte ich einen letzten Versuch. »Dann kann ich dieser Tage mal nachfragen, wie es aussieht.«

»Meine Mobilnummer?«

»Ja, die Nummer Ihres Handys«, erklärte ich ihm.

»Ich habe kein Handy«, sagte er. »Was soll ich denn damit? Überflüssiger Kram. Wenn Sie mich erreichen wollen, können Sie doch die Nummer Ihrer Tante wählen.«

Da hatte er wohl recht. Ich ergab mich in mein Schicksal und fuhr zur Arbeit.

Doris saß schon am Computer. »Sag mal«, fragte ich sie, »du hast doch für mich diesen Mäderle recherchiert.«

»Du meinst Jan Hörnum«, folgerte sie. »Der friesische Götz George.«

»Könntest du in der Sache noch etwas rausfinden?«

»Das ist nicht fair«, klagte sie. »Du wohnst mit einem Promi zusammen, und ich soll für dich die langweilige Kleinarbeit machen?«

»Möchtest du als Gegenleistung ein Autogramm von ihm? Ich kann dir morgen eins mitbringen. Mit Prinz-Heinrich-Mütze und allem Drum und Dran.«

»Das wär doch mal was«, sagte sie zu meiner Überraschung. »Damit könnte ich bei meiner Schwiegermutter so was von Punkte machen! Was muss ich tun?«

»Ich frage mich, ob man von jemandem auch herauskriegen kann, wo er versichert ist.«

»Das ist doch endlich eine Herausforderung«, meinte Doris. »Willst du einen Teil von seiner Lebensversicherung kassieren?«

»Nein, so gierig bin ich nicht. Ich möchte ihn nur dazu bringen, seiner Versicherung den Unfallschaden zu melden, damit das erledigt wird.«

»Das ist eine gerechte Sache«, befand Doris und schrieb sich das Autokennzeichen auf. »Dafür werde ich kämpfen wie Zorro, der Rächer der Enterbten.«

»Ein guter Vorsatz«, sagte Horst, der sich mal wieder lautlos angeschlichen hatte. In letzter Zeit hatte das zugenommen, was ich beunruhigend fand.

»Meine Güte, Herr Adler!«, rief Doris erschrocken. »Schonen Sie meine Nerven und husten Sie wenigstens mal, wenn Sie kommen!«

Statt ihr das zu versprechen, schaute er über ihre Schulter auf den Bildschirm. »Wer ist Jan Hörnum?«

»Den kennen Sie nicht?,« fragte Doris ungläubig. »Wie alt sind Sie denn?«

»Fünfunddreißig«, sagte Horst. Manchmal nahm er die Dinge zu wörtlich. In diesem Fall klärte das allerdings eine Frage, die wir uns schon länger gestellt hatten. Wenn er zehn Jahre draufgeschlagen hätte, hätte ich ihm das auch geglaubt. Er war halt einer von diesen völlig alterslosen Menschen, und der schreckliche Vorname ließ einen sowieso eher jemand Älteren erwarten.

»Na schön«, sagte Doris ungerührt. »Dann sehen Sie mal zu, dass Sie auch sechsunddreißig werden, ohne dass ich Sie demnächst aus Versehen töte, weil Sie mich erschreckt haben. Sie wissen doch, wir Zorros sind fix mit dem Degen.«

»Das sind meine Schuhe«, verteidigte er sich. »Die haben so weiche Sohlen.«

Ihre Schlagfertigkeit hatte ich an Doris schon immer bewundert. Auch jetzt ließ sie sie nicht im Stich. »Ein schweres Schicksal«, meinte sie. »Weiche Sohle, harter Kern.«

Er verließ uns, ohne das zu kommentieren.

Der nächste Tag sollte eigentlich endlich wieder eine erholsame Rückführung in das normale Leben sein. Aber weit gefehlt. Es fing schon damit an, dass mich Frau Grützbauer wieder um zwanzig nach sieben anrief.

»Im Haus Ihrer Tante ist jemand«, winselte sie. »Da brennt Licht in der Küche, und ich habe auch Musik gehört.«

»Das ist in Ordnung«, versuchte ich sie zu beruhigen. »Im Augenblick wohnt da ein Bekannter für ein paar Tage.«

»Ein Bekannter? Das heißt, da ist ein wildfremder Mann in der Nachbarschaft?«

Ich wollte Frau Grützbauer schon versichern, dass selbst ein nicht therapierbarer Sexualstraftäter sich nicht an sie ranmachen würde, wenn sie so rumheulte, aber das tat ich dann doch nicht. »Sie können ja mal rübergehen und sich vorstellen. Das ist ein sehr freundlicher Mann.«

»Ich kann doch nicht so einfach da klingeln«, widersprach sie. »Ich kenne den Herrn doch gar nicht.«

»Vielleicht kennen Sie ihn besser als Sie glauben«, sagte ich. »Das ist nämlich Jan Hörnum.«

»Jan Hörnum?« Sie klang etwas atemlos.

»Sie haben doch sicher früher die Serie ›Asthmaklinik Norderney‹ verfolgt«, sagte ich.

»Natürlich!«, rief sie. »*Der* Jan Hörnum? Der Chefarzt Doktor Knudsen, der immer gesagt hat ›Nach Ebbe kommt auch wieder Flut‹?«

»Genau der.« Ich versuchte, schon mal mit dem Telefon am Ohr in meine Jacke zu schlüpfen. »Vielleicht gibt er Ihnen ein Autogramm. Ich hab schon eins.«

»Tja …« Sie zögerte etwas. »Vielleicht haben Sie recht. Es wäre ja gut, wenn er mal die Nachbarschaft kennenlernt.«

Weil ich mich gerade selbst an das Autogramm für Doris' Schwiegermutter erinnert hatte, steckte ich es gleich in meine Tasche. »Das wäre doch nett, Frau Grützbauer.«

»Vielleicht würde er sich auch über ein Stück Kuchen freuen?«

»Bestimmt!«, versicherte ich ihr. »Er ist übrigens ein Hobbykoch. Vielleicht lädt er Sie mal ein, wenn er Hamburger Spezialitäten kocht.«

»Meinen Sie?«

»Wenn man einmal seinen Pannfisch gegessen hat, das vergisst man sein ganzes Leben nicht«, sagte ich. Das war nicht gelogen.

»Ich glaub, dann geh ich direkt heute mal rüber«, beschloss sie. »Vielen Dank auch. Und nichts für ungut.«

Leicht beflügelt durch die Vorstellung, wie sich Frau Grützbauer durch Jan Hörnums Pannfisch quälte, fuhr ich ins Büro. Wo mir ein äußerst schlecht gelaunter Horst Adler erklärte, wenn ich noch mal die wertvolle Arbeitszeit einer Mitarbeiterin des Unternehmens über mehrere Stunden für eine Privatrecherche vergeuden würde, dann sei es um meine berufliche Zukunft dort schlecht bestellt. »Betrachten Sie das als Abmahnung!«

Völlig verdattert und mit schlechtem Gewissen sah ich zu, wie er in sein Büro stapfte. Doris, die den Auftritt miterlebt hatte, nahm das etwas gelassener. »Erstens muss er dir eine Abmahnung schriftlich erteilen«, sagte sie. »Zweitens soll er sich nicht ins Hemd machen, denn mit den ganzen Überstunden, die wir beide hier unbezahlt leisten, lässt sich das durchaus aufrechnen. Und drittens kann er das überhaupt nur wissen, wenn er sich gestern heimlich in meinen Computer eingeloggt hat. Und das ist auch nicht in Ordnung. Man könnte es ihm als Bespitzelung von Mitarbeitern auslegen, da wollen wir doch mal sehen, wer da vor Gericht Recht bekommen würde.«

»Aber ich will doch gar nicht vor Gericht gehen!«, sagte ich unglücklich.

»Musst du ja auch nicht«, sagte Doris begütigend. »Ich wollte nur nicht, dass du dir Sorgen machst. Der hat doch nur schlechte Laune, weil sich diese Engelhardt-Erbschaft als großes Windei herausgestellt hat.«

Das konnte ich nachvollziehen. Von der Engelhardt-Geschichte hatten wir uns einiges an Provision erhofft. Nachlassermittlung funktioniert nämlich nach dem Erfolgsprinzip: Die Erben zahlen nur dann, wenn es auch was zu erben gibt. Der Ermittler muss sich deshalb in jedem Einzelfall erst mal darüber informieren, wie die Sachlage aussieht. Ist der Vermögenswert zu gering, wird er das Projekt ablehnen oder, wenn ein Kunde die Sache dennoch unbedingt verfolgen will, eine Kostenpauschale aushandeln. Es gibt Fälle, in denen sich erst im Laufe der Recherche herausstellt, dass der unscheinbare Onkel in Wirklichkeit über ein ansehnliches Vermögen verfügte. Und es gibt die Fälle, in denen das Gegenteil eintritt. Die Engelhardt-Sache war offensichtlich so eine.

Als der vermeintliche Erbe mit der Sache an uns herantrat, hatte man schon die Euro-Zeichen in Horsts Augen flimmern sehen können. Er konnte da wie ein Bullterrier sein – er verbiss sich in so einen Fall, bis er alles herausgefunden hatte. Dabei ist das gar nicht so einfach. Oft reicht so eine Sache über Staatsgrenzen hinaus, sodass man es nicht nur mit einer anderen Sprache, sondern auch mit anderen Gesetzen zu tun hat. Manchmal braucht es wirklich detektivischen Spürsinn und ebensolche Kleinarbeit, und darin ist er gut. Und weil er sich jetzt in Sachen Engelhardt vertan hatte, musste ich es ausbaden.

Immerhin hatte diese arbeitsrechtlich nicht ganz koschere Sache mir die Telefonnummer eines Versicherungsvertreters in Buxtehude eingebracht, und ich fragte Doris gar nicht erst, wie sie die herausgefunden hatte. Lieber schlich ich mich an meinen Platz und begann, die Briefe zu schreiben, die Horst diktiert hatte, um den armen Engelhardt-Erben klarzumachen, dass sie sich die erhofften Millionen von der Backe putzen konnten.

Wenn ich aber gedacht hatte, dieser Morgen sei nicht zu toppen, dann hatte ich im wahrsten Sinne des Wortes das Sprichwort vom Tag ignoriert, den man nicht vor dem Abend loben soll. Auch wenn ich diesen Tag überhaupt nicht loben wollte, das hatte er nicht verdient. Aber er hatte auch nicht diesen Abschluss verdient.

Ich wollte mich nämlich an diesem Freitagabend mit Lea und Ines beim Chinesen treffen, damit sich die beiden mal kennenlernen konnten. Das hatte ich mir schön vorgestellt, so ähnlich wie die älteren Damen, die sich manchmal als Hobbykupplerinnen betätigen und ungefähr nach dem Prinzip vorgehen: »Sie fahren beide einen Golf und tragen blaue Barbour-Jacken, da müssen sie sich einfach ineinander verlieben!«

In diesem Fall verband Lea und Ines nur, dass sie Vegetarierinnen waren und sich dem Buddhismus zugewandt hatten. Ansonsten hatten sie aber auch gar nichts gemeinsam bis zu dem Moment, als ich die knusprig gebratene Ente bestellen wollte. Ich war schließlich weder Buddhist noch Vegetarier.

Ich liebe Ente, sie ist einer der Gründe, weshalb ich zum Chinesen gehe. Nun gilt natürlich dort das Prinzip, dass jeder von jedem Gericht probiert, deshalb wollte ich die Ente sozusagen als zusätzlichen Sonderteller bestellen, aber nicht einmal das erlaubten sie mir.

Während ich also mit einer gewissen Enttäuschung die Gemüsesuppe, die fleischlose Frühlingsrolle und die sich sehr ähnelnde Auswahl von Gerichten mit Pilzen, Tofu und Paprika in mich hineinlöffelte, begannen Lea und Ines ein sehr engagiertes Gespräch darüber, was an den Überzeugungen der anderen jeweils falsch war. Ich saß eher dabei wie ein Gefängniswärter während der Besuchszeit. Meine Aufgabe war es, im Zweifelsfall einzugreifen, wenn ich den Verdacht hatte, dass die Regeln verletzt wurden.

»Moment mal, Ines, du musst Lea nicht gleich den Kopf abreißen, nur weil sie das Wort ›Glück‹ verwendet hat.«

»Glück ist eine Vokabel, die in der wahrhaften Lehre nicht vorkommt«, belehrte mich Ines, während sie mit ihren Stäbchen geschickt ein Stück Brokkoli aufhob. Ihre Stärke war die jahrelange Erfahrung. Sie konnte mit einer derartigen Geschwindigkeit irgendwelche Weisheiten zitieren, dass selbst ein Fischmarkt-Auktionator vor Neid erblasst wäre.

Leas Vorteil war die Begeisterung der Neubekehrten. Sie hielt dagegen, dass Glück ein Grundbedürfnis der Menschen sei – schon die amerikanische Verfassung habe das erkannt.

Großer Fehler. Dieses Argument wurde natürlich von Ines total niedergemacht, weil sie zu Recht behaupten konnte, die amerikanische Verfassung habe mit Buddhismus aber auch gar nichts zu tun. Vielmehr habe der erleuchtete Gautama schon erkannt, dass der Mensch durch Begierde geprägt sei und das nur ablegen könnte, wenn er sich von diesen irdischen Begriffen frei mache.

»Aber während er danach strebt«, behauptete Lea hartnäckig, »erreicht er einen solchen inneren Reichtum, dass er …«

»Ha! Reichtum! Schon wieder so ein Unwort!«, rief Ines mit Abscheu in der Stimme. »Der wahre Erleuchtete sucht sich mit dem Nichts zu vereinigen, da ist jede Form von Ansammlung kontraproduktiv, ob nun an konkreten Dingen oder an abstrakten.«

Als ich das so hörte, klang es einerseits sehr verlockend: sich in Meditation versenken, nach der Vereinigung mit dem Nichts streben, nichts mehr ansammeln, sondern sich ganz von den Dingen entfernen … Aber andererseits verstand ich nicht, wie das im praktischen Leben möglich sein sollte. Immerhin saß Ines sehr real vor mir, in einem beneidenswerten Outfit von Hugo Boss, nach dem sie bestimmt heimlich auch gestrebt hatte.

Lea argumentierte mit den Lehren des Bodhisattva Monasanga, der Ines gar kein Begriff war. »Was ist das für ein Lehrer?«, fragte sie schroff. »Woher kennst du den überhaupt?«

»Über eine Kleinanzeige in der ›Brigitte‹«, gestand Lea. Das ging natürlich gar nicht. Einen echten Guru muss man durch eine Schicksalsfügung entdecken. Und damit gehörten Spiel, Satz und Sieg Ines.

Eine lispelnde Kellnerin entfernte die Reste unserer Gemüseorgie und brachte als Dessert einen ziemlich langweiligen Obstsalat. Wir löffelten ihn nachdenklich und teilten uns dann die Rechnung, und ich konnte es kaum abwarten, endlich nach Hause zu kommen und ganz allein zu sein, ohne buddhistische Vegetarierinnen, ohne die Gefahr, sich mit dem Nichts zu vereinigen, aber mit der Möglichkeit, vor dem Schlafengehen noch ungetadelt ein Stück Mettwurst zu essen.

Den Samstag verbrachte ich – mit Ausnahme des obligatorischen Paula-Besuches – komplett im Garten. Ich war ja direkt skeptisch gewesen, als wir ein Haus mit einem so großen Grundstück übernahmen. Aber es gehörte Stephans Verwandten, und er hatte mich mit dem Argument beruhigt, dass wir das zusammen schon schaffen würden. Das hatte ich nun davon.

Den Sonntag verbrachte ich dann mit Rückenschmerzen und einem Heizkissen auf dem Sofa. Trotzdem hatte ich nicht alles geschafft. Es war wohl mal wieder Zeit für zwei Urlaubstage, die ich dem Garten opfern musste. Dann könnte ich mir die Arbeit besser einteilen.

»Nimm dir einen Gärtner, Mama«, drängte Magnus.

»Und wovon soll ich den bezahlen?« Kinder können so leicht reden. Hätte ich ihm doch gar nicht erst mein Leid geklagt. Er würde mir jedenfalls nicht anbieten, den Gärtnerlohn von seinem monatlichen Studienetat abzuziehen, den ich ihm für acht Semester zugebilligt hatte.

»Von dem Geld, das du sparst, wenn du keine Krankengymnastik, keine Reha und keinen Rollator bezahlen musst«, sagte er. Danach redeten wir über etwas anderes.

Am Dienstagmorgen rief Ines mich im Büro an. »Ich habe mich mal nach diesem Bodhisattva erkundigt, den deine Kollegin so verehrt«, sagte sie. »Ist sie in der Nähe?«

»Ich kann sie holen, wenn du möchtest.«

»Nein, bloß nicht!«, rief Ines erschrocken. »Die ist

mir zu anstrengend.« Ich sagte nicht, dass sie selber auch manchmal ganz schön anstrengend sein konnte. »Ich erzähl es lieber dir.«

»Das hört sich nicht gut an.« Mit Schrecken dachte ich daran, dass ich diese Botschaften dann hinterher Lea vermitteln durfte.

»Ist es auch nicht. Dieser Typ ist, glaube ich, ein Scharlatan. Im Zentrum hatten schon mehrere Leute mit welchen zu tun, denen er gnadenlos das Geld aus der Tasche gezogen hat.«

Eigentlich wollte ich es gar nicht wissen, aber dann siegte natürlich wieder meine Sensationsgier. Ich ließ mir in aller Ausführlichkeit beschreiben, wie der weise Lehrer seinen Schülern erst mal Geld für seine Schriften abknöpfte, ihnen dann alle möglichen Accessoires zur konzentrierteren Ausrichtung auf das wahre Glück anbot (bei weltlichen Promis nannte man das vermutlich ›eine eigene Linie kreieren‹) und ihnen schließlich nahelegte, mit den Überschüssen, die durch das Ignorieren menschlicher Begierden entstanden, seine Stiftung zu subventionieren.

»Und bei euch ist das nicht so?«, fragte ich vorsichtig.

»Mia«, rief Ines entrüstet, »du müsstest mich doch besser kennen. Glaubst du, ich falle auf irgendwelchen Hokuspokus rein, der völlig aus der Luft gegriffen ist und für den ich immer mehr Geld bezahlen muss?«

Nein, eigentlich nicht. Jedenfalls war Ines von uns beiden die Taffere, die zum Beispiel noch feilschte, wenn ich mich längst damit abgefunden hatte, dass nichts mehr ging. Nicht grundlos wurde sie gern mitgenommen, wenn es in unserem Freundeskreis um größere Anschaffungen ging. Aber auch sie hatte sich für eine Lebensanschauung entschieden, die mir völlig unverständlich war. »Wie handhabt ihr das denn zum Beispiel auf der finanziellen

Ebene?«, fragte ich vorsichtig. Immerhin brauchte ich ja wenigstens einen Anhaltspunkt, wenn ich Lea vor ihrem Bhagwan-Verschnitt warnen sollte.

»Wir machen jährlich einen Pletsch …«

»Einen was?« Ich war nicht so gut mit diesen Anglizismen. Erst brauchte ich Ewigkeiten, um zu erkennen, dass ›Wientotsch‹ die norddeutsche oder zumindest die Jan-Hörnum-Sprechweise für ein Vintage-Fahrzeug war, nun musste ich mir von Ines erklären lassen, dass sich bei einem Pledge alle Mitglieder des Buddhistischen Zentrums committen (auf Altdeutsch verpflichten), eine selbst bestimmte Spende über das Jahr verteilt zu entrichten. Davon, so stellte ich mir vor, wurden dann die Räucherstäbchen gekauft und diese niedlichen kleinen Buddha-Figuren, die bei Möbel Augustin immer neben den schwarzen Lackmöbeln dekoriert sind. Sonst brauchen sie doch vermutlich nicht viel, weil ihr Ziel schließlich ist, sich mit dem Nichts zu vereinigen.

Ich dachte darüber nach, wie ich das Gespräch mit Lea anfangen sollte. Es war sozusagen meine Pflicht, ihr Ines' Erkenntnisse nicht vorzuenthalten, aber ich sah schon kommen, dass sie viele der Argumente durch andere entkräften würde, und dann stand ich mal wieder als die Blöde da, die ihr das Erreichen ihres buddhistischen, vegetarischen Glücks nicht gönnte.

Düster schob ich die Unterredung vor mir her, immer in der Furcht, dass sie vorbeikam und mit mir eine Konversation beginnen wollte. Aber erst als ich gerade mit der Lackiererei sprach, die mir gestern der Meister der Opel-Werkstatt als gut und günstig empfohlen hatte, bemerkte ich eine rostrot gewandete Gestalt aus dem Augenwinkel. Nun gut, dann würde ich eben eine unangenehme Sache nach der anderen erledigen. Ich vermutete, der Lackierer war die einfachere davon. Er machte mir einen Preis, von dem ich gehofft hatte, er würde noch besser und günstiger sein, und schlug mir vor, den Wagen am Mittwochabend vorbeizubringen, dann könnte ich ihn am Freitagnachmittag wiederhaben.

Damit waren meine zwei Urlaubstage beschlossene Sache. Am liebsten wäre ich direkt zu Horst Adler gegangen und hätte das abgeklärt, aber da stand noch Lea wie eine verrostete Vogelscheuche im Raum.

»Hast du da gerade mit einem Autolackierer gesprochen?«

»Ja.« Ich fand, wenn Begriffe fielen wie ›Schäden im Lack‹, ›Opel Omega‹ oder ›hinteren Kotflügel auch lackieren‹, dann war das ziemlich offensichtlich.

»Könntest du den mal fragen, was es kosten würde, ein ganzes Auto umzuspritzen?«

Da ich nicht davon ausging, dass sie einen Wagen geklaut hatte und ihn ins Ausland verschieben wollte, handelte es sich wohl um ihren Fiat Uno. »Hattest du einen größeren Unfall oder warum willst du das machen lassen?«

Lea schüttelte vehement den Kopf. »Oh nein! Es geht nur darum, dass der Bodhisattva Monasanga empfiehlt, die wichtigsten Bereiche seiner Umgebung in der Farbe seiner Bestimmung zu gestalten.«

»Farbe der Bestimmung?«, wiederholte ich ratlos. Weil sich Doris bisher konsequent nicht in unsere Unterhaltung eingeschaltet hatte, war ich sicher, dass sie mir das allein überlassen wollte.

»Ja, es gibt drei Bestimmungen«, erklärte mir Lea mit glänzenden Augen. »Orange steht für die Bestimmung der Erleuchtung, Dunkelrot symbolisiert die Bestimmung des Fruchtbringens, und Rostrot ist die Farbe für die Bestimmung des liebenden Gebens.«

»Aha«, meinte ich unter bösen Vorahnungen. Liebendes Geben. Das hatte sich der Guru aber fein ausgedacht. »Wie erkennt man denn seine Bestimmung?«

»Man macht einen Test«, sagte Lea. »Und den schickt man zusammen mit einem Foto, einem Fingerabdruck und einer Schriftprobe an das Zentrum in Genf.« Oha, der Guru residierte steuerbegünstigt in der Schweiz! »Und dann meditiert der Bodhisattva Monasanga darüber und teilt einem seine Bestimmung mit. Die Erleuchteten sind die Lehrer, die anderen auf dem achtfachen Pfad weiterhelfen. Die Fruchtbringenden sind diejenigen, die besonders gut Suchende finden und auf diesen Pfad hinweisen können.« In anderen Worten: Das waren diejenigen, die gezielt neue Opfer ausfindig machten, übersetzte ich. »Und dann gibt es die liebenden Geber, die auf vielerlei Weise das Werk unterstützen.«

»Zum Beispiel durch Spenden?«

»Zum Beispiel«, sagte Lea, ohne auf den kritischen Unterton einzugehen. »Aber auch, indem wir die Welt durchdringen mit Frieden und Läuterung.«

Der Begriff Frieden war mir klar, aber Läuterung? Lea erklärte es mir gern: Das hatte mit dem Verzicht auf die irdischen Dinge zu tun, die durch das Streben nach reinem Glück und innerem Reichtum ersetzt wurden, eben genau das, was Ines als absolut unbuddhistisch anprangerte.

»Eigentlich ist es ganz einfach«, behauptete Lea. »Man umgibt sich mit dem Schutzmantel der persönlichen Bestimmung, um sich zu stärken und Schritt für Schritt von den Dingen zu trennen. Das bringt dich der Vereinigung mit dem Nichts näher und versetzt dich gleichzeitig in die Lage, alles Überflüssige dafür zu geben, dass auch andere diesen Weg kennenlernen.«

Starker Tobak, der nur begrenzt zu ertragen war. Es war an der Zeit, unbarmherzig zu werden. »Das heißt, du schickst dein Geld diesem Bodysatt-Dingsbums, statt es für dich selbst zu verbrauchen?«

Statt mit einer direkten Antwort erfreute Lea uns mit einem Zitat. »Wer alles festhält, kann sich selbst im Sturz nicht halten«, deklamierte sie. »Nur eine leere Hand ergreift den großen Schatz. Das bedeutet, dass ...«

Die Erläuterung dieser fernöstlichen Weisheit wurde uns nicht mehr zuteil, weil auf ihrem Schreibtisch das Telefon klingelte und sie in den Nebenraum zurückeilen musste. Erst jetzt drehte sich Doris mit spöttischem Blick zu mir um. »Nur eine hohle Birne wird mit so viel Schrott gefüllt«, war ihre drastische Interpretation von Leas Ausführungen.

Aber das fand ich zu kurz gegriffen. So schrottreif war das Zitat nicht. Es hätte so ähnlich auch in der Bibel stehen können, vielleicht hatte der Guru es sogar von Salomo abgekupfert. Ich hatte Leas Interpretation jedenfalls nicht gebraucht, um zu verstehen, was es bedeutete. Es war nur ärgerlich, dass jemand wie Lea, die alleinstehend war und nach meinen Informationen wenig Kontakt zu ihrer Familie in Niederbayern hatte, auf diese subtile Weise um ihr Geld geprellt werden sollte. Als sie bei uns angefangen hatte, war sie so gut wie verlobt gewesen, und meine Theorie ging davon aus, dass diese zerbrochene Beziehung der Grund war, weshalb sie so verzweifelt nach neuem Halt in ihrem Leben suchte. Aber ich hätte ihr eher einen handfesten Kerl als einen esoterischen Meister in der Schweiz gegönnt, für den sie nun ganz platonisch schwärmte.

Aber hatten wir die Aufgabe, sie davon wieder abzubringen? Vermutlich würde sie uns jeden Versuch übel nehmen. Deshalb beschränkten wir uns auf gute Ratschläge, als sie später wieder mit der rostroten Bestimmungsfarbe anfing. »Wozu willst du das Auto spritzen lassen?«, fragte Doris sehr praktisch. »Wenn du drinsitzt, siehst du es doch sowieso nicht.«

»Da hast du recht«, sagte Lea zu unserer Überraschung. Vermutlich war ihr auch klar, wie teuer diese Aktion werden würde. »Vielleicht genügt es, wenn ich die Motorhaube machen lasse. Da guckt man doch immer drauf, oder nicht?«

»Lass sie einfach abschleifen«, riet Doris ihr. »Rostrot wird sie dann von ganz allein.«

Das ignorierte Lea geflissentlich, was dafür sprach, dass ein bisschen der asiatischen Gleichmut schon bei ihr hängen geblieben war. »Ich sollte lieber sehen, ob ich rostfarbene Sitzbezüge finde«, überlegte sie. »Ob ich die wohl in dem Auto-Shop an der Budapester Straße kriege?«

Begeistert zog sie wieder von dannen, um sich ihrem neusten Nachlassfall zu widmen. Doris zog eine Grimasse. »Ich bin nur für eine Sache dankbar«, sagte sie zu mir. »Und das ist, dass der Yogi bei seiner Meditation nicht beschlossen hat, dass ihre Bestimmung die dunkelrote ist. Stell dir mal vor, sie würde die ganze Zeit versuchen, uns zu bekehren. Wir würden doch unseres Lebens nicht mehr froh.«

6

Nicks Anruf erwischte mich, als ich gerade mit Gummistiefeln und Stephans altem Lodenmantel im Garten stand und unter der Hecke das Laub wegharken wollte, das ich über den Winter immer für die Igel liegen lasse. Mit klammen Fingern zog ich das Telefon aus der Tasche.

»Ich hab im Büro angerufen, aber die haben gesagt, dass du zuhause bist«, sagte er. »Ist was nicht in Ordnung?«

»Doch, doch«, beruhigte ich ihn. »Ich hab mir zwei Tage Urlaub genommen, weil ich hier einiges machen wollte.«

»Dann bist du nicht krank?«

»Bis jetzt noch nicht«, gab ich zurück. »Aber ich stehe gerade im Garten, und wenn es weiter so regnerisch und kalt ist, kann ich für nichts garantieren.«

»Dann geh doch einfach rein und setz dich in dein warmes Wohnzimmer«, schlug er vor. Ich konnte mir geradezu vorstellen, wie er dabei grinste.

»Dafür habe ich mir aber keinen Urlaub genommen«, entgegnete ich. »Aber du rufst ja sicher nicht an, um mir gute Ratschläge für mein Leben zu geben.« Es musste wohl daran liegen, dass ich vorankommen wollte und man nun mal mit einer Hand nicht harken kann, dass ich so kiebig zu ihm war. Im Gegensatz zu vielen anderen Gelegenheiten hatte er mich bisher noch gar nicht provoziert.

»Das würde ich nicht wagen.«

»Ach was«, sagte ich. »Du bist doch sonst nicht so schüchtern.«

»Kannst du das so genau wissen?«

»Ich kenne dich seit vierzig Jahren.« So gesehen war es Zeit für ein Jubiläum. Wie würde man das nennen? Rubin-Zoff? »Sag schon, was du auf dem Herzen hast.«

»Paula hat mich angerufen«, sagte er. »Sie fragt, ob wir heute Nachmittag gemeinsam zu ihr kommen können, weil sie was mit uns zu besprechen hat.«

Sofort fühlte ich mich ungemütlich. Zusammen mit Nick was besprechen? Das klang nicht wie ein harmloses Pläuschchen über alte Zeiten. »Weißt du genauer, um was es geht?«

»Nein, leider nicht. Aber sie hat es sehr dringend gemacht. Also, wenn du sowieso Urlaub hast, dann passt es dir doch sicher gegen fünf?«

»Theoretisch ja. Praktisch hab ich nur kein Auto, das ist gerade weg zum Lackieren.«

»Daran soll es nicht scheitern«, sagte er. »Ich hole dich um Viertel vor fünf ab.«

Na toll. Jetzt musste ich nicht nur ein Gespräch mit Nick und Tante Paula führen, das sehr geheimnisvoll zu sein schien, sondern auch noch Zeit mit ihm im Auto verbringen, wo man auf engem Raum zusammen ist und nicht wegkann, egal was für Sachen einem der andere an den Kopf wirft. Seufzend ergriff ich wieder meinen Rechen. Das Leben wäre so unkompliziert, wenn einfach jeder in seinem eigenen Garten bliebe. Aber ab und zu musste man wohl auch raus in die Welt, und da konnte man nie wissen, was einen erwartete.

Nick schien sich auch Gedanken gemacht zu haben.

»Ich habe mal meinen Freund Andreas angerufen«, sagte er, als ich sicher angeschnallt neben ihm in seinem Auto saß. »Doktor Werner«, schob er erklärend hinterher, als er mein verständnisloses Gesicht sah. »Aber an Paulas Zustand hat sich nichts Drastisches verändert. Sie soll nach wie vor Ende nächster Woche entlassen werden und lernt hoffentlich bis dahin, ihren Rollstuhl zu bewegen und mit ihren Krücken zu laufen. Sie sind nicht so ganz glücklich mit ihren Leberwerten, aber er meinte, es wäre kein Anlass zu akuter Sorge. An irgendwas müssten die Leute ja eines Tages sterben, und bei Paula stünde diese Aussicht noch in weiter Ferne.«

»Diese Mediziner sind ein ständiger Quell des Trostes«, brummte ich.

Nick lachte. »Verglichen mit dem Metzger, der vor ein paar Jahren meinen Beinbruch behandelt hat, ist Andreas ein wahres Sensibelchen.«

Ich runzelte die Stirn. »Du hattest mal ein Bein gebrochen? Davon weiß ich ja gar nichts.«

»Kleiner Unfall auf der Baustelle«, sagte er. Als er um eine Kurve lenkte, fiel mir an seiner linken Hand ein dezenter Edelstahlring auf. »Sechs Wochen Gips, danach war ich wieder wie neu. Aber da kannst du mal sehen, wie nachlässig du dich um mich kümmerst.«

»Ich wette, du hattest andere Samariter, die dich versorgt haben.« Manchmal weiß ich wirklich nicht, warum ich so zickig reagiere. Bei Nick weiß ich es natürlich. Weil er immer so obercool tut und einen dann hinterrücks mit irgendwas Gemeinem überfällt.

»Zum Glück«, meinte er mit einem Kopfnicken. »Stell dir vor, sonst läge ich jetzt vermutlich mumifiziert in meiner Wohnung und sähe aus wie Ötzi.«

Ich beschloss, das nicht zu kommentieren. Es erinnerte mich zu sehr an die Situation, in der ich Paula angetroffen hatte, nachdem Frau Grützbauer mich zu ihr hinkommandiert hatte.

Nick fand natürlich ohne Probleme einen Parkplatz vor der Klinik, setzte gekonnt rückwärts hinein und musste mir zu allem Überfluss noch helfen, meinen Sicherheitsgurt zu lösen. Schlechte Voraussetzungen für den weiteren Verlauf. Ich mag es absolut nicht, wenn ich wie ein Idiot aussehe, der sich noch nicht mal allein abschnallen kann.

Brummelig hastete ich hinter Nick her ins Krankenhaus, wo uns Tante Paula zur Feier des Tages vollständig angezogen und im Rollstuhl statt im Bett empfing. »Ich dachte, wir gehen runter ins Café«, hatte sie beschlossen.

Also machten wir uns auf den Weg: Tante Paula im Rollstuhl, in einem wallenden schwarz-grünen Gewand und ihrer augenblicklichen grünen Lieblingshandtasche auf dem Schoß, geschoben von Nick, der auch mit diesem Handicap noch schneller war als ich. Wir müssen ausgesehen haben wie die Heiligen Drei Könige, wie wir so im Gänsemarsch in den Aufzug einzogen.

Im Krankenhauscafé wählte Tante Paula eine diskrete Nische, bestellte sich einen großen Milchkaffee und ein Stück Torte und ließ uns endlich wissen, warum sie uns gemeinsam einbestellt hatte. Und vielleicht war es gut, dass wir gemütlich saßen und einen Kaffee vor uns hatten, denn was sie uns zu sagen hatte, war in der Tat keine Kleinigkeit.

Offensichtlich hatte sie nicht nur mit Doktor Werner über ihren Zustand und ihre Aussichten gesprochen. Sie hatte ja viel Besuch gehabt in den letzten Tagen, so ungefähr jeder, der sie kannte, hatte sie in der Hoffnung heimgesucht, Jan Hörnum könnte auch gerade da sein. Sie hatte mit Adele geredet, die ehrenamtlich in Kappenhagen im Johannesstift arbeitete und dort Nachmittagsveranstaltungen für die Senioren organisierte. Sie hatte die Röbels interviewt, die vor zwei Jahren in eine kleinere Wohnung in einer seniorengerechten Anlage gezogen waren. Onkel Rudolfs alter Freund Friedhelm, der auf mir unbekannte Weise zu einer Menge Geld gekommen war, ließ sich seit seinem zweiten Herzinfarkt von einer netten osteuropäischen Frau mittleren Alters betreuen, die mit ihrem Sohn in der Einliegerwohnung seiner Villa lebte.

Über alle diese gesammelten Erkenntnisse hatte sie in Ruhe nachgedacht und war zu dem Schluss gekommen, dass es für sie am besten sei, wenn sie sich in die »Ruheresidenz Silvretta« einkaufte, die ganz zentral am Stadtpark lag. Sie hatte auch schon dort angerufen und erfahren, dass sich zufällig gerade eine Vakanz ergeben hatte, mit anderen Worten: Es war jemand gestorben und hatte eins der Apartments frei gemacht. Für sie war das ein Zeichen vom Himmel, dass diese Entscheidung die richtige war.

»Ich hab das mal besichtigt«, sagte Nick. Vermutlich war einer seiner Freunde der Heimleiter, oder der Empfangsdirektor, wie man in so einer piekfeinen Anlage vermutlich sagte. Oder Senioren-Manager? »Abgesehen von der guten Lage ist das wirklich neuster Stand für seniorengerechtes Wohnen. Aber auch nicht billig. Man muss da eine Einstiegszahlung leisten.«

Auch darüber hatte sie sich schon Gedanken gemacht, und nun kam der Eröffnung zweiter Teil. Sie hätte ja das Haus. Das würden wir beiden eines Tages als nächste Angehörige auf jeden Fall erben. Und statt auf diesen Zeitpunkt zu warten, sollten wir es, handlich in zwei Eigentumswohnungen portioniert, schon jetzt übernehmen und ihr dafür einen Betrag überweisen, der ihr den Eintritt in den noblen Club der Silvretta-Bewohner ermöglichte.

Ich saß da wie eingefroren, den Süßstoffspender in der Hand. »Aber das … geht doch nicht …«, stotterte ich.

»Warum denn nicht?«, fragte sie. »Ich habe es mir genau überlegt. Mein Haus lässt sich wunderbar in zwei Wohnungen aufteilen, Nick und ich haben früher schon mal darüber nachgedacht. Du ziehst nach unten, wo du direkt in den Garten kannst. Er wohnt oben und baut sich das Dach als Atelier aus. Das passt perfekt.«

Vehement winkte ich mit dem Spender, bis ein Dutzend kleine Süßstofftabletten über den Tisch flogen. »Ich habe schon ein Haus!«

»Das viel zu groß ist für dich allein.« Gelassen rührte sie in ihrem Kaffee, bevor sie eine düstere Prophezeiung aussprach. »Eines Tages bist du dann auch mal in meiner Lage, und niemand hört dich.«

Und nach ihrer Vorstellung wäre es dann Nick, der mich hörte und mir in meinem Bad zu Hilfe kam? Eine großartige Vorstellung, fürwahr. Ich klaubte die Süßstoffpillen wieder auf und warf zwei davon in meinen Kaffee. Den Rest bot ich Nick an. »Auch Süßstoff?«

Ablehnend schüttelte er den Kopf. Echte Männer trinken ihren Kaffee schwarz. Zu Paulas Vorschlag hatte er bisher geschwiegen. Jetzt redete er. »Was wirst du mit deinen Sachen machen? Du kannst nur einen Bruchteil davon mitnehmen.«

»Darum müsst ihr euch kümmern.« Sie zog einen Zettel aus ihrer grünen Handtasche. »Ich habe mal aufgelistet, was ich mitnehmen will. Der Verwalter vom Silvretta hat mir bereits einen Grundriss der Wohnung geschickt, und ich habe hier ja genug Zeit zum Planen.«

Allerdings. Da hatte sie was Feines ausgeheckt. Nick und ich unter einem Dach, sie mit unserem Geld in einem edlen Altersruhesitz, den sie gedanklich schon vollständig möbliert hatte. Da war ja wohl unsere Zustimmung nur noch eine Formsache …

»Hör mal, darüber muss ich erst mal nachdenken.« Unglücklich hielt ich mich an meiner Tasse fest.

»Natürlich«, sagte Tante Paula verständnisvoll. »Tu das. Schlaf eine Nacht darüber.«

Eine großzügige Frist. Und was war mit Nick? Der hatte sich dazu noch gar nicht geäußert. »Was denkst du denn?«, fragte ich ihn herausfordernd. »Oder wusstest du das schon?«

»Ich hab dir doch gesagt, ich hatte keine Ahnung«, protestierte er. »Aber ehrlich gesagt, gefällt mir die Idee. In zwei Jahren wird hinter meinem Haus die Umgehungsstraße gebaut, das kappt ungefähr zwei Drittel des Grundstücks. Dann wird meine jetzige Wohnung ziemlich laut. Während Paulas Haus schön ruhig liegt, und mit zwei großen Fenstern im Dach wäre das ein tolles Studio.«

Umgehungsstraße in zwei Jahren? Ich hätte wetten können, dass ihm das wieder einer seiner Freunde aus der Stadtverwaltung gesteckt hatte. Also war Nick schon mal dafür. Während ich diejenige war, die das Haus aufgeben musste, das ich mit Stephan zusammen bewohnt hatte, in dem meine besten Jahre und meine schönsten Erinnerungen steckten … Und das natürlich auch viel Geld kostete, das ich eigentlich nicht hatte.

Schweigend trank ich meinen Kaffee, und die beiden anderen waren so vernünftig, mich erst mal in Ruhe zu lassen, während sie schon die Details von Paulas Umzug planten. Ich glaube, bei jedem anderen, der mir so einen Vorschlag gemacht hätte, wäre ich aufgestanden und gegangen. Aber ich hatte Paula so viel zu verdanken. Doch hatte sie deswegen das Recht, so massiv in mein Leben einzugreifen?

Ich war schließlich erst sechsundvierzig, das ist meines

Erachtens noch nicht der Zeitpunkt, zu dem man seinen Altersruhesitz plant. Ich musste Magnus immer noch einen Platz zum Nachhausekommen bieten, auch wenn ziemlich sicher war, dass er nach dem Studium nicht wieder bei mir wohnen würde. Ich müsste meinen schönen Garten aufgeben, obwohl der von Tante Paula auch nicht zu verachten war und ich dann Nick zwingen könnte, die Hecke zu schneiden und Schnee zu schieben. Oje, was sollte ich bloß machen?

Wir brachten schließlich Paula wieder auf ihre Station, wo schon das Tablett mit dem Abendessen auf sie wartete: Roter Tee, eine Scheibe Graubrot, eine Scheibe Knäckebrot, zwei Scheiben fade aussehender Fleischwurst, eine Ecke Schmierkäse, ein Schälchen blasser Möhrensalat. »Gut, dass ich gerade Kaffee und Kuchen hatte«, stellte sie fest. »Möchtet ihr was davon?«

Wir lehnten dankend ab und verabschiedeten uns. Schweigend fuhren wir nach unten, und dann holte Nick mit seinen langen Beinen in einer Geschwindigkeit aus, dass ich fast in Galopp verfallen musste, um mitzukommen.

»Hey«, rief ich schließlich keuchend. »Musst du noch ein Flugzeug kriegen oder warum rennst du so?«

Er blieb stehen und musterte mich. »Sorry«, sagte er. »Ich wusste nicht, dass du inzwischen ein bisschen kurzatmig geworden bist.«

Kurzatmig? Warum sagte er nicht direkt ›alt und fett‹? Beleidigt marschierte ich neben ihm her. Jetzt hätte er von mir aus auch im Dauerlauf zu seinem Auto sprinten können, ich hatte eh keine Lust, mit ihm zu reden. Jemand wie Ines hätte sich vermutlich in dieser Situation ein Taxi genommen, aber ich war erstens zu geizig dazu, und zweitens bin ich auch nicht besonders gut darin, solche Konflikte dramatisch eskalieren zu lassen.

Wütend ließ ich mich in sein Auto fallen, inständig hoffend, dass ich das mit dem Gurt dieses Mal allein hinkriegen würde.

Nick startete den Wagen. »Und?«, fragte er. »Was denkst du über den Vorschlag?«

»Weiß ich noch nicht«, fauchte ich und sah zum Seitenfenster hinaus.

Bis zur nächsten Ampel redeten wir kein Wort, dann sah er zu mir herüber. »Was ist los? Bist du traurig oder sauer über irgendwas?«

»Sauer über irgendwas?«, platzte ich heraus. »Erst erklärst du mir, dass ich zu dick geworden bin, und dann wunderst du dich, dass ich schlechte Laune habe?«

Er sah tatsächlich verblüfft aus. »Wann habe ich denn gesagt, dass du zu dick bist?«

»Gerade eben!«, stieß ich hervor.

»Hab ich nicht!«, behauptete er.

»Hast du doch!«, rief ich empört. »Kurzatmig, ha! Das impliziert ja wohl ein gewisses Übergewicht.«

»Wenn ich kurzatmig sage, dann meine ich kurzatmig«, versetzte er. »Mia, es ist doch nicht meine Sache, wie viel du wiegst. Aber wenn du schon auf so einem kurzen Stück Konditionsprobleme hast, dann werde ich das ja wohl aussprechen dürfen.«

»Konditionsprobleme«, brummte ich, nur marginal beruhigter. Er hatte ja recht, das war das Gemeine. Ich tat so gut wie gar nichts für meinen Körper, außer ihn bei der Gartenarbeit an der frischen Luft zu bewegen. Aber allen guten Vorsätzen zum Trotz blieb der Heimtrainer im Keller meistens unbenutzt. Und ein Fitness-Studio hatte ich noch nie von innen gesehen.

»Wenn du magst, dann nehme ich dich mal zum Laufen mit«, schlug Nick jetzt vor. »Ich drehe zweimal in der Woche jeweils zwei Runden um die Holbecke.«

Zwei Runden um die Holbecke joggen hieß bestimmt eine halbe Stunde oder mehr stramm laufen. »Da könnte ich mich direkt in die Sperre stürzen«, sagte ich düster.

»Tu das nicht«, meinte er heiter. »Das ist eine Trinkwassersperre, in die darf man nichts reinwerfen. Da kriegst du eine Anzeige.«

»Und wenn ich da zweimal hintereinander versuche drumherum zu laufen, kriege ich einen Herzanfall.«

»Du musst langsam aufbauen«, erklärte Nick. »Aber ohne Quatsch, Mia, du solltest wirklich was für dich tun. Wenn du auch mal eines Tages deinen Lebensabend in der Residenz Silvretta verbringen möchtest, dann willst du doch fit genug sein für alles, was die da anbieten, oder? Tango mit den schneidigen älteren Herren tanzen?«

»Darüber denke ich noch nicht nach«, sagte ich. Ganz abgesehen davon, dass ich mir so einen Altersruhesitz nie würde leisten können. »Ich meine, ja, klar, ich müsste ein bisschen abnehmen. Aber das ist nicht so einfach.«

»Ich weiß«, sagte er zu meinem Erstaunen. »Aber stell dir doch einfach mal einen Putzeimer voll Wasser vor. Das sind ungefähr zehn Kilo. Zehn Kilo Übergewicht ist nicht besonders viel, stimmt's? Aber wenn man sich vorstellt, man müsste diesen Eimer überallhin mitnehmen – Treppe rauf, Treppe runter, er ist immer dabei –, dann kriegt der Gedanke doch was Erschreckendes.«

»Und das stellst du dir dann vor, bevor du eine Tafel Schokolade aufmachst?«

»Manchmal.« Er bog auf die Budapester Straße ein. Eigentlich hatte er eine sehr beruhigende Art zu fahren. Vielleicht lag es auch an dem Auto – es war eine dieser superkomfortablen französischen Limousinen, in denen man sich immer sanft fortbewegt fühlt. »Wobei es sich bei mir dann eher um Räucherlachs oder Salami handelt. Es gibt bestimmte Sorten von italienischer Wildschweinsalami, davon könnte ich einen Viertelmeter am Stück essen.«

»Aber du tust es nicht, sondern du denkst dann an deinen Putzeimer?« Irgendwie konnte ich mir Nick nicht mitten in einer Fressattacke vorstellen. Aber offenbar hatte er ja auch seine eigenen Strategien dagegen entwickelt.

Nick lachte. »Nun nimm das nicht zu ernst, Mia. Ich finde nur, dass das Leben zu schade ist, um es sich zu versauen. Und wenn ich übergewichtig wäre und immer gleich aus der Puste käme, dann könnte ich es nicht so genießen wie jetzt.« Er zwinkerte mir zu. »Und weißt du was? Wenn man ein Stück Salami in Scheiben schneidet, dann schmeckt die zweite genau wie die erste. Man muss nicht zwanzig Stück essen, um das herauszufinden.«

»Hm«, gab ich zögerlich von mir. Das traf ja für eine Tafel Schokolade genauso zu.

»Was man herausfinden muss«, fuhr er fort, »ist vielmehr, wann man eigentlich satt ist. Und danach muss man nichts mehr essen. Das ist die Kunst.«

»Tja, das ist wirklich eine Kunst«, seufzte ich.

»Die sich aber lernen lässt.« Wir waren tatsächlich vor meinem Haus angekommen, er bog in meine Einfahrt ein. Ich war überrascht, dass wir den größeren Teil der Strecke doch noch ganz manierlich miteinander verbracht hatten. Eigentlich hatte ich ihn noch nach seinem Ring fragen wollen, aber darauf verzichtete ich jetzt. Vermutlich würde er mir sowieso nur erklären, dass einer seiner Freunde Schmuckdesigner war.

Nick wandte sich mir zu, während ich mich abschnallte (dieses Mal konnte ich es allein). »Mia, du musst diese Sache nicht bis morgen entscheiden. Wenn Paula in die Silvretta-Residenz ziehen will, dann gibt es auch andere Modelle, wie das zu finanzieren ist. Aber lass es dir durch den Kopf gehen. Ich denke, ich werde es machen. Aber wenn du dich gar nicht von deinem Haus trennen kannst, dann findet sich schon eine Lösung.«

Ich nickte langsam. »Das kommt ziemlich plötzlich.« Und er ahnte offensichtlich nicht, dass meine Entscheidung auch damit zu tun hatte, dass er dann auch da wohnen würde. Wenn er so freundlich war wie jetzt, könnte es ja vielleicht gehen. Aber wenn er noch mal eine versteckte Anspielung auf mein Gewicht machen würde, war er ein toter Mann. Ich könnte mich einfach auf ihn setzen und warten, bis ihm die Luft ausging ...

»Ja, das stimmt schon. Und so ein spontaner Typ bist du nicht, oder?«

Ich stieg halbwegs versöhnt aus seinem Wagen. »Danke fürs Mitnehmen.«

»Wann kriegst du denn dein Auto wieder?«

»Sie haben gesagt, es ist morgen Abend fertig.«

»Wenn du zwischenzeitlich einen Chauffeur brauchst, sag Bescheid.« Er winkte mir noch mal lässig zu und glitt mit seinem französischen Rollsofa davon.

Ich ging ins Haus – es war inzwischen zu dunkel, um noch mal in den Garten zu gehen – und versuchte einen Plan zu fassen. Auf jeden Fall musste ich Magnus anrufen und mit ihm über Tante Paulas Vorschlag sprechen. Aber zuerst ging ich in die Küche und öffnete den Kühlschrank. Ich hatte mir im Krankenhauscafé den Kuchen versagt, den Paula sich gegönnt hatte, und jetzt schrie mein kurzatmiger Körper geradezu nach Kalorien.

Da gab es zum einen die Möglichkeit, sich das klassische Brot zu schmieren. Nicht originell, aber mit langer Tradition. Ich hatte jedenfalls bessere Zutaten als Tante Paula auf ihrem Krankenhaustablett. Ich könnte mir natürlich auch etwas Warmes machen – ein Spiegelei zum Beispiel mit dem Rest Kartoffeln von gestern. Und ziemlich hinten im Kühlschrank befand sich noch eine größere Einfrierdose, deren Inhalt ich mir nicht sofort erklären konnte.

Ich zog sie hervor, machte sie auf – und fiel beinahe um. Jan Hörnum hatte tatsächlich gegen unsere Absprache den Rest des Pannfisches nicht weggeworfen, sondern in diese Dose gefüllt. Das war immerhin einige Tage her, und inzwischen hatte der vorherrschende Akzent von Fisch und Zwiebeln – die Kopfnote, würde der Parfümeur sagen – eine Qualität erreicht, die ihresgleichen suchte. Ich machte die Dose gar nicht erst wieder zu, sondern trug sie direkt mit angehaltenem Atem nach draußen, um sie über dem Kompost zu entleeren, und besonders sensible Gemüter sollten jetzt nicht versuchen, sich die schleimige Konsistenz vorzustellen, in der diese Masse ihren Behälter widerstrebend verließ. Ich spülte Dose und Deckel am Außenwasseranschluss ab und ließ sie vor der Küchentür stehen in der Hoffnung, dass sich der erbärmliche Gestank bis morgen etwas verflüchtigt hätte und keine hungrigen Grizzlybären anlockte.

Immerhin hatte die Sache einen nützlichen Effekt, denn ich hatte zunächst mal keinen Hunger mehr. Vielleicht sollte ich die Dose noch behalten und jedes Mal daran schnüffeln, wenn ich Hunger verspürte? Vielleicht würde das Phänomen als ›Pannfisch-Anorexie‹ in die Medizingeschichte eingehen?

Eigentlich war mir aber Nicks Methode sympathischer. Ich suchte Magnus' alten Rucksack im Schrank unter der Treppe, wo ich ihn auch unter solchem Gerümpel wie Rollschuhen in Größe sechsunddreißig und einzelnen Bestandteilen seines Chemiebaukastens wiederentdeckte. Jetzt ging es darum, etwas zu finden, das fünfzehn Kilo wog. Das war nämlich ungefähr das Gewicht, auf das ich gerne verzichten würde. Ich schaffte es schließlich mit

Hilfe von mehreren Konservendosen, einem Lexikon und zwei Wasserflaschen, den Rucksack nach Aussage meiner Badezimmerwaage auf das gewünschte Gewicht zu bringen, sodass er gerade noch zu ging.

Ich hievte mir den Rucksack auf den Rücken und ging die Treppe runter. Die Gurte waren falsch eingestellt und schnitten mir in die Schultern, während sich mir eine Ecke des Lexikons schmerzhaft in den Rücken bohrte. Aber das Ziel war ja auch nicht, wie Hape Kerkeling damit den Jakobsweg zu erwandern, sondern sich bewusst zu machen, wie schwer fünfzehn Kilo sind. Die Vorstellung, dass diese zusätzlichen Kilos meine Gelenke belasteten und von meinem Herzen spürbare Mehrarbeit verlangten, war schon recht eindrücklich.

Noch einmal zwang ich mich, die Treppe rauf- und wieder runterzugehen, dann stellte ich den Rucksack in die Küche – dorthin, wo auch Magnus ihn immer abgestellt hatte, wenn er nach Hause kam – und belohnte mich damit, dass ich meinen Sohn anrief.

Er wunderte sich natürlich, dass ich das tat, ohne dass es der übliche Sonntag war (da telefoniere ich kostenlos) oder dass er um Rückruf gebeten hatte. »Ist was, Mama?«

»Wie man's nimmt.« Ich berichtete ihm von Tante Paulas Ansinnen.

Er hörte es sich gelassen an. »Klingt ganz plausibel. Und wo ist das Problem?«

»Na hör mal, ich müsste unser Haus verkaufen. Das Haus, in dem du aufgewachsen bist, das ich mit Papa zusammen eingerichtet habe …«

»Ach Mama!«, sagte er in dem gleichen mitleidigen Ton wie früher, wenn ich nicht kapierte, was er mir am Computer in Windeseile vorgemacht hatte. »Vielleicht ist es an der Zeit, dass du dieses Mausoleum aufgibst?«

»Mausoleum?«, quiekte ich schockiert. »Was meinst du denn damit?«

»Ich meine damit, dass du es seit Jahren so gelassen hast, wie es war, bevor Papa starb. Wenn er noch lebte, hätten wir längst neue Gardinen oder in der Küche eine Leiste mit Halogen-Strahlern, die wirklich dahin leuchten, wo man Licht braucht. Du traust dich nicht, was zu verändern, weil du denkst, dass Papa das vom Himmel aus sieht und traurig ist.«

Kinder können grausam sein. »Aber mir gefällt das, wie es …«

»Wirklich?«, fragte er rücksichtslos. »Mama, wenn ich zuhause bin, zeigst du mir manchmal Fotos in Zeitschriften. Und die sehen ganz anders aus. Magst du wirklich noch diese Couchgarnitur im Wohnzimmer? Oder die Keramiklampe über dem Esstisch?«

»Die vielleicht nicht, aber die war damals richtig teuer.«

»Meinst du nicht, dass die nach zwanzig Jahren abgeschrieben ist? Und ohne schlechtes Gewissen ersetzt werden kann?«

Ich wanderte mit dem Telefon und der Stimme meines unkooperativen Sohns darin in das besagte Wohnzimmer. Ich versuchte es mit den Augen eines unbeteiligten Besuchers wahrzunehmen. Nicht unbedingt die von Jan Hörnum, aber die der Fußpflegerin vielleicht. Ich sah eine Orgie in Kiefer, nicht das billige Schwedenzeug von Ikea, sondern solide Ware, die den Worten des Möbelhausberaters zufolge ein Leben lang halten würde. Stimmte ja auch, denn Stephan hatten die Möbel deutlich überlebt.

Ich sah all die Dinge, die sich mit der Zeit ansammeln, wenn man Gäste hat oder sich auch selber mal einen Wunsch erfüllt. Während ich dazu tendiere, alles symmetrisch anzuordnen, hatte Stephan eher experimentiert, und viele Arrangements hatte ich so gelassen – den schräg in die Ecke gestellten Sekretär, das Sideboard mit den der Größe nach geordneten Babuschka-Figuren aus der Zeit, in der Stephan ein paarmal geschäftlich nach Russland gefahren war. Den riesigen Hydrokultur-Bottich mit dem Ficus, der schon allein deshalb immer noch da stand, weil ich ihn allein kaum bewegen konnte. Die Sammlung von Glasflaschen auf der Fensterbank. Den Teppich, den wir aus Tunesien mitgebracht hatten.

»Mama?«, fragte Magnus jetzt etwas verunsichert. Ich hatte wohl auf seine letzte Frage nicht reagiert. »Alles in Ordnung?«

»Ach, Maggi«, seufzte ich. »Ich muss darüber einfach noch mal nachdenken. Dir würde das gar nichts ausmachen, wenn ich das Haus verkaufe und mich kleiner setze?«

»Solange du nicht meine Klamotten auch verkaufst«, erwiderte er. »Ich würde dir schon übel nehmen, wenn ich nach Hause käme und meine Plattensammlung wäre weg.«

»Darum geht es nicht, und das weißt du auch.«

»Mama, du musst das selbst entscheiden«, sagte er. »Du bist doch schon groß.«

Das half mir auch nicht weiter. Nachdem ich mich von ihm verabschiedet hatte, ging ich schnurstracks zum Kühlschrank und aß vier Scheiben Schinken direkt aus der Verpackung. Ohne mich damit aufzuhalten, ein Brot zu belegen. Ohne auf den Rucksack zu achten, der ganz in der Nähe stand. Und ohne mich an die Pannfisch-Dose zu erinnern. Es ging nur um das tröstliche Gefühl, etwas Leckeres im Mund zu haben. Und dabei spielte es keine Rolle, dass alle vier Scheiben exakt gleich schmeckten.

So nachhaltig wirksam waren demnach die heute ausprobierten Methoden nicht.

7

Am nächsten Tag hatte sich das Wetter nicht gebessert. Es erforderte schon einiges an Selbstdisziplin, mit Lodenmantel, Gummistiefeln und einem alten Hut bewaffnet nach draußen zu gehen, aber schließlich hatte ich mir dafür Urlaub genommen. Verbissen fegte ich feuchtes Laub auf und brachte es auf den Kompost, das war nun mal der Preis, den man für einen schönen großen Garten mit altem Baumbestand zahlt.

Offensichtlich hatte ich dabei die Klingel überhört, denn irgendwann kam jemand um die Hausecke, der mir zurief: »Entschuldigung, wissen Sie, wo Frau …«

Ich fuhr herum. »Nick? Was machst du denn hier?«

»Ach, du bist das!« Er lachte amüsiert. »Gehst du immer verkleidet in den Garten?«

»Solange ich mir keinen Gärtner leisten kann«, versetzte ich. »Was führt dich her?«

»Ich war gerade in der Gegend, und da dachte ich, wir könnten vielleicht mal eben zu Paulas Haus rüberfahren und uns das gemeinsam ansehen.« Ich muss wohl leicht kritisch geguckt haben, denn er fügte rasch hinzu: »Das heißt überhaupt nicht, dass ich dich zu etwas überreden will. Aber ich finde, wir sollten gemeinsam besprechen, worüber du überhaupt entscheiden musst.«

Da ich inzwischen so kaputt und durchgefroren war, dass alles andere im Augenblick reizvoller erschien als hier im Garten weiterzumachen, stimmte ich zu. Außerdem war es mal an der Zeit, Jan Hörnum die Telefonnummer seines Versicherungsvertreters zu übermitteln. Wenn ich dafür schon den ersten beruflichen Vollanschiss meines Lebens kassiert hatte, dann sollte das wenigstens nicht völlig für die Katz gewesen sein. Und auch wenn ich nicht so besonders beeindruckt von Nick war, als Unterstützung bei einer solchen Mission war er nicht zu verachten. Wenn man ihn in einen engen schwarzen Anzug steckte und eins von diesen spiralförmigen Kabeln an seinen Hals klebte, gab er bestimmt einen ordentlichen Bodyguard ab.

Zehn Minuten später saß ich in seinem Auto, von einer Sitzheizung verwöhnt. »Hmm«, machte ich. »Das ist ja angenehm. Vielleicht sollte ich doch den Omega verkaufen.«

»Bestimmt solltest du das«, sagte er. »Ich könnte dich mir total gut in einem kleinen roten Cabrio vorstellen.«

Eine Sekunde schwieg ich verdutzt. »Du denkst darüber nach, was ich mir für ein Auto kaufen sollte?« Vor allem war das fast wie Gedankenübertragung. Wenn ich mir jemals das Auto meiner Träume gönnte, dann wäre es vermutlich so eins.

Er wich einer direkten Antwort aus. »Hör mal, dieser Omega ist doch inzwischen auch ein altes Schätzchen«, sagte er. »Wie viel hat der inzwischen auf dem Buckel? Bestimmt über hunderttausend.«

»Hundertvierzig«, antwortete ich. »Das ist nicht so viel für ein zwölf Jahre altes Auto.«

»Zwölf Jahre sind viel für einen Omega mit Benzinmotor. Du weißt doch nie, wann die nächste größere Reparatur kommt. Und wozu brauchst du so eine Kiste? Ich wette, den größten Teil der Zeit fährst du den allein.«

Da hatte er natürlich recht. In erster Linie fuhr ich

den Wagen immer noch, weil ich mir in meinem ganzen Leben noch kein Auto gekauft hatte. Früher hatte das mein Vater gemanagt, dann mein Mann, aber dass Magnus als nächster männlicher Verwandter diese Aufgabe übernehmen würde, kam mir eher unwahrscheinlich vor. Vermutlich stände ich dann mit einem tiefer gelegten Golf da, der anstelle des Kofferraums eine Disco-Anlage besaß.

Meinen Nachbarn Klaus konnte ich auch nicht um Unterstützung bitten. Erstens machte er den Eindruck, als ob er Autos unter dreißigtausend Euro gar nicht ernst nahm, und außerdem würde der auch versuchen, mir das aufzuschwatzen, was er für wichtig hielt – eine Limousine mit großem Kofferraum und Parkhilfe. Ich hätte nicht gedacht, dass ausgerechnet Nick am ehesten nachvollziehen konnte, was für ein Auto für mich in Frage kommen könnte.

Paulas Haus sah dunkel aus, als wir ankamen. Der große Mercedes stand nicht in der Nähe – vielleicht hatte Jan Hörnum gerade eine Reitstunde.

Nick und ich hatten beide einen Schlüssel, und es sah irgendwie witzig aus, als wir beide mit ausgestreckter Hand vor der Haustür standen. Er ließ mir den Vortritt, und wir betraten das Haus. Wie immer wurde man sofort von der Atmosphäre gefangen genommen, die mich schon als Kind fasziniert hatte: als gäbe es überall etwas zu entdecken.

»Ich weiß noch, als ich das erste Mal in dieses Haus gekommen bin«, sagte Nick versonnen. »Mein Vater und Paula können noch nicht lange darin gewohnt haben, aber es war von Anfang an vollgestopft.«

»Das ist nicht so dein Stil?«

»Als Kind fand ich es toll«, gestand er. »Aber inzwischen finde ich es eher bedrückend. Schon wenn man diesen Flur mal entrümpeln würde, dann wirkte er viel großzügiger.«

Gemeinsam gingen wir einmal durch alle Räume und überlegten – natürlich ganz theoretisch! –, wie man im Erdgeschoss eine vollständige Wohnung einrichten könnte. Beziehungsweise ich schaute ratlos und Nick machte Vorschläge. Zugegeben, das ist sein Job, aber ich war schon beeindruckt davon, wie gut er das konnte. Mit seiner Hilfe sah ich plötzlich vor mir, wie aus verbauten, mit Krempel zugestellten Räumen ein schönes Wohnzimmer, ein traumhaftes Schlafzimmer, ein schickes kleines Bad werden konnten. Er entdeckte die Holzdielen unter dem Teppichboden und war ganz zuversichtlich, dass man sie abschleifen konnte. Und der Höhepunkt war, als er meinte, es wäre weder besonders schwierig noch besonders kostspielig, an das Wohnzimmer einen Wintergarten anzufügen.

Gemeinsam stiegen wir die Treppe hinauf und begutachteten die erste Etage. Dort sah man ziemlich deutlich Jan Hörnums Spuren. Das Bad sah schrecklich aus, das Gästezimmer war übersät mit Kleidungsstücken. »Das ist ja ein seltsamer Vogel«, meinte Nick kopfschüttelnd mit einem Blick auf die einzelnen Exponate. »Zieht der wirklich so was an?« Er wies auf das Friesenhemd, das ich ja schon kannte.

»Natürlich. Und du wirst dich wundern, aber das passt zu ihm.«

»Wird Zeit, dass ich den mal kennenlerne.« Er hatte schon den Stock in der Hand, mit dem die Klappe zur Bodentreppe gelöst wurde. »So, jetzt schauen wir uns das auch noch an.«

Auf Tante Paulas Dachboden war ich schon lange nicht mehr gewesen, aber passend zum Rest des Hauses war er voll mit Plunder. Mehrere mit Plastik bespannte

Leichtbau-Kleiderschränke enthielten muffig riechende Kleidungsstücke. Staubige Kisten standen in jeder Ecke, manche mit Aufschriften wie »Christbaumschmuck« oder »Unterlagen Steuererklärungen 76–80«. Andere ließen uns rätseln, was sie beinhalteten, und wir wagten auch nicht, sie jetzt zu öffnen. Ein Schaukelpferd, dessen Kufen inzwischen total gerade waren, gab es ebenso wie einen alten Schlitten (»Das war meiner«, bemerkte Nick nicht ohne Stolz, »damit hab ich mir mal den Arm gebrochen!«) und mehrere große Glasballons, in denen Onkel Rudolf früher seinen Apfelwein angesetzt hatte. Von Tante Paula stammte die windschiefe Schneiderpuppe mit der gertenschlanken Taille. Die Kleider, die darauf angefertigt worden waren, passten ihr seit mindestens dreißig Jahren nicht mehr. Nichtsdestoweniger befürchteten wir, dass einige davon noch in den Schränken hingen.

Nick stand ein paar Minuten schweigend da und betrachtete das Ganze. Immerhin wollte er sich hier sein Büro einrichten, da überlegte er sicherlich, ob das passte. Er öffnete die verdreckte Dachluke und schaute hinaus. Er klopfte an verschiedenen Stellen des Dachs und sah sich den Holzboden an. Schließlich fiel sein Blick auf die Treppe.

»Die muss auf jeden Fall raus«, fand er. »Ich glaube, ich weiß schon, wie das gehen könnte.«

»Schön für dich«, entfuhr es mir. Ich war inzwischen etwas ungeduldig geworden, weil ich so lange untätig herumgestanden hatte.

»Für dich vielleicht auch«, sagte er. »Dieses Haus kann ein Schmuckstück werden. Und du hast noch nicht offiziell abgesagt.«

»Was würdest du denn tun, wenn ich absage?«, wollte ich wissen. Wenn man diese steile Dachtreppe wieder heruntergeklettert war, fühlte man irgendwie das Bedürfnis, sich überall den Staub abzuklopfen.

»Weiß ich noch nicht genau«, sagte er. »Vielleicht das mit dem Dach lassen und das Büro nach unten legen.«

»Keine andere Dame in Sicht, die du fragen könntest?«, stichelte ich.

Er grinste nicht ein bisschen, sondern sah mich so lange an, dass es fast unangenehm wurde. »Nein«, sagte er schließlich. »Keine.«

Mir war ein bisschen ungemütlich. Vielleicht hatte er gerade eine unglückliche Liebe hinter sich und ich hatte in offenen Wunden gestochert. Tante Paula erzählte ab und zu von Frauen, eine Reihe von Vornamen wie Handarbeitsmagazine, die sich aber nie lange hielten. Vor Jahren hatte es mal eine gewisse Annette gegeben, aber das war schon ewig her.

Trotz allem, was er mir früher angetan hatte, wollte ich ihn jetzt wirklich nicht verletzen. Aber bevor ich noch einen Weg fand, das Thema halbwegs taktvoll anzuschneiden, öffnete sich unten die Haustür.

»So«, sagte ich, »jetzt kannst du erst mal Jan Hörnum kennenlernen.«

Jan Hörnum war guter Dinge. Er bat uns in die Küche und bot an, Kaffee zu machen. »Es muss auch noch Kuchen da sein«, sagte er und holte einen Teller mit mehreren Stückchen Bienenstich aus dem Kühlschrank. Das Muster des Tellers war mir fremd, aber auf der Spüle standen – zusammen mit einer Menge ungespültem Geschirr des Hauses – schon mehrere davon. Ich tippte deshalb auf Frau Grützbauer.

Ich holte meinen Zettel aus der Handtasche. Das Unangenehme zuerst, hatte meine Mutter immer gesagt. »Ich weiß jetzt, wer Ihr Versicherungsagent ist«, sagte ich. »Herr Walbeck in Buxtehude. Hier ist die Nummer.«

»Und Sie sollten ihn schleunigst anrufen«, sagte Nick mit Nachdruck. »Versicherungen mögen es nicht gern, wenn man ihnen Schäden erst mit großer Verzögerung meldet.«

»Ich versuche es gleich morgen«, versprach Jan Hörnum und steckte den Zettel ein. Ich überlegte, ob ich Frau Grützbauer bitten sollte, ihn daran zu erinnern, aber dann fiel mir ein, dass ich sie dazu anrufen müsste, und das würde ich freiwillig niemals tun.

»Ich war bei Ihrer Tante«, berichtete Hörnum. Vermutlich, um das Thema zu wechseln. »Die hat mir erzählt, dass sie in die Ruheresidenz Silvretta ziehen wird. Da bin ich direkt mal dort vorbeigefahren, um mir das selber anzuschauen. Ein sehr schönes Haus.«

»Ja, ich hab's auch schon gesehen«, sagte Nick. Er wollte wohl nicht den Eindruck erwecken, als ob es ihn weniger interessierte, wo Paula ihren Lebensabend verbringen wollte, als einen Außenstehenden. Jetzt war ich die Einzige, die bloß eine ungefähre Vorstellung davon hatte, wo diese Luxusresidenz überhaupt war.

»Gleich mehrere Leute haben mich erkannt und angesprochen«, fuhr Jan Hörnum stolzgeschwellt fort. »Da habe ich spontan angeboten, dort am Sonntag eine Lesung zu machen.«

»Eine Lesung?«, fragte ich. »Was werden Sie denn lesen?«

»Norddeutsche Gedichte«, erklärte er. »Ich habe in den letzten Jahren schon häufiger so etwas gemacht. Storm, Liliencron, Matthias Claudius ... Wilhelm Busch kann man auch noch dazurechnen, oder Fritz Reuter.«

»Aha«, machte ich etwas hilflos. »Ich fürchte, davon kenne ich Wilhelm Busch am besten.«

»Sie kennen bestimmt mehr als Sie denken«, sagte Jan Hörnum. Und dann begann er zu deklamieren:

»Wohl rief ich sanft dich an mein Herz,
Doch blieben meine Arme leer;
Der Stimme Zauber, der du sonst
Nie widerstandest, galt nicht mehr.
Was jetzt dein Leben füllen wird,
Wohin du gehst, wohin du irrst,
Ich weiß es nicht; ich weiß allein,
Dass du mir nie mehr lächeln wirst.«

Ich muss zugeben, ich war total fasziniert. Der Mann, der mich sonst entweder provozierte oder mein Mitleid erregte, konnte mit einer solchen Eindrücklichkeit rezitieren, dass es mich fast zu Tränen rührte. Da passte plötzlich der norddeutsche Tonfall. Da übersah man die alberne Frisur und das cremefarbene Sakko, das er heute zu einer karierten Hose trug. Man achtete nur noch auf diese Stimme. Er hatte gut daran getan, Schauspieler zu werden, wobei er in dümmlichen Filmen wie ›Rettungskreuzer Balthasar‹ sein Talent nicht ausspielen konnte.

»Das kenne ich nicht«, sagte ich. »Von wem ist das?«

»Theodor Storm«, sagte er und erhob sich ziemlich abrupt. »Noch Kaffee?«

»Das ist sehr schön«, musste auch Nick zugeben und hielt ihm seine Tasse hin.

»Das werde ich gegen Ende lesen«, sagte Jan Hörnum. »Möchten Sie vielleicht auch kommen? Am Sonntag um sechzehn Uhr.«

»Mal sehen«, sagte Nick zögernd.

»Na, Sie können es sich ja noch überlegen. Sie wissen ja, wo es ist. Vielleicht bringen Sie Paula auch mit.«

»Wo wir gerade von ihr sprechen«, sagte Nick. »Sie hat Ihnen ja sicher gesagt, dass sie uns ihr Haus überlässt?«

»O ja. Eine gute Idee, finde ich. Da bleibt es in der Familie. Es gibt ja so viele Erinnerungsstücke hier …«

»Wobei wir natürlich unsere eigenen Sachen mitbringen werden«, sagte Nick. Mir fiel auf, dass er mich bereits mit einschloss, aber ich kommentierte das nicht. In Anwesenheit von Jan Hörnum würde ich mit ihm nicht darüber streiten. »Wir werden deshalb relativ bald anfangen, hier aufzuräumen.«

»So, so«, sagte Jan Hörnum. »Und wie haben Sie das vor?«

»Mit einem großen Container«, sagte Nick sachlich.

Jan Hörnum verzog schmerzlich das Gesicht. »Das klingt aber herzlos! Was soll denn Ihre Tante … Stiefmutter … Paula denken? Das ist ihr Leben, das Sie da wegwerfen wollen!«

»Es sind ihre Sachen«, korrigierte Nick. »Und zwar die, die ihr nicht wichtig genug sind, um sie mit in die Residenz Silvretta zu nehmen. Wir wollen hier kein Museum einrichten.« Jetzt fand ich auch, dass es ein bisschen brutal klang.

»Aber es gibt durchaus andere Möglichkeiten«, argumentierte Jan Hörnum. »Machen Sie doch einen Garagenverkauf.«

Ich runzelte die Stirn. »Die Garage verkaufen? Wieso denn das?«

Er lächelte mich mitleidig an. »Das haben Sie noch nie erlebt, was? Es heißt nicht, dass man die Garage verkauft, sondern Sachen in der Garage anbietet. Oder auch im Garten, wenn das Wetter mitspielt. Dann kann man anderen Menschen eine Freude machen und selbst noch ein bisschen daran verdienen.«

Nick brummte, dass es ihm auch Freude machte, wenn er Sachen in den Container schmeißen könnte. Ich glaubte es ihm gern.

»Das können Sie ja dann immer noch«, konterte Jan Hörnum. »Aber Sie werden staunen, was die Leute alles kaufen. Man muss natürlich richtig Reklame dafür machen. Ich könnte mich darum kümmern, wenn Sie wollen.«

»Wie lange werden Sie denn noch hier sein?«, fragte ich ihn.

Inzwischen kannte ich ihn gut genug, um zu erkennen, wenn er seinen ausweichenden Blick bekam. »Och ... eine Woche vielleicht. Ich habe jetzt einen Reitlehrer gefunden.«

»Sie machen hier also Reiterferien?«, fragte Nick mit sarkastischem Unterton.

»Ich denke, nächste Woche werde ich den Vertrag mit den Freilichtfestspielen Hammerscheid unterschreiben«, erklärte Jan Hörnum und hob voller Überzeugung das Kinn. »Und dann stellen die mir eine Wohnung in der Nähe, damit wir ganz intensiv proben können.«

»Ach so«, sagte Nick und sah auf die Uhr. »Hör mal, Mia, wenn du heute dein Auto noch aus der Werkstatt holen willst, dann müssen wir uns jetzt beeilen.«

»Meine Güte, ja!«, rief ich erschrocken, und etwas überstürzt verabschiedeten wir uns.

Nick grinste, als er sich hinter das Steuer setzte und den Motor anließ. »Das ist ja wirklich ein Unikum!«

»Aber rezitieren kann er«, warf ich ein. »Dieses Storm-Gedicht ... Das war schon anrührend, findest du nicht?«

Er sah mich von der Seite an. »Na, dann scheint er es ja zu schaffen«, sagte er.

Ich war leicht verwirrt. »Was meinst du damit?«

»Sich an dich ranzuschmeißen.« Er gab ziemlich viel Gas, als er auf die Straße bog. Wieder fiel mir sein Ring auf.

Ich musste laut lachen. »Jan Hörnum? An mich ranschmeißen? Das ist ja wirklich das Absurdeste, was ich heute gehört habe!«

»Wenn du dich da mal nicht täuschst«, sagte er bissig. »Ich habe gesehen, wie dich dieser Hein Blöd mit Blicken fast auffrisst.«

Ich lachte immer noch. »Maggi sagt wenigstens Käpt'n Blaubär zu ihm.«

Seine Stirn furchte sich. »Maggi? Du gibst deinem Sohn erst einen großen Namen und nennst ihn dann mit zwanzig immer noch wie ein Suppengewürz?« Er klang fast so tadelnd wie damals mein Schuldirektor, als er mich ausgerechnet an dem Tag beim Schwänzen der letzten Stunde ertappte, nach dem ich zur stellvertretenden Schulsprecherin gewählt worden war.

»Wir haben ihn immer so genannt«, sagte ich verunsichert. »Er ist das gewöhnt. Es stört ihn nicht.«

»Dass er es gewöhnt ist, mag ja sein. Dass es ihn nicht stört, bezweifle ich. Frag ihn doch mal.«

»Wenn du meinst.«

»Meine Mutter hat mich immer Lausimausi genannt, wenn sie gute Laune hatte«, offenbarte er mir. »Auch wenn meine Freunde dabei waren. Das war oberpeinlich.«

»Auweia«, sagte ich mitfühlend. Lausimausi. Das fand ich noch ein oder zwei Klassen schlimmer als so ein liebevolles ›Maggi‹. »Man hat es nicht leicht, wenn man Nikolaus heißt, was?«

»O ja«, sagte er heftig. »Vielleicht kannst du deshalb nachvollziehen, weshalb ich immer darauf Wert gelegt habe, Nick genannt zu werden. Und weshalb ich immer so wütend wurde, wenn du versucht hast, mich mit meinem Namen zu ärgern.«

»Das hab ich nie getan«, widersprach ich. Es war doch immer umgekehrt gewesen.

»Ein Fall von früher Amnesie?«, meinte er spöttisch. »Und was ist mit ›Niklaus ist ein doofer Mann, der nicht richtig schreiben kann‹?«

»Oje, das hatte ich verdrängt«, musste ich zugeben. »Tut mir wirklich leid. Das werde ich nie wieder singen.«

»Das will ich hoffen«, sagte er schon wieder etwas sanfter. »Inzwischen kann ich ja auch schreiben. Aber kannst du dir vorstellen, dass ich immer Panik hatte, meine Mutter würde wieder heiraten und mir am Ende einen Nachnamen wie ›Ruthe‹ oder ›Rupprecht‹ verpassen? Das waren jedenfalls Leute, die ich kannte.«

Das wäre allerdings nicht schön für ein Kind. Vermutlich hatte er es sowieso nicht leicht gehabt. Alles, was ich wusste war, dass seine Mutter Onkel Rudolf die Scheidung sehr übel genommen und niemals Tante Paulas Haus betreten hatte, sodass ich sie nie kennenlernen konnte.

»Was macht deine Mutter eigentlich?«

»Die lebt in Trier in einer kleinen Wohnung und klagt sich langsam zu Tode«, sagte er. »Dabei wollte sie unbedingt dorthin ziehen. Sie dachte, an der Mosel ist immer schönes Wetter und Weinfeststimmung. Jetzt ist sie unzufrieden, dass ich sie nicht jede Woche besuche, dass alles so teuer geworden ist und dass ihr das Knie weh tut, dass sie im zweiten Stock wohnt und das Haus keinen Aufzug hat, dass Heinz Rühmann tot ist und keine Filme mehr dreht und dass ihre Freundin Hedy jetzt im Altenheim ist und sie nicht mehr besuchen kann und was sonst noch. Ich sage dir, Mia, so will ich nicht enden. Man muss über sein weiteres Leben rechtzeitig entscheiden. Also jetzt.«

»Damit willst du mir was sagen, ja? Ich soll nicht in meinem Haus wohnen bleiben, bis ich ein schlechtes Knie habe und meine Freundinnen im Altersheim sind?« Wieder mal guckte ich etwas beleidigt aus dem Beifahrerfenster.

Er schüttelte heftig den Kopf. »Meine Güte, Mia, nun sei nicht unfair. Ich habe gesagt, du sollst dir Zeit nehmen, und dazu stehe ich auch. Aber du sollst dich bewusst entscheiden und nicht eines Tages darüber klagen, wie schlimm alles geworden ist. Das solltest du schon Magnus nicht antun.«

Ich seufzte tief. »Magnus hat gesagt, dass ich in einem Mausoleum wohne.«

Nick warf mir einen Blick zu und sah dann wieder auf die Straße. »Und? Hat er recht?«

Ich nahm sehr wohl wahr, dass er mir die Beurteilung überließ. Selber würde er vermutlich eher Magnus zustimmen. »Ich weiß nicht. Ich muss mal darüber nachdenken. Natürlich hänge ich an den Dingen, die mich mit Stephan verbinden.«

»Das ist ja auch in Ordnung«, sagte er. »Aber das ist vermutlich wie mit der Salami. Man kann zwei Scheibchen essen oder zwanzig. Man kann drei Souvenirs haben oder dreihundert. Ändert das was an der Intensität der Gefühle?«

Ich schwieg betroffen. Manchmal hatte er so eine unangenehm treffsichere Art, die Dinge auf den Punkt zu bringen.

»Neulich habe ich gelesen, dass jeder Mensch durchschnittlich zehntausend Dinge besitzt«, fuhr er fort. »Stell dir das mal vor. Im Durchschnitt. Das heißt, es gibt Leute, die haben deutlich weniger. Aber manche haben auch deutlich mehr. Zehntausend Teile. Und damit ist nicht jedes einzelne Puzzleteil in der Schachtel gemeint.«

»Das klingt sehr viel«, sagte ich. Natürlich war es auch eine Sache der Interpretation. Zum Beispiel meine Babuschka-Figuren auf dem Sideboard. Zählten die als acht einzelne Puppen oder als ein Set?

»Finde ich auch«, meinte Nick. »Und dann denke ich: Was will man mit all den Sachen? Muss man die haben? Ist man mit zehn Jeans glücklicher als mit fünf? Wenn man genug Geschirr für zwanzig Personen hat, dann kann man sich doch zusätzliche Teller leihen, wenn man mal mehr als zwanzig Leute zu Besuch hat, oder? Oder muss man sich jeden Videofilm kaufen, den man mal sehen möchte? Die meisten kann man sich auch ausleihen, weil man sie kein zweites Mal anschaut.«

»Da hast du ein großes Fass aufgemacht«, sagte ich nachdenklich. »So schnell kann ich mir dazu gar keine Meinung bilden.« Zumal er gerade auf den Parkplatz der Autowerkstatt einbog und ich den Omega schon erkennen konnte.

»Vielleicht können wir ja mal weiter darüber reden«, schlug er vor. »Heute kann ich leider nicht, weil ich Freitagabend immer mit ein paar Freunden Badminton spiele, aber hättest du morgen Lust, mit mir zu Abend zu essen?«

»Morgen? Da kann ich nicht. Meine Freundin Ines hat einen Gutschein für das Saunadorf in Romfeld, da wollten wir morgen zusammen hin.«

»Na dann, viel Spaß beim Schwitzen. Und was ist mit Sonntag?«

»Sonntag … da war doch was …«

»Siehst du? Amnesie!«, lachte Nick. »Da ist die Lesung im Haus Silvretta. Aber die wird ja wohl nicht bis abends dauern.«

»Na gut, dann sagen wir Sonntag«, stimmte ich mit einer Spur Unbehagen zu. Wenn Nick solche Pläne verfolgte, war ich traditionell argwöhnisch. »Und wo willst du hingehen?«

»Ich dachte, du kommst mal zu mir«, sagte er. »Du warst noch nie in meiner Wohnung.«

»Das könnte sein.«

»Also, halb acht bei mir? Egal ob wir vorher Jan Hörnums Lesung lauschen oder nicht? Ich werde für dich kochen.«

»Na, da bin ich aber gespannt«, sagte ich. Es sollte scherzhaft klingen.

Nick lachte aber nicht. »Das kannst du auch sein«, sagte er.

Ich fuhr mit dem reparierten Omega nach Hause. Unterwegs fiel mir plötzlich auf, was mich an diesem Auto alles störte: Es hatte keine Sitzheizung. Das Radio hatte noch keinen CD-Spieler. Die Zentralverriegelung, damals Stephans ganzer Stolz, funktionierte schon lange nicht mehr. Und der Spritverbrauch war auch nicht ganz auf der Höhe einer Zeit, in der das Benzin in Euro mehr kostete als damals, als wir den Wagen kauften, in D-Mark. Eigentlich war das nicht das Auto, das dem Gehalt einer Sekretärin entsprach, und ich hatte den Verdacht, es machte mich alt. Es war nicht ein »Wientotsch« mit Stil, sondern einfach ein altes Auto.

Wenn ich das Haus verkaufte und Tante Paulas Wunsch wahr machte, wäre vermutlich auch die Anschaffung eines neuen Autos kein Problem. Der Gedanke, eigentlich nur ein unscheinbares Körnchen, keimte schnell zu einem sichtbaren Gewächs.

Als ich durch den Regen zur Haustür sprintete, bemerkte ich, dass es seitlich wieder aus der Dachrinne triefte und das Wasser ungehindert gegen das Fenster des Gäste-WCs spritzte. Ein deutliches Zeichen dafür, dass das Fallrohr verstopft war. Solche Sachen hatte Stephan früher erledigt. Inzwischen musste ich immer jemanden finden, der bereit war, auf die Leiter zu steigen und das Rohr wieder frei zu kratzen. Klaus hatte das einmal gemacht, mir dann aber unmissverständlich erklärt, dass er das nicht wieder tun würde. Ob Nick vielleicht ...?

Ein weiteres Argument pro Umzug. Contra war natürlich, dass ich Nick nicht nur zum Dachrinnenreinigen um mich hätte. Er würde sich mit seiner unnachahmlichen Direktheit in alles einmischen, was ich tat. Er würde nicht nur mitkriegen, wann ich aufstand und zu Bett ging, wann ich Besuch bekam und wen, wie oft ich putzte ... Er würde auch ohne Scheu mein Gewicht kommentieren, meinen Kleidungsstil, meine Essgewohnheiten und all das, was sich zurzeit ganz in der Privatsphäre meines Eigenheims abspielte und worüber ich niemandem Rechenschaft ablegen musste.

Seit Paula ins Krankenhaus gekommen war, hatte Nick sich ganz schön breitgemacht in meinem Leben. Jan Hörnum zwar auch, aber das war vermutlich bald vorüber, wenn er mit Hadschi Halef Omar seine asiatischen Abenteuer erlebte. Nick dagegen brauchte gar nicht anwesend zu sein, und trotzdem brachte er es fertig, dass ich mein Brot mit weniger Fleischwurst belegte als sonst und auch die Remoulade, die ich so gern dazu esse, nur noch als hauchdünnen Schleier darüber verteilte.

Ich musste mich irgendwie auf andere Gedanken bringen. Es konnte doch nicht angehen, dass ich mich über einen so großen Teil meiner wachen Zeit mit zwei Männern auseinandersetzte, die sich mehr oder weniger uneingeladen in meinen Alltag gedrängt hatten und von denen ich nichts anderes lieber wollte, als dass sie mich wieder in Ruhe ließen. Deshalb setzte ich mich mit meinem Strickzeug vor den Fernseher und zog mir einen Spielfilm rein, in dem das Leben besser sortiert war. Natürlich war der Dunkelhaarige der Richtige für die Heldin, weil er tierlieb war und regelmäßig seine Oma besuchte. Der Blonde sah zwar auch gut aus, aber weil er direkt zu Anfang einen One-Night-Stand mit einer hohlen Nuss hatte und auch den Hund der Heldin nicht mochte, war natürlich klar, wie es ausgehen musste. Jetzt blieb nur noch abzuwarten, dass der Dunkelhaarige sich mit seinem Vater versöhnte (dazu musste sich die Oma endlich durchringen, ein lange gehütetes Familiengeheimnis zu lüften), dem Hund der Heldin das Leben rettete und seine Schüchternheit überwand, um ihr seine Liebe zu gestehen. Der Blonde hingegen benahm sich rüpelhaft, wurde eines mittelschweren Vergehens überführt und verschwand daraufhin für immer aus dem Leben der anderen.

Ich hätte ja längst umgeschaltet, weil es im wahren Leben solche Geschichten nicht gibt. Aber leider wurde ich von einem unverhofft auftauchenden Statisten davon abgehalten: und zwar von der Wohnung der weiblichen Hauptperson, wo sie heldinnenhaft versuchte, ihren Erfolg als Modedesignerin in Gang zu bringen.

Diese Wohnung legte in mir lange verborgene Wünsche frei. Es handelte sich um ein großzügig geschnittenes Appartement mit einer Dachterrasse (keine Ahnung, wie sie sich so was leisten konnte, zumal die Story in München spielte), wo weiße Wände und ein helles Holzparkett den Hintergrund für eine sparsame Einrichtung bildeten, die hauptsächlich aus weißen Möbeln und ein paar rosa Farbtupfern bestand.

Ich war sofort hin und weg. Was ich mir nicht so recht erklären konnte, denn Rosa und Weiß hatten bisher nicht zu meinem Farbkonzept gehört, weder bei meiner Kleidung noch in der Wohnung. Das mochte aber auch daran liegen, dass Stephan sich über so etwas immer lustig gemacht hatte, genau wie über Blümchenmuster und Ton-in-Ton-Streifen. Und um solchen Vorwürfen der Geschmacksverirrung aus dem Weg zu gehen, hatte ich unmerklich diese Gedanken übernommen. Seltsam, dass mir das ausgerechnet jetzt auffiel ... Und dass mir auch dazu etwas einfiel.

Ich legte mein Strickzeug beiseite und begann in meinen

Wohnzimmerschränken zu kramen. Ich musste ziemlich tief graben, bis ich das gesuchte Objekt in den Händen hielt: einen Kaffeebecher mit zartem Blümchenmuster in Puderrosa bis Kräftig-Pink. Den hatte ich vor Jahren mal bei einem Horror-Wichteln zu Weihnachten bekommen, als Horst Adler noch nicht Chef unserer Niederlassung war, sondern ein älterer Herr namens Josef Schmitz, dem kollegialer Umgang mit den Angestellten und regelmäßiges Feiern wichtiger waren als Anschleichen und Abmahnungen aus heiterem Himmel. Ich weiß noch, wie wir nach einem üppigen Essen unter großem Hallo die Schachteln auspackten, in die jeder wie vorgegeben nach bestem Wissen und Gewissen das Hässlichste und Geschmackloseste gelegt hatte, das er in seiner Wohnung gefunden hatte: die aufziehbare, ›Hounddog‹-singende Elvis-Puppe, eine mit unechten Perlmutt-Muscheln beklebte Schmuckdose, der Kunstdruck einer vollbusigen Zigeunerin, solche Sachen eben, die den Begriff ›Horror-Wichteln‹ rechtfertigen und die Stimmung am Tisch hochkochen lassen.

Für mich hatte der unbekannte Spender diese Tasse mit einer farblich passenden Hawaii-Girlande und einem ledernen Zigarettenetui kombiniert, das auch mit rosa Blüten geschmückt war. Weil ich noch nie geraucht hab, brauchte ich das Etui nicht, die Girlande musste ich mir unter lautem Gegröle um den Hals legen, wo sie schaurig zu meinem zimtbraunen Pullover aussah, aber die Tasse fand ich nicht so übel. Ich dachte gerade darüber nach, dass sie vermutlich in einem englischen Landhaus nett aussehen würde, neben der silbernen Teekanne und einer Vase mit Pfingstrosen, als Doris sagte: »Na, das passt ja zu dir wie die Faust aufs Auge.«

»Findest du?«

»Wenn irgendwas nicht dein Stil ist, dann sind es doch

wohl rosa Blümchen«, meinte sie feixend, und damit war das Urteil über diese Tasse gefällt. Trotzdem schaffte ich es nicht, sie wegzuwerfen. Stattdessen fristete sie, nachdem auch Stephan einmal herzlich darüber gelacht hatte (so lange war das schon her!), ein unbenutztes Dasein ganz hinten im Schrank.

Jetzt stellte ich sie prüfend auf den Couchtisch, aber sie überstand selbst den Kontrast zu der massiven Kiefer und der eingelegten Tischplatte aus schwarzen Fliesen. Ich musste mir eingestehen, dass mir diese Tasse gefiel und auch der Stil, für den sie in meiner Vorstellung stand: lichtdurchflutete Räume mit sparsamer Möblierung, pastellige Farben mit dem Mut zu weichen Mustern, die Verbannung von schweren Hölzern und raumgreifendem Mobiliar.

Das könntest du jetzt haben, flüsterte ein kleines Stimmchen in meinem Kopf. Wenn du diesen Kasten aufgibst, könntest du etwas ganz Neues anpacken. Nick hatte ja schon von Holzfußböden gesprochen. Er hatte mich mit einem Wintergarten gelockt. Und ungefragt fing meine Fantasie an, weiterzuspinnen: mit duftigen Vorhängen statt der in ordentliche Falten gelegten Wohnzimmergardinen. Mit dem rosa Sofa, das ich neulich im Katalog gesehen hatte – ich hatte erst den Kopf geschüttelt und dann mehrfach wieder dahin zurückgeblättert. Ich könnte die Kiefernmöbel per Kleinanzeige an Selbstabholer verkaufen und mir in aller Ruhe die Dinge aussuchen, die zu diesem neuen Stil passten, einen Korbsessel vielleicht oder ein weißes Regal. Ich könnte endlich mal mit dem Patchworken anfangen und mir eine Decke in Pastelltönen nähen …

Die ganze Zeit hatte sich die gedankliche Energie aus meinem Kopf auch auf mein Strickzeug übertragen. Jetzt stellte ich fest, dass ich über zwanzig Zentimeter geschafft und beinahe den Punkt verpasst hatte, wo ich für die Ärmelausschnitte abnehmen musste. Aber das brauchte nicht mehr heute zu passieren. Ich ging sehr zufrieden ins Bett und schlief mit schönen Bildern von Blümchentassen und Teerosen ein.

8

Ich war schon lange nicht mehr in der Sauna gewesen, und Ines hatte mich auch nur überreden können, weil sie a) einen Gutschein hatte und mir b) versicherte, es gäbe da Räume speziell für Frauen. Auch mit einem Handtuch um meine Mitte war ich nicht bereit, mich wildfremden Männern nahezu unbekleidet zu präsentieren.

Ich investierte relativ viel Zeit in das Packen meiner Saunatasche, weil Ines ausdrücklich verlangt hatte, eine Weile im Saunadorf zu verbringen. Ich packte frische Wäsche ein, Schminkzeug, Shampoo und meinen Föhn, Badeschlappen, Körpermilch und Deoroller, etwas zu lesen für den Ruheraum und einen Energydrink, dazu natürlich mehrere Handtücher und meinen Bademantel. Ich musste dafür schon eine ziemlich große Tasche nehmen, die lange nicht benutzt worden war. Als ich sie im Flur stehen sah und feststellte, wie staubig sie war, nahm ich sie erst mal erschrocken mit in die Küche zum Abwischen.

Dann klingelte das Telefon, und das war ausgerechnet meine Schwiegermutter, die mal hören wollte, wie es mir ging. Durchschnittlich zweimal im Jahr rief sie mich an, und das eine Mal davon musste ausgerechnet jetzt sein?

»Mutti, ich bin auf dem Weg in die Sauna«, sagte ich, aber das brachte sie natürlich nicht dazu, den Wink zu verstehen und sich kurz zu fassen. Stattdessen begann sie mit einer ausführlichen Warnung über die Gefahren der Sauna, von den Bakterien auf dem Holz bis zum Asthmaanfall wegen der Hitze. Auch wenn sie eigentlich wissen musste, dass ich kein Asthma hatte. Wenn ich nicht so in Eile gewesen wäre, hätte ich sie mit einem Bericht über Jan Hörnum abgelenkt, aber ich hatte Angst, es würde dann noch länger dauern.

Während sie langsam zum Thema »Vatis und meine Gesundheit« überging, klingelte Ines an der Tür. Ich ging mit dem Hörer am Ohr aufmachen. »Mutti, da ist meine Freundin, die mich abholen will«, sagte ich deutlich, aber auch das focht sie nicht an. Sie hatte sich vorgenommen, mich anzurufen, und das tat sie nun. So lange wie es ihr passte.

»Warte mal kurz«, sagte ich und rief Ines zu: »Kannst du mir einen Gefallen tun und schnell meine Saunatasche entstauben? Steht in der Küche.«

»Aber gern«, sagte Ines, und ich wanderte zurück ins Wohnzimmer und beschäftigte mich noch ein paar Minuten mit Vatis hohem Blutdruck, bevor ich das Gespräch endlich abwürgen konnte.

Ines stand schlüsselschwingend im Flur. »Können wir?«, fragte sie. »Ich habe deine Tasche schon im Auto, die wiegt ja eine Tonne.«

»Ich habe wohl zu viel eingepackt, was?«

»Die kannst du jedenfalls ab jetzt selber schleppen«, meinte Ines, und dann machten wir uns auf den Weg.

Bis nach Romfeld waren es immerhin vierzig Minuten, deutlich länger als ich gedacht hatte. Ich war mir nicht sicher, ob es sich lohnte, wegen eines Gutscheins so weit zu fahren, aber ich hatte unterwegs die Broschüre studiert und mich davon überzeugt, dass man hier wirklich viel Zeit verbringen konnte. Es gab unterschiedliche Saunatypen, eine große Ruhelandschaft, Massageangebote und sogar eine Kosmetikerin, ganz abgesehen von der Bar mit alkoholfreien Cocktails und einem Restaurant.

»Na, dann wollen wir mal sehen«, sagte ich und drehte mich zum Rücksitz. »Hast du meine Tasche in den Kofferraum getan?«

»Nein, die steht doch da«, sagte Ines und nahm ihre eigene Tasche – ein Prachtstück aus dem Hause Bree – vom Rücksitz.

Ich schaute noch mal genauer und erkannte zu meinem Schrecken Magnus' Rucksack. Der mit den fünfzehn Kilo Inhalt. Kein Wunder, dass Ines den als schwer bezeichnet hatte. »Du hast nicht die Puma-Tasche von der Eckbank genommen?«

»Puma-Tasche?«, fragte Ines ratlos. »Da war noch eine Tasche?«

Das war jetzt der Super-GAU: ohne eigenes Auto vierzig Minuten entfernt von allem, was ich für einen Saunanachmittag brauchte.

»Also ich fahre jetzt nicht zurück, um dein Zeug zu holen«, teilte Ines mir mit.

»Und was mache ich jetzt? Ich habe absolut nichts bei mir für die Sauna!«

Ines untersuchte meinen Rucksack. »Immerhin hast du genug Wasser und was zu lesen.«

»Ja, ein Lexikon aus dem Jahr 1968«, brummte ich. »Und natürlich zwei Dosen Pfirsiche und reichlich Erbseneintopf.«

»Mia«, sagte Ines besorgt, »warum brauchst du denn zwei Taschen und packst dir so einen Blödsinn ein?«

»Weil das nicht meine Saunatasche ist!«, fuhr ich sie an. »Die steht zuhause auf der Eckbank, weil du nicht genau hingeguckt hast!«

»Ja, und was machst du mit dieser hier?«

»Ach, das spielt doch jetzt keine Rolle«, sagte ich matt.

»Jetzt muss ich mir was einfallen lassen, was ich die ganze Zeit mache, während du in die Sauna gehst.« Ich sah mich um, aber es war auch nicht die Spur eines Unterhaltungsangebots zu erkennen. Konnte man Saunadörfer nicht näher an ein Shopping-Center mit Kino bauen?

»Ich gehe doch nicht allein in die Sauna«, erklärte Ines. »Man kann da bestimmt Handtücher und so was leihen. Los, wir fragen mal.«

Also lieh ich mir gegen eine Gebühr, die den Wert des Gutscheins vermutlich wettmachte, ein Saunahandtuch, einen Bademantel und ein paar Gummilatschen, alles säuberlich einzeln in Cellophantüten verpackt. Zusammen mit einer der 2-Liter-Wasserflaschen aus dem Rucksack war es ein ziemlich unhandliches Paket. Nachdem mir schon auf dem Weg zur Umkleidekabine zweimal die flutschige Packung mit den Schlappen runtergefallen war, befand sich meine Laune auf dem Nullpunkt.

»Nun stell dich nicht so an«, befahl Ines. Sie hatte gut reden. Sie hatte ja alles dabei, was sie brauchte.

Als wir erst mal mit dem Saunieren angefangen hatten, ging es mir etwas besser. Wenn jeder nur ein Handtuch bei sich hat, sind wieder alle gleich.

»So«, sagte Ines. »Jetzt erzähl mir mal, was es mit diesem komischen Rucksack auf sich hat.«

Etwas unwillig beschrieb ich ihr, wie ich Nicks These von der richtigen Motivation zum Abnehmen umgesetzt hatte.

»Ein interessanter Ansatz«, meinte sie. »Was hast du denn plötzlich mit Nick zu tun? Ich dachte immer, du magst ihn nicht besonders.«

»Gute Frage«, sagte ich. »Solange ich ihn kenne, ärgert er mich. Früher eher mit Gummiflitschen und Regenwürmern, inzwischen sind es andere Provokationen. Aber ich fand seine Ideen doch ganz bedenkenswert.«

»Ich hab ihn lange nicht gesehen«, sagte Ines. »Sieht er immer noch so gut aus?«

»Du findest, dass er gut aussieht?«, fragte ich verblüfft. Darüber hatte ich noch nie nachgedacht. Til Schweiger sah gut aus. George Clooney sah gut aus. Aber Nick? »Er verliert langsam seine Haare«, berichtete ich. »Aber er wird nicht fett. Eigentlich sieht er immer noch so aus wie früher.«

»Und da sah er gut aus«, beharrte Ines. »Ist dir nie aufgefallen, was er für tolle blaue Augen hat?«

»Tja ...«

»Was ist denn mit seinem Privatleben? Hat er jemanden?«

»Nicht dass ich wüsste«, antwortete ich. »Hast du Interesse an ihm?«

Ines sah mich etwas beleidigt an. »Hör mal, nur weil ich mich nach deinem Stiefvetter erkundige, heißt das doch nicht, dass ich ihn heiraten will! Es geht mir doch eher um dich, wenn deine Tante möchte, dass ihr zusammen in ein Haus zieht.«

»Wenn er eine Freundin hat, dann weiß ich jedenfalls nichts davon«, sagte ich. »Er scheint eher mit seinen Kumpels rumzuziehen. Das ist schon fast einschläfernd: Egal worüber man redet, er hat immer irgendwo einen Freund, der ihm einen Gefallen tut.«

»Kumpels?«, wiederholte Ines nachdenklich. »Ist er vielleicht schwul?«

Ich fiel vor Überraschung fast von der Bank. »Nick schwul? Spinnst du?«

»Überleg mal«, sagte sie kühl. »Er ist ein attraktiver Mann ...«

»Findest du vielleicht.« Wobei ... vielleicht hatte sie ja recht. Hässlich war er jedenfalls nicht.

»... mit einer guten Position, aber weit und breit keine

Frau in Sicht. Dafür eine Menge Freunde, die er offensichtlich gut kennt. Er achtet auf sein Äußeres und legt Wert auf Ästhetik. Er fährt ein französisches Auto …«

»Ines!«, rief ich entrüstet. »Findest du das nicht etwas zu weit hergeholt?«

»Ich sammle nur Indizien«, verteidigte sie sich. »Selbst die kleinste Kleinigkeit passt manchmal ins Bild. Und wir wollen ihm doch nichts Böses. Wir haben doch nichts gegen Homosexuelle. Im Gegenteil.«

Ich fand ihre Toleranz an der Stelle bewundernswert, wenn man bedachte, wen sie alles nicht so gut tolerieren konnte. Fleischesser zum Beispiel. Oder Leute, die gern ›Germany's Next Topmodel‹ anschauten. Ganz schlimm wetterte sie auch gegen CDU-Wähler. Wenn dann jemand wagte zu zitieren »Freiheit ist immer die Freiheit der Andersdenkenden«, dann konnte sie einen ganz verächtlich ansehen und sagte: »Mag sein. Aber die denken ja gar nicht.«

Ich rutschte von meinem Sitzplatz und schlang mein Leihhandtuch enger um mich. Ich musste hier raus, um mal in Ruhe nachzudenken.

»Wird's dir zu heiß?«, fragte sie harmlos. Sie ahnte nicht, was gerade in meinem Inneren abging.

Ich nickte und verließ die Sauna in Richtung Dusche. Danach ging ich in den Pool und schwamm mindestens zehn Bahnen, wobei ich die ganze Zeit über Nick nachdachte. Und im Ruheraum tat ich auch nichts anderes.

Ich habe nichts gegen Schwule, wirklich nicht. Die, die ich persönlich kenne, gehören auch nicht zu der Handtäschchen-Fraktion aus den gängigen Klischees. Wenn Nick wirklich schwul war, dann störte mich daran eher die Tatsache, dass ich es nicht gewusst hatte. Ob manche seiner Reaktionen daher zu erklären waren? Ob Tante Paula das wusste?

Ich war gerade ein wenig mit diesen Gedanken weggedöst, als jemand auf der Liege neben mir Platz nahm. Eine Männerstimme sagte: »Karin?«

Ich sah nach links und sah einen südländisch aussehenden Mann in einem schreiend bunten Bademantel, der mich interessiert ansah.

»Ich glaube, Sie verwechseln mich«, sagte ich.

»Tja, Sie sind nicht Karin«, stellte er fest. »Aber wer sind Sie dann?«

Eine Sekunde lang fühlte ich mich von den Farben seines Bademantels wie hypnotisiert. Aber dann dachte ich daran, dass die Sauna auch ein Ort der Begegnung war. Jedenfalls hatte das in dem Prospekt gestanden, den Ines mir im Vorfeld gezeigt hatte. »Ich heiße Mia«, sagte ich.

»Ich heiße Gino«, erklärte er. »Sind Sie zum ersten Mal hier?«

»Ja«, sagte ich und versuchte herauszufinden, ob der Bademantel ein erkennbares Muster hatte oder ob der Designer wie ein Happening-Künstler einfach ein paar Eimer Farbe daraufgeschleudert hatte.

»Ich komme jeden Samstag her«, sagte Gino. »Deshalb treffe ich eine Menge Bekannte. Kennen Sie auch Leute hier?«

»Ich komme nicht aus der Gegend. Ich wohne in Bredenscheid.«

»Das ist ja ein ganzes Stück entfernt!«, stellte er fest. »Sind Sie allein hier?«

»Nein, ich bin mit meiner Freundin gekommen.«

»Ach, wie nett«, meinte Gino. Er hatte offensichtlich ein großes Kommunikationsbedürfnis. »Und, mögen Sie diese Art zu entspannen?«

Wenn ich weiter diesen Bademantel ansehen musste, war jede Entspannung unmöglich. Der wilde Farbmix machte regelrecht aggressiv. Vielleicht würde er sich ja zurückziehen, wenn ich ihm klarmachte, dass ich an einem Gespräch nicht interessiert war? »Es ist sehr angenehm, wenn man in Ruhe über etwas nachdenken will.«

Gino kapierte es nicht. »Und worüber denken Sie nach?«

»Über Homosexualität. Wie denken Sie denn über Schwule und Lesben?«

Das ließ ihn endlich zurückzucken. »Oh, dann will ich Sie mal nicht stören«, sagte er. Kurze Zeit später verließ er seine Liege und verschwand.

Ich blieb noch eine Weile liegen und grübelte über Nick nach. Ich rekapitulierte unsere letzten Begegnungen. Was wusste ich über ihn? Dass er Tante Paulas Arzt kannte, der aber einen Ehering trug. Nun ja, das hieß heutzutage auch nichts mehr. Dass er freitagabends Badminton spielte – mit anderen Kumpels. Wenig aufschlussreich. Die Wahl der Sportart sagt noch nichts über die sexuellen Vorlieben aus.

Ich musste zugeben, dass ich Nick zwar schon ewig kannte, aber nicht sehr gut. In erster Linie hatte ich meine Stacheln aufgestellt, sobald er sich näherte, weil ich ganz selbstverständlich davon ausging, dass er mich noch immer so ärgern wollte wie früher. Aber vielleicht steckte hinter der Fassade des coolen Typen, des erfolgreichen Architekten, des disziplinierten Ästheten ein sehr verletzlicher Mensch, der mit seiner geschlechtlichen Orientierung kämpfte?

Ich erhob mich seufzend von meiner Ruheliege und ging Ines suchen, die inzwischen aber die Sauna verlassen hatte. Eine Weile suchten wir uns gegenseitig, ich noch intensiver als sie, weil ich spätestens zum Ende des Besuches darauf angewiesen war, dass sie mir ihren Kamm, ihr Shampoo und wenn möglich auch ihre Bodylotion lieh.

Schließlich fand ich sie und heftete mich wie eine Klette an sie, um auch wirklich in den Genuss dieser Dinge zu kommen. Das nervte sie etwas, und ich glaube, noch mehr nervte sie meine Weigerung, hinterher noch in das Restaurant zu gehen. Sie versuchte mich sogar mit der Aussicht auf einen Salat mit Putenbrust zu locken, den sie mir ansonsten natürlich ausgeredet hätte, aber ich blieb standhaft. Ich wollte nur noch nach Hause, denn ohne mein Make-up, mein Haarspray und etwas Frisches zum Anziehen fühlte ich mich einfach nicht vorzeigbar.

Schließlich gab Ines grummelnd nach, und wir stiegen ins Auto. »Ich hab einen tierischen Hunger«, klagte sie.

»Ich könnte dir eine Dose Pfirsiche anbieten«, schlug ich vor. Den Erbseneintopf erwähnte ich nicht, weil der Räucherspeck enthielt.

»Nicht in meinem Auto«, sagte sie streng. Aber ich hätte sowieso keinen Dosenöffner gehabt. Ich hatte den Rucksack ja nicht für ein Picknick gepackt.

Eine Weile fuhren wir schweigend. »Aber die Sauna ist schön«, sagte ich schließlich. Ich kann es nicht gut aushalten, wenn Ines schweigt, um mir klarzumachen, dass sie unzufrieden ist.

»Viel zu viele Leute«, befand sie. »Im Ruheraum hat mich jemand angequatscht.«

»Mich auch«, sagte ich.

Aber das war erst mal ihre Geschichte. »Der hat mich mit einer anderen Frau verwechselt«, fuhr sie fort. »Das war vielleicht ein Vogel! So ein südländischer Gockel, weißt du.«

Das klang ja bekannt. »Hatte der so einen knallbunten Bademantel an und hieß Gino?«, fragte ich.

Überrascht guckte sie zu mir herüber. »Einen Namen hat er nicht genannt«, sagte sie. »Aber der Bademantel sah aus wie ein Unfall in einer Lackfabrik.«

Ich fand den Vergleich sehr passend. »Das war Gino«, sagte ich vergnügt. »Mich hat er auch verwechselt, stell dir das vor. Scheint seine Masche zu sein.«

Ines konnte wieder schmunzeln. »Karin?«

»Genau.« Ich schüttelte nachträglich den Kopf über so viel Dreistigkeit. »Dann hat er mich gefragt, worüber ich nachdenke, und ich habe ihm geantwortet: über Homosexualität. Da ist er gegangen.«

»Nein!«, brüllte Ines. Ich sah erschrocken zu ihr hinüber und erkannte, dass sie lachte. Sie lachte so sehr, dass sie kaum sprechen konnte. Ich machte mir schon Sorgen, ob sie dabei noch genug auf die Straße achtete. »Das gibt's ja nicht!«, grölte sie. »Der ging mir so auf den Sender, dass ich nur überlegt hab, wie ich den wieder loswerden kann. Und deshalb hab ich ihm erzählt, ich wäre mit meiner Lebensgefährtin hier.«

»Was hat er darauf gesagt?«

»Tschüs.«

Ich fiel in das Gelächter ein. Vielleicht war es die Müdigkeit nach der Sauna, die uns so albern sein ließ, aber wir lachten den ganzen Weg nach Bredenscheid. Die Stimmung im Auto war gerettet. Weil irgendwo in der Region um Romfeld ein Mann darüber nachgrübelte, warum sich plötzlich alle Frauen mit dem Schwulsein befassten.

»Geschieht ihm recht«, befand Ines. »So eine blöde Anmache.« Sie grinste spitzbübisch. »Schade, dass wir seine Nummer nicht haben.«

»Wieso? Willst du ihn anrufen?«

»Ich würde mich als Karin melden«, sagte sie. »Und dann würde ich ihn fragen, ob heute ein paar attraktive Frauen in der Sauna waren.«

9

Jan Hörnums Lesung war gut besucht. Vermutlich war es auch für die besser gestellten Senioren ein Highlight, wenn ein Promi kam, selbst wenn es ein abgetakelter Serienheld war. Sogar eine junge Frau von der Presse war zugegen.

Nick hatte Tante Paula abgeholt, die sich schon sehr besitzergreifend umsah und geschmeichelt war, dass sie nicht nur durch den Leiter des Hauses persönlich begrüßt, sondern dazu noch von Jan Hörnum höchstselbst zu ihrem Platz geschoben wurde.

»Ich glaube, dadurch will sie schon im Vorfeld ihr Image aufbauen«, raunte Nick mir grinsend zu. Als »jüngere Leute«, die noch gut hören konnten, hatte man uns in die letzte Reihe verfrachtet. Natürlich wertete auch das Tante Paulas Ansehen auf, dass sie direkt zwei Verwandte aufweisen konnte, die sich deutlich sichtbar um sie kümmerten.

Dann legte der Star des Nachmittags los. Er hatte sich heute in das Outfit ›Künstler‹ geworfen: schwarzer Anzug, weißer Rollkragenpullover, burgunderroter Schal. »Glaubst du nicht, dass dir so ein Schal auch stehen würde?«, fragte ich Nick gut gelaunt. Er trug ein gestreiftes Hemd und ein Cordsakko zu seinen Jeans.

»Bestimmt«, sagte er. »Und wenn es kalt ist, könnte ich ihn um meine Glatze wickeln. Das hält sicher warm.«

»Du hast doch keine Glatze!«, widersprach ich mit einem Blick auf seine kurzen blonden Haare.

»Noch nicht«, sagte er. Dann mussten wir still sein, denn Jan Hörnum begann.

Die Kostprobe vom Freitag hatte nicht zu viel versprochen. Er war in der Lage, die Stimmung der Gedichte auf eine Weise zu übertragen, die fast Gänsehaut verursachte. Er las sehnsüchtige Liebesgedichte, spannende Balladen, melancholische Herbstgedichte, plattdeutsche Stücke, die ihm direkt aus dem Herzen zu kommen schienen. Man konnte völlig vergessen, dass dies der Knallkopf war, der einem ins Auto fuhr und sich dann nicht um die Schadensregulierung kümmerte, der ekelhafte Sachen kochte und sich vor dem Spülen drückte oder der glaubte, die ganze Welt würde sich hauptsächlich nach seinem Autogramm sehnen. Überraschend fügte er ein paar Reime von James Krüss ein, die mir plötzlich ein Stück Kindheit zurückgaben. Dann wieder brachte er fast den ganzen Saal mit dem Gedicht von Storm zum Weinen, von dem er uns den Anfang zitiert hatte.

Das Publikum war begeistert und forderte lautstark Zugaben, die der Künstler gern gewährte. Nach zwei Stunden war dann endlich Ruhe, außerdem mussten die Hausbewohner vermutlich zum Abendessen. Schließlich waren wir hier in einem Altersheim, auch wenn diese Bezeichnung strikt vermieden wurde.

Paula verabschiedete sich sehr gerührt von ihrem Idol. »Sie haben mir einen wundervollen Nachmittag beschert«, sagte sie und wedelte vom Rollstuhl aus gefährlich mit ihrer Krücke.

Geschickt wich er ihr aus. »Dann hat es sich schon gelohnt«, gab er zurück. »Schön, dass Sie die Möglichkeit hatten zu kommen.«

»Mia bringt dich ins Krankenhaus zurück«, sagte

Nick zu Paula. Und zu mir gewandt, fügte er hinzu: »Ich fange dann schon mal an zu kochen. Du findest doch zu mir hin?«

»Natürlich!«, sagte ich, bei meiner Ehre gepackt.

Paula ließ überraschte Blicke zwischen uns hin und her schwirren. »Ihr trefft euch noch?«

»Wir haben einiges zu besprechen«, erklärte Nick, und ich beschloss, endlich die Katze aus dem Sack zu lassen: »Wenn wir doch in dein Haus einziehen sollen, gibt es viel zu planen!«

Das rührte sie mehr als alle Storm-Gedichte zusammen. »Ach, Kinder!«, rief sie aus. »Da macht ihr mir ja so eine große Freude!«

Wenn sie gekonnt hätte, hätte sie uns bestimmt zusammen in den Arm genommen. Stattdessen schob ich sie auf den Parkplatz und packte sie in mein Auto. Die ganze Fahrt jubelte sie darüber, dass wir ihr diesen Herzenswunsch erfüllten, und auch als ich sie endlich in ihr Zimmer bugsiert hatte, musste sie gleich der violetthaarigen Nachbarin davon erzählen. Danach kam eine solche Lobeshymne auf Jan Hörnum und seine Lesung, dass die Dame immer verkniffener wurde.

Das war der Zeitpunkt, an dem ich mich vom Acker machte. Diese Jubel- und Neiddemonstrationen wollte ich mir ersparen. Ich hatte schließlich noch etwas Anstrengendes vor: einen ganzen Abend mit Nick zu verbringen und das zu essen, was er gekocht hatte.

Das Haus, in dem Nick wohnte, war leicht zu finden. Seine Wohnung lag im ersten Stock. Er öffnete mir in einer schwarzen Schürze. Ich musste überlegen: Hatte ich je schon mal einen echten, harten, eindeutig heterosexuellen Mann in einer Schürze gesehen, Kneipenwirte jetzt mal ausgenommen? War das auch ein Indiz?

»Endlich kommst du mal bei mir vorbei«, sagte er. »Dass ich das noch erleben darf!«

»Ich hätte Blumen mitbringen sollen«, sagte ich in einer plötzlichen Erleuchtung. Bei jeder anderen Einladung hätte ich das getan, aber Nick ... Warum war Nick was anderes?

»Bloß nicht«, sagte er. »Vermutlich hätten die dir im Blumenladen so ein Biedermeierbouquet angedreht, und das passt bei mir leider gar nicht.«

Er ließ mich vorgehen, und ich sah, wie recht er hatte. (Natürlich würde ich mir für einen Mann kein Biedermeiersträußchen binden lassen, was dachte er eigentlich von mir? Aber es hätte auch wirklich nicht gepasst.) Nicks Wohnzimmer stammte aus einer Architekturzeitschrift über minimalistisches Wohnen. Er hatte das Holzparkett, von dem ich noch träumte, aber er stellte zwei schwarze Ledersofas mit Chromgestellen darauf. An der Wand hing ein rotes Bild. Nur Rot, wenn Sie sich das vorstellen können. Keine Formen, keine Farbabstufungen, nur eine rote Fläche mit einem einzigen schmalen schwarzen Strich, der es waagerecht wie ein Horizont teilte. Darunter gab es eine Art schwarzes Sideboard. Keine Vase. Keine Fernsehzeitung (aber auch kein Fernseher). Das Einzige, was in diesem Raum nicht streng geometrisch war, waren das Feuer in einem weiß getünchten Kamin und der Holzkorb, der dazugehörte.

»Krass«, sagte ich. Es war einer der wenigen Momente, wo eins der Lieblingswörter von Magnus wirklich passte.

»Ich weiß«, sagte er. »Das habe ich in meiner radikalen Phase eingerichtet. Komm besser mit in die Küche.«

Die Küche war schon wohnlicher insofern, als es dort nicht nur graue Fronten und eine Granitarbeitsplatte gab, sondern auch eine leuchtend grüne Wand, an der eine Unmenge Bilder hingen: Kunstdrucke, Fotos, echte Bilder unterschiedlicher Qualität. Das gefiel mir.

»Hast du mal eine Kunstgalerie aufgekauft?«

»Nein«, schmunzelte er. »Das ist alles so Schritt für Schritt passiert. Wenn es mir mal so gehen sollte wie Scheherazade, dann könnte ich auch nächtelang dazu Geschichten erzählen.«

Ich sah mir die Bilder noch mal genau an. Dann zeigte ich auf eins, das mich an meinen neuen Plan erinnerte: ein Aquarell in Pastelltönen. »Was für eine Geschichte verbindest du damit?«

Er warf einen raschen Blick in den Ofen, aus dem es bereits erfreulich duftete – ich tippte auf etwas mit Käse Überbackenes –, und kam dann näher, um das Bild zu betrachten. »Ach das«, sagte er. »Das habe ich einer jungen Frau abgekauft, mit der ich bei einem Straßenmarkt in London ins Gespräch gekommen bin. Sie hatte sonst fast nur knallig bunte Bilder, deshalb fiel dieses ein bisschen aus dem Rahmen. Sie nannte es ›Chelsea Morning‹, wie das Lied von Joni Mitchell. Gefällt es dir?«

»Ich mag diese Farben«, sagte ich. »Seit neustem. Eigentlich bin ich erst vorgestern dahintergekommen.«

»Aha«, sagte er, zurück am Herd, wo er eifrig in einem Topf rührte.

»Was meinst du mit ›aha‹?« Ich war immer misstrauisch bei solchen Solo-Lauten. Das ist genau wie das ominöse »ouh« eines Handwerkers. Man sollte es in den Duden aufnehmen als Bezeichnung für den Ausruf, wenn bei einer Leistung jedweder Art unerwartete Komplikationen auftreten und den ursprünglich veranschlagten Zeit- und Kostenrahmen sprengen. Die Steigerung wäre dann »ouh, ouh« mit der Bedeutung ›fast immer irreparabler Schaden, der für den Hausherrn sehr teuer wird‹. Und je langsamer er es sagt, desto höher sind die Kosten.

»Ich meine damit, dass sich für dich im Moment ganz schön viel ändert«, sagte er und holte eine Packung H-Sahne aus dem Kühlschrank. »So ist es doch, oder?«

»Da könntest du recht haben.« Ich beobachtete beunruhigt, wie er die Packung aufschnitt und den Inhalt in seinen Topf laufen ließ. »Sag mal, willst du da die ganze Sahne reintun?«

»Nur etwa zwei Drittel.«

»Könntest du nicht die Hälfte durch ... Milch ersetzen oder so was?«

»Auf keinen Fall.« Er stellte die Packung in den Kühlschrank zurück, immerhin ein Zeichen dafür, dass noch etwas drin war. »Hast du damit ein Problem?«

»Na hör mal«, ereiferte ich mich. »Du bist doch derjenige, der Vorträge darüber hält, dass es von allem nicht so viel sein muss und so. Und Sahne hat nun mal eine Menge Fett.«

»Fett ist ein Geschmacksträger«, erklärte er sachlich. »Und ohne Sahne wird diese Sauce nicht schmecken. Wenn die Sauce nicht schmeckt, ist auch das Fleisch nur halb so gut. Und das Leben ist zu kurz, um mittelmäßige Sachen zu essen.«

Ich schüttelte verständnislos den Kopf. »Manchmal denke ich, du biegst dir immer alles so hin, wie es dir gerade passt. Kann das sein?«

Wie um mich zu provozieren, holte er jetzt auch noch ein Paket Butter aus dem Kühlschrank. »Das kann nicht sein«, sagte er grinsend. »Mia, ich finde das nicht so schwierig. Man reduziert einfach sein Leben auf die wirklich guten Sachen. Und wenn ich dich schon zum Essen einlade, dann sind eindeutig die guten Sachen angesagt.«

»Hm.« Auch so ein Solo-Laut, der ihm vermutlich anzeigte, dass ich seine These noch überdenken musste.

Nick ging direkt zum nächsten Thema über. »Möchtest du Weißwein oder Rotwein trinken?«

»Hm«, machte ich erneut. »Rotwein trinke ich gern, aber immer nur ein oder zwei Gläser. Weißwein ist besser, wenn ich ein langfristiges Getränk für den ganzen Abend brauche. Aber weil ich noch fahren muss …«

»Dann hole ich mal den Rotwein«, sagte Nick.

Während er verschwunden war, sah ich mir noch mal die Küche an. Es war schon ein Kunststück, einen Raum funktional zu gestalten, ohne dass er so klinisch und unnahbar wirkte wie ein Labor. Ich versuchte nachzuvollziehen, wie das kam. Die grüne Bilderwand hatte vermutlich einen großen Anteil daran. Ansonsten gab es keinen Schnickschnack – das hätte mich bei Nick auch gewundert –, aber die Oberschränke hatten Glasfenster, sodass man den Inhalt sehen konnte. Und natürlich stand Nicks Geschirr nicht wie bei anderen Leuten eng gedrängt, damit auch noch die Käsereibe und die leere Butterdose Platz fanden, sondern ordentlich aufgereiht wie Soldaten beim Appell.

Bisher hatte ich immer gedacht, das gäbe es nur auf Werbefotos. Ich kannte sonst niemanden, bei dem das so funktionierte. Vielleicht war es für Männer ein bisschen leichter, weil sie selten Haushaltsgegenstände geschenkt bekommen oder sich mit anderen in den Mitnahmeabteilungen von Möbelmärkten herumtreiben, wo die dann eine Dreiviertelstunde brauchen, um die perfekte Kerze zu finden, während man selber schon mit mehreren Sachen an der Kasse steht. Neuerdings lauert auch in Supermärkten Gefahr; ich habe jedenfalls meine letzte Auflaufform im Aldi gekauft, und ich glaube nicht, dass ich eine andere dafür weggeworfen habe.

Vermutlich konnte Nick mit drei Sachen auf dem Zettel in einen solchen Laden gehen, die Gestelle mit den

Non-Food-Wochenangeboten mit der Konzentration eines indischen Yogis ausblenden und mit genau den drei benötigten Dingen wieder rauskommen. Ich öffnete neugierig einen der Unterschränke – auch hier eine beneidenswerte Übersichtlichkeit. Dabei war er trotzdem nicht so unterversorgt wie die Ferienwohnungen in großen Urlauberparks, wo es nur einen Löffel pro Nase gibt und zwei Töpfe für eine vierköpfige Familie.

Das forderte mich regelrecht heraus. Gab es nicht wenigstens an einer Stelle das für mich so normale Durcheinander? Ich machte mich jetzt systematisch auf die Suche, aber er hatte sein Prinzip »sparsam, aber effektiv« überall durchgehalten.

»Suchst du was?«, fragte er von der Küchentür aus.

Ich knallte die Besteckschublade zu und hoffte, ich würde nicht rot werden, weil ich mich so ertappt fühlte. »Ich suche eine Kramschublade«, sagte ich.

»Brauchst du etwas? Die Papiertaschentücher sind hier«, sagte er und öffnete einen Schrank, in dem ordentlich eine Großpackung Tempo lagerte. Das echte natürlich. Das Leben war zu kurz, um sich die Nase mit Billigtüchern wund zu reiben.

»Nein, ich suche einfach die Stelle, wo sich all das ansammelt, was man irgendwann mal braucht.«

»Was zum Beispiel?«

»Na, Klebstoff zum Beispiel oder Gummis …«

»Gummis?« Nick zwinkerte mir zu. »Gehören die nicht eher ins Schlafzimmer?«

Blödmann. Jetzt errötete ich endgültig. »Haushaltsgummis meine ich. Einen Zettelblock und Stifte. Ein paar Wäscheklammern, mit denen man angebrochene Mehltüten verschließen kann.«

»Das ist auch eine Methode«, meinte er. »Aber ich fülle Mehl immer sofort in eine verschließbare Dose.«

Das hatte ich bereits gesehen. Ich hatte das auch mal vorgehabt, nach einer dieser Tupperpartys, aber zu dem Zeitpunkt wurden bei uns solche Dosen ständig überall und von allen gebraucht, so dass im Zweifelsfall nie die passende greifbar war. Außerdem war es mir damals zu teuer gewesen, meinen ganzen Haushalt auf eine einzige Marke umzurüsten, und so hatte ich heute noch neben einem Sammelsurium unterschiedlicher gekaufter Dosen eine ansehnliche Sammlung von quasi kostenlosen Behältern, in denen ich mal Fertigsalate, Eis oder Röstzwiebeln erworben hatte und die zum Wegwerfen zu schade waren. Gerade als Magnus noch zuhause gewohnt hatte, war mir das immer zupassgekommen, denn wenn das Kind eine Zehn-Euro-Dose nicht wieder vom Schulausflug zurückbringt, dann ärgert man sich, während man auf die Salatdosen verzichten kann.

»Und wo bewahrst du deinen Kleinkram auf? Den Schlüssel für die Heizungsentlüftung? Batterien? Reißzwecken?«

»In meinem Werkzeugschrank.« Er rührte noch einmal in seinem Sahnesaucentopf. »Mia, ich habe solche Kramecken bewusst abgeschafft. So ein Durcheinander nervt mich.«

Oje. Das klang schon etwas zwanghaft. »Sortierst du auch deine Socken nach Farben?«

Er lachte. »Nur nach Geruch.« Er legte den Rührlöffel beiseite. »Komm schon, ich zeige dir noch den Rest der Wohnung.«

Sein Arbeitsraum war irgendwie unspannend. Ich hatte mir vorgestellt, dass Architekten überall große Zeichenbretter haben und Papprollen für ihre Entwürfe, aber Nick arbeitete in erster Linie am Computer, und die anderen Dinge befanden sich in den Räumen der Immobilienfirma, für die er plante. Was sich in den unterschiedlichen Schränken mit den schwarzen Rolltüren verbarg, interessierte mich nicht besonders.

Dann besichtigten wir sein Schlafzimmer. Dort ging es schon lebhafter zu. Es beruhigte mich ein bisschen, dass das Bett nicht gemacht war – er zog zwar rasch die Decke gerade, aber er zirkelte sie nicht ab. Es lag sogar ein Oberhemd über einer Sessellehne. An der Wand hing ein Flachbildschirm, sodass er vom Bett aus fernsehen konnte.

Das Dominanteste in diesem Zimmer war das Bild über seinem Bett, das genaue Gegenteil der roten Einöde im Wohnzimmer. Da hatte sich jemand in knalligen, pastösen Farben regelrecht ausgetobt, da zappelten kleine an Keith Harings Figuren erinnernde Männchen zwischen unsymmetrischen Gebäuden und flammend gezackten Formen. Ein sehr emotionales Bild, und riesig noch dazu. Man konnte kaum den Blick abwenden.

»Das kannst du jeden Tag aushalten?«, fragte ich ihn.

»Das muss ich«, sagte er. »Das ist ein Teil von mir.«

Etwas irritiert sah ich zu ihm hinüber. Er sah mich nicht an, sondern schaute konzentriert auf das Gemälde.

»Heißt das, du hast das selbst gemalt?«

»Ja«, sagte er knapp. Und ich begriff blitzartig, dass er nicht jeden mit in dieses Zimmer nahm. Es war ein Privileg.

»Und das im Wohnzimmer auch?«

»Nein«, sagte er und wandte sich mir mit einem verlegenen Lächeln zu. »Das könnte ich nicht.«

Nun gab es bestimmt Leute, die hätten jetzt argumentiert, dass so ungefähr jeder ein einfaches rotes Bild mit einem schwarzen Strich malen könnte. Aber ich verstand, was er sagen wollte. Wenn er malte, dann kam seine unruhige Seite hervor. Es gab auch Anteile in ihm, die so chaotisch waren wie das Bild über seinem Bett.

»Und hier ist das Bad«, setzte er die Führung fort.

Das Bad verwunderte mich nicht. Ich hatte etwas Klares, Puristisches erwartet, und genau das war es auch: dunkler Schieferboden, weiße Fliesen, Designerarmaturen und eine riesige Dusche. »Keine Wanne?«

»Ich bin nicht Kleopatra«, sagte er. »Sollen wir jetzt essen?«

Wir gingen in die Küche zurück und deckten gemeinsam den Tisch. Er hatte ein schlichtes graues Geschirr, aber ein altmodisches Besteck mit Monogramm. Augsburger Faden, soweit ich wusste. Ich hielt eins der Messer hoch. »Du überraschst mich immer wieder.«

»Dafür lebe ich«, grinste er. »Geerbt von meiner Großmutter mütterlicherseits. Meine Mutter wollte es nicht.«

Auch die Servietten schienen von der Oma zu stammen, das Monogramm auf dem schweren Leinen war das gleiche. Ich hätte nie gedacht, dass diese Dinge zusammenpassen könnten, aber auf seinem schwarzen Esstisch ging das wunderbar. Ich setzte mich auf die mir zugewiesene Seite und harrte der Dinge, die da kommen sollten.

Was im Backofen so geduftet hatte, waren zwei kleine Quiches mit Tomaten, Oliven und Pilzen. Ich vermutete, dass er eine Käse-Ei-Masse darüber verteilt hatte, die perfekt gestockt war.

»Das würde sogar Ines begeistern«, sagte ich. »Dass man so was Leckeres nur mit vegetarischen Produkten zubereiten kann.«

»Aber jetzt ist Schluss mit vegetarisch«, sagte er. »Jetzt gibt es ein echtes Männersteak. Magst du es lieber blutig oder gut durchgebraten?«

»Medium, bitte«, bestellte ich und war gespannt. Es sah schon sehr kompetent aus, wie er da hantierte, auch wenn ich wusste, wie viel Sahne in der Sauce war und dass er Butter über den Rosenkohl gab.

Das Steak war hervorragend. Die Sauce natürlich auch, was nicht nur an der Sahne lag. Der Rosenkohl war etwas zu weich, was aber den Geschmack nicht beeinträchtigte.

»Ich bin nicht so ein Nachtisch-Spezialist«, sagte er, als er die Teller abräumte. »Aber ich habe etwas Eis da. Ist das in Ordnung?«

Mittlerweile war für mich alles in Ordnung. So ein tolles Essen, so ein schöner Rotwein, was wollte man noch mehr? Sogar unsere Gesprächsthemen waren ausgewogen und stressfrei. Dieser Nick war nicht der Provokateur, den ich kannte.

Dieser Nick stellte ein graues Schälchen mit Eis vor mich, in dem sich vanilleweiße und erdbeerrosa Streifen abwechselten. Bevor ich den Löffel in diese Komposition senkte, betrachtete ich sie noch einmal ausgiebig.

»Stimmt etwas nicht?«, fragte er mich beunruhigt.

»Doch, doch«, versicherte ich. »Ich dachte nur gerade über die Farben nach.« Und dann beichtete ich ihm meine Gedanken zu einer Grundentrümpelung meines Hauses und zur Gestaltung der neuen Wohnung, die schwerpunktmäßig in diesen Farben eingerichtet war. »Das ist vermutlich für dich schwer zu verdauen«, schloss ich meine Ausführungen.

»Wieso?«, fragte er überrascht. »Klingt doch wie ein guter Plan.«

»Na ja«, sagte ich und schwenkte mit meinem Löffel einmal in Richtung seiner Küche, »wenn man sieht, was du für einen Stil hast ... Ich dachte schon, du läufst blau an, wenn ich dir erzähle, dass ich mich von Blümchentassen inspirieren lasse.«

»Im Gegenteil«, sagte er und fixierte mich sehr aufmerksam. »Ich finde Inspiration wichtig, egal woher sie kommt. Und wenn du jetzt nach Jahren der sachlichen

Kiefer mal etwas Verspielteres ausprobieren willst, warum nicht?«

»Weil es vermutlich sehr im Gegensatz steht zu der Art, wie du dich einrichtest.« Ich ließ das Eis auf meiner Zunge zerlaufen. Natürlich war das keine Billigsorte. Das Leben war zu kurz, um pappiges Eis zu essen.

»Das macht doch nichts«, meinte Nick. »Das wird so wie beim Kaufhof: unten die Damenabteilung, darüber die Männer.« Er kratzte sein Schälchen aus. »Und auf einige gemeinsame Komponenten haben wir uns doch geeinigt, zum Beispiel den Holzfußboden. Und dass diese grauenhafte Textiltapete aus dem Treppenhaus weg muss.«

Hatten wir uns geeinigt? Ich konnte mich nicht erinnern. Aber da ich gegen diese Punkte nichts hatte, nickte ich zustimmend.

»Ich würde gern diese hässliche Haustür mit dem Strukturglas rausschmeißen«, fuhr er fort. »Ich habe einen Freund, der sammelt alle möglichen Sachen aus Abrisshäusern und arbeitet sie wieder auf, Türen und Fenster und Schlagläden. Vielleicht hat der was, das besser zum Stil des Hauses passt.«

»Du hast eine Menge solcher Freunde«, stellte ich fest. »Sehr praktisch manchmal, was?«

Er zuckte mit den Achseln. »In meinem Job lernst du einen Haufen Leute kennen. Und das schadet nie, wenn man was Spezielles will. Ich tu auch manchmal anderen einen Gefallen.«

»Kennst du auch jemanden, der zu einem Spottpreis schöne Küchen verkauft?«, fragte ich. »Ich glaube, die Zeit meiner Ahorn-Landhausküche ist abgelaufen.«

»Mal sehen«, meinte er. »Aber brauchst du denn eine komplette Einbauküche für das, was du vorhast?«

»Du findest, wenn ich mich verkleinere, könnte ich

auch ohne Küche auskommen?« Ich sah ihn empört an. Vor meinem geistigen Auge erschien Stephans Studentenzimmer mit Kochplatte, Tauchsieder und dem ewigen Pulverkaffee. »Oder soll ich immer nach oben kommen, wenn ich mir mal eine Suppe kochen möchte?«

»Red keinen Blödsinn«, sagte Nick. »Wir müssen ja sowieso erst mal die Grundrissplanung machen. Und dann erarbeite ich dir einen Vorschlag.«

Weil ich inzwischen eine Ahnung hatte, wie ungewöhnlich seine Vorschläge sein könnten, hielt ich nicht dagegen. Kommt Zeit, kommt Hausrat. »So lange du mir kein Angebot machst, das ich nicht ablehnen kann«, grinste ich.

»Das würde ich nie tun.« Er wies auf mein leeres Schälchen. »Möchtest du noch eine Portion?«

Ich sah ihn an. »Würde sie genauso schmecken wie die erste?«

»Davon gehe ich aus.«

»Dann lieber nicht.«

Er grinste mich an. »Du bist eine kluge Frau.«

»Ich prüfe alles, und das Gute behalte ich«, sagte ich. »Wie der Apostel Paulus.«

»Der hielt aber nicht so viel von Frauen«, meinte Nick. »Daran kann ich mich noch aus dem Konfirmandenunterricht erinnern.«

»Pech für ihn«, fand ich. »Deswegen hatte er sicher auch keine.«

Nach dem Essen saßen wir noch zusammen vor dem Kamin. Beziehungsweise ich saß, und Nick bewegte sich mit einer Hektik herum, die völlig untypisch für ihn war. Er legte noch Holz nach. Dann musste er zweimal im Kamin herumstochern, bis das Holz auch so lag, wie er es am besten fand. Er experimentierte mit der Beleuchtung. Zu dunkel. Zu hell. Irgendwas dazwischen, was man gelten lassen konnte.

»Möchtest du noch ein Glas Rotwein?«, fragte er.

»Ich muss noch fahren«, sagte ich bedauernd und schwenkte den Rest in meinem Glas.

Er räusperte sich. »Du könntest auch hier übernachten«, schlug er vor.

Ich runzelte fragend die Stirn. »Ich dachte, du hast kein Gästezimmer?«

»Stimmt«, sagte er. »Aber ich habe ein erstklassiges Schlafsofa.« Er ging zu dem Sofa, auf dem ich nicht saß, und klappte es mit zwei Handgriffen auf. Der Effekt war verblüffend.

»Allerhand«, sagte ich. »Dann stehen mir ja alle Optionen offen. Könntest du dich jetzt einfach mal hinsetzen und aufhören, so eine Unruhe zu verbreiten?«

»Tut mir leid.« Er ließ das Sofa aufgeklappt – so was mag ich normalerweise nicht, aber dieser Raum konnte ein bisschen Unordnung vertragen – und setzte sich zu mir auf das Sofa. Einen Moment starrten wir schweigend in die Flammen. Es war sehr friedlich.

Nick räusperte sich wieder. »Weißt du was?«, sagte er schließlich. »Ich freu mich schon irgendwie drauf, wenn wir zusammen in Paulas Haus wohnen. Das könnte ganz gut werden.«

»Trotz rosa Blümchen?«, neckte ich ihn.

»Du weißt doch, ich habe gar nichts gegen …«

Ich unterbrach ihn lachend. »Natürlich, das hast du ja deutlich gesagt. Aber ich denke, der Kontrast zwischen oben und unten wird bestimmt ziemlich deutlich.«

»Das macht doch nichts«, meinte er. »Du bist halt eine Frau und ich bin ein Mann. Das darf man doch erkennen können.«

Er nahm sein Weinglas und drehte es am Stiel. Wieder

fiel mir sein Ring auf, und ich beschloss, endlich meiner Neugier nachzugeben. »Ich muss dich mal was fragen.«

Er stellte das Glas weg und wandte den Kopf zu mir. »Ja?«

»Es ist was Persönliches.«

Er nickte. »Schieß los.«

»Also …« Auf die Plätze. Fertig. Los. »Bist du eigentlich schwul?« Uff, nun war es raus. Jetzt konnte er entweder entrüstet fragen ›Wie kommst du denn darauf?‹ oder erleichtert seufzen ›Also hast du es endlich gemerkt, ja?‹

Womit ich nicht gerechnet hatte war, dass er nach einem Überraschungsmoment anfing, laut zu lachen. »Oh, Mia«, stieß er hervor. »Das kannst auch nur du, hier ganz harmlos sitzen und mir dann so eine Steilvorlage liefern.«

»Steilvorlage wofür?« Ich war völlig irritiert.

»Um dir das genaue Gegenteil zu beweisen«, sagte er, und dann passierte es. Er überbrückte den Viertelmeter Ledersofa zwischen uns und nahm meinen Kopf in seine Hände, und bevor ich so richtig begriff, was Sache war, küsste er mich auf eine Art und Weise, die mir nach über sieben Jahren endlich wieder klarmachte, warum wir in Männer und Frauen aufgeteilt sind; eine Art, die mich daran erinnerte, dass es ein angenehmes Herzklopfen gibt, eins, das nicht aus Angst oder Wut entsteht; eine Art, die mir vorführte, dass es Sinneserlebnisse gibt, die nichts mit Essen zu tun haben und einem trotzdem Hören und Sehen vergehen lassen.

Und ich? Ich ließ mich darauf ein. Es war überraschend, es war atemberaubend. Es war so, wie es vielleicht nur mit Nick sein konnte, unbekannt, aber nicht fremd, spannend, aber nicht schockierend. Ich streckte eine Hand aus und berührte seinen Kopf, sein kurzes Haar, seine kratzige Wange, seinen warmen Hals. Ich spürte seine Hände, die nach unten wanderten, über meine Schultern, meine Arme, meinen Rücken, und die ganze Zeit küsste er mich, zärtlich und doch mit Nachdruck.

Dann spürte ich, wie sich seine Lippen von meinen entfernten, und ich machte die Augen auf und sah ratlos in sein Gesicht.

»Beantwortet das deine Frage?«, fragte er lächelnd.

»Nick, ich wusste nicht ...« Unsicher brach ich ab.

»Nach vierzig Jahren war es wohl mal an der Zeit, Klarheit zu schaffen«, meinte er. Seine Arme waren immer noch um mich geschlungen.

Ich war nicht in der Lage, mich zu bewegen. »Nach vierzig Jahren?«, wiederholte ich mit einer seltsam belegten Stimme. Jetzt musste ich mich auch räuspern.

»So ungefähr vom ersten Moment, als ich dich sah, fand ich dich toll.« Er veränderte unsere Position so, dass wir wieder nebeneinandersaßen, mit seinem Arm eng um meine Schulter. Sein Gesicht war nah an meinem, sodass er sehr leise sprechen konnte, als verriete er mir ein Geheimnis. Eigentlich war es genau das. »Du warst die Traumfrau. Von Anfang an.«

Ich glaube, jede Frau träumt davon, dass ihr mal ein attraktiver Mann so was sagt. (Und Ines hatte recht gehabt, Nick war ein attraktiver Mann, ich hatte das nur vorher nicht bemerkt.) Aber in diesem Fall hörte ich es mit sehr gemischten Gefühlen.

»Das hast du aber gut verborgen«, sagte ich. »Du hast mich geärgert ohne Ende.«

»Mit vier weiß man noch nicht, wie man seine Liebe und Verehrung zum Ausdruck bringt«, sagte er mit schiefem Lächeln. »Und dann war es natürlich schnell eine verfahrene Kiste. Aber wirklich geändert hat sich das nie.«

Ich bedachte das für eine Weile und kam ausgerechnet

mit einem ziemlich blöden Argument raus. »Ich bin älter als du.«

»Stimmt. Zwei Jahre.« Er strich zärtlich mit dem Finger über meine Wange. »Das war natürlich für die ersten Jahre ein unüberbrückbares Hindernis. Und als wir endlich in der Phase angekommen waren, wo zwei Jahre nicht mehr so wichtig sind, gab es bereits Stephan.«

Stephan hatte es insgesamt fünfzehn Jahre für mich gegeben. Und danach dann lange nichts.

»Und was machen wir jetzt?«, fragte ich etwas hilflos.

»Das liegt an dir«, sagte Nick. »Du musst entscheiden, ob du dich auf einen Typen wie mich einlassen kannst.«

Damit war ich am Zug. Vorsichtig horchte ich in mich hinein. Da war keine Stimme, die entrüstet schrie: ›Nie im Leben diesen Kerl!‹, aber da war sehr viel Unsicherheit. Der Verdacht, ich würde mich von ein paar Zärtlichkeiten direkt um den Finger wickeln lassen. Die These, dass es schließlich sehr praktisch wäre, sich mit Nick zusammenzutun, wenn ich schon in ein Haus mit ihm zog. Wie es Paula freuen würde. Wie bequem es wäre, weil er sowohl Magnus als auch Ines kannte und wusste, worauf er sich einließ. Aber das waren alles keine Gründe, um eine neue Beziehung einzugehen. Da musste mehr sein. War da mehr?

Ich zog meine Schultern vorsichtig aus seinem Griff. Ich rückte ein Stück weg und drehte mich zu ihm. Seine Augen ließen mich keine Sekunde los. »Es könnte sein, dass ich eine Weile dafür brauche«, sagte ich.

»Damit habe ich gerechnet«, sagte er und lachte wieder auf. »Klar, das muss jetzt wie ein Donnerschlag kommen, wenn du gerade noch gedacht hast, ich wäre schwul.«

»Das hab ich nicht gedacht«, verteidigte ich mich. Das hatte mir Ines ins Ohr gesetzt, aber das würde ich ihm jetzt nicht verraten. »Aber du bist anders als andere Männer.«

»Das könnte ein guter Anfang sein«, fand er. »Inwiefern anders?«

Ich brauchte eine Weile, um die richtigen Worte zu finden. »Du bist so geradeheraus«, begann ich. »So diszipliniert und konsequent und vernünftig. Könnte sein, dass das manchmal schwer auszuhalten ist.«

»Das käme auf einen Versuch an.«

»Und was ist«, sagte ich langsam, »wenn wir es versuchen – in Paulas Haus – und es klappt nicht?«

»Dann ziehe ich mich in ein tibetisches Kloster zurück. Oder in die Fremdenlegion. Die Frisur dafür hab ich jedenfalls schon.«

Ich knuffte ihn in die Seite. »Jetzt mal ernsthaft.«

Er grinste. »Und geradeheraus und konsequent?« Er wurde wieder ernst. »Mia, wenn du feststellst, dass du das nicht willst oder nicht kannst, dann werde ich das respektieren. Es wird nicht immer lustig sein, aber es wird gehen. Es ist vierzig Jahre gegangen. Ich werde dir nicht das Leben zur Hölle machen oder nie wieder mit dir sprechen, ich werde einfach … versuchen, es zu akzeptieren.«

»In einem Haus?«

»Du unten, ich oben. Wir müssen doch nicht jeden Abend zusammen fernsehen.« Er kam etwas näher und zog mich wieder an sich. »Bleib noch einen Moment und lass mich diese Hoffnung genießen. Und dann fährst du nach Hause und lässt das Ganze mal auf dich wirken.« Er küsste mich auf die Nase. »Mit Paulas Haus hat es doch auch gut funktioniert.«

Es war ein seltsames Gefühl, mit ihm dort zu sitzen, schweigend in den Kamin zu starren und die Wärme seines Körpers neben mir zu spüren. Er bedrängte mich nicht. Er ließ mir Entscheidungsfreiheit, was ich einerseits ganz toll fand. Andererseits war es wieder ein Beispiel dafür, was für ein besonderer Mensch er war. Wenn ich nun nicht so besonders sein konnte? Wenn er irgendwann die Schnauze voll hatte von meinen Schwächen und Macken? Wenn er begann, nach der ersten Euphorie meine Fehler zu zählen und sie mir vorzuhalten, so wie es Stephan und mir ja auch gegangen war? Nur war ich nicht mehr so jung und kompromissfähig. Ich hatte nicht mehr den Ehrgeiz, einem kleinen Kind zuliebe einiges runterzuschlucken, was mir querging. Ich war seit sieben Jahren gewöhnt, allein zu leben. Und er noch viel länger.

Irgendwann war der Moment gekommen, sich zu verabschieden. Das brauchte seine Zeit. Staunend stellte ich fest, dass ich mich auch nicht besonders gut von ihm trennen konnte. Zuletzt standen wir noch eine ganze Weile an der Garderobe, wenn man von drei futuristischen Haken an der Wand als Garderobe sprechen kann. »Sehen wir uns morgen?«, fragte er mich.

»Du könntest zu mir kommen und mir helfen, die ersten schrecklichen Dinge wegzuwerfen«, schlug ich vor. »Das kannst du doch sicher gut.«

»Es wird mir eine Ehre sein«, sagte er. Und dann küsste er mich noch mal so ausgiebig, als müsste er sich für eine Mondlandungsmission verabschieden.

In einem Gefühlsmix aus Verwirrung und Leichtigkeit fuhr ich nach Hause, und Sie können sich vorstellen, dass es mit dem Schlafen erst mal nichts wurde. Zu deutlich stand Nicks Gesicht vor meinen Augen, und wie in einer Endlosschleife spielte ich immer wieder durch, was jeder von uns gesagt, getan und vermutlich dabei gemeint hatte.

Oje. In was für eine Situation war ich da geraten?

10

Der nächste Morgen fing gut an, weil ich aller Sahne und Butter zum Trotz offensichtlich abgenommen hatte. Vielleicht lässt auch emotionale Anstrengung die Pfunde schwinden? Auf jeden Fall fuhr ich beschwingt und mit einem angenehm locker sitzenden Hosenbund zur Arbeit.

Doris winkte mich zum Fenster. »Das musst du dir ansehen. Sie hat es wirklich getan!«

Von hier aus hatte man einen ungehinderten Blick auf den Parkplatz, und ich erkannte Leas beigefarbenen Fiat Uno. Mit einer rostroten Motorhaube. Ob sie auch rostrote Sitzbezüge angeschafft hatte, war von hier oben schlecht zu erkennen. Eigentlich wollte ich mich gerade entscheiden, dass ich das noch akzeptabel fand, da sagte Doris mit Abscheu in der Stimme: »Blut und Eiter!«

Da gefiel es mir auch nicht mehr.

Lea hingegen war begeistert. Sie spüre regelrecht die positive Ausstrahlung, sagte sie. In dem Büroraum, den sie sich mit Mandy und Evi teilte, hatte sie ein Mandala in Rosttönen aufgehängt. Ich fand es nicht schlimmer als den Landschaftsdruck, der dort vorher geprangt hatte, und Evi meinte, sie sähe es ja sowieso nicht, weil es hinter ihr hing. »Ich profitiere nur von der positiven Strahlung«, spottete sie. Dafür hatte sie mit Lea ausgehandelt, dass in deren Rücken ein Kalender mit Katzenbildern hängen durfte. Mandy wurde nicht gefragt, die hatte nur ein Foto von ihrem derzeitigen Freund auf dem Schreibtisch stehen. Wandrechte bekam man erst nach der Abschlussprüfung.

Als ich nach Hause kam, blinkte der Anrufbeantworter. »Hallo Mama!«, ertönte Magnus' Stimme. »Du hast gestern gar nicht angerufen, und da wollte ich nur mal nachhören, ob alles okay ist. Ruf mich auf dem Handy an.«

Mir blutete das Herz. War ich so vereinnahmt von Nick und diesem Umzug, dass ich meinen eigenen Sohn vergaß? Hastig wählte ich seine Handynummer und erklärte ihm wortreich, was mich gestern vom Anrufen abgehalten hatte. Wobei ich die Zärtlichkeiten mit Nick unterschlug, das würde ich ihm erst beibringen, wenn ich mir selbst darüber klar war, was es damit auf sich hatte.

»Schon gut«, sagte er schließlich, »jetzt kannst du wieder aufhören, dich zu entschuldigen. Ist doch bestens, wenn du so viel unternimmst. Ich wollte nur sichergehen, dass du noch nicht schrullig und senil geworden bist.«

Immerhin stoppte das die Herzblutung sofort. Vermutlich macht er das extra: Wenn ich zu gefühlsduselig zu werden drohe, dann sagt er was Provokantes. Es reichte jedenfalls, um das Gespräch nicht zu sehr in die Länge zu ziehen.

Ich machte meine klassische Erbsencremesuppe und wartete auf Nick. Der begrüßte mich schon im Hausflur mit einem Kuss, der mir die Knie weich werden ließ.

Dann gingen wir in die Küche und aßen meine Suppe. »Da ist aber auch Sahne drin, oder?«, fragte er augenzwinkernd.

»Ganz ohne Sahne geht es nicht«, musste ich eingestehen.

»Na siehst du. Mein Reden.«

Anschließend planten wir das weitere Vorgehen. »Ich werde morgen einen Container bestellen«, sagte Nick. »Dann können wir am Wochenende Paulas Haus ausräumen. Sie muss genau sagen, was sie noch haben will, und der Rest kommt weg.«

»Dann sag aber Jan Hörnum Bescheid«, warnte ich ihn. »Der wohnt doch gerade da.«

»Wie lange denn noch?« Er sah nicht begeistert aus. Er wollte so schnell es ging weiterkommen, und solange dieser Chaot dort sein Unwesen trieb, konnten wir nicht alles wegschaffen.

»Das weiß ich nicht. Vielleicht können wir mal Paula fragen, die besucht er doch ständig.«

»Na gut, das kannst du ja morgen mal herausfinden. Und was hast du hier vor? Willst du von deinen Sachen auch schon was in den Container tun? Ich habe jede Menge Kisten im Auto, wir könnten direkt anfangen.«

Oje, er hatte mich gestern sehr wörtlich genommen. Aber eigentlich war es nur richtig. Was du tun musst, das tue bald. Wir gingen zusammen ins Wohnzimmer und sichteten die Lage.

»Willst du die Bücher alle behalten?«

»Ich weiß nicht«, sagte ich zögernd. Für Stephan und mich wäre es einem Kapitalverbrechen gleichgekommen, Bücher wegzuwerfen. Aber andererseits hatten weder Magnus noch ich Interesse an mehreren Metern von Readers-Digest-Auswahlbänden, die uns Stephans Eltern jedes Jahr geschenkt hatten, das Lexikon war hoffnungslos überholt, wenn auch noch nicht von antiquarischem Wert, und viele der Romane, die dort sonst noch standen, würde ich wohl auch nie mehr lesen.

»Na gut, dann fangen wir woanders an.« Nick stapelte erbarmungslos die Babuschka-Puppen ineinander. »Was hast du denn in diesen Schränken?« Er öffnete den Sekretär. Dort gab es eine ganze Menge Diamagazine, das letzte vor etwa acht Jahren von Stephan ordentlich einsortiert und beschriftet, und mehrere Kartons mit Dias und Papierfotos, die jünger waren. Ich hatte es nicht so mit dem Einsortieren.

»Das kann ich jetzt nicht wegschmeißen!«, sagte ich erschrocken. »Das muss ich in Ruhe aussortieren.«

Nick blieb geduldig und öffnete das nächste Fach. Das war ganz schlecht, denn dort befanden sich Stapel von Tischdecken und Servietten, zum Teil noch von meiner Großmutter. Auch das würde etwas mehr Ruhe zum Aussortieren benötigen, und einen Mann wie Nick konnte man dabei schon gar nicht gebrauchen. Und das dritte Fach förderte dann die absolute Katastrophe zutage: Stephans Sammlung alter Orden und Militärabzeichen, von seinem Onkel begonnen, von ihm erweitert und von mir nie wieder angefasst.

»Ich glaube, ich habe deutlich mehr als zehntausend Teile«, seufzte ich.

Nick lehnte sich gegen die Rückenlehne eines der Sessel. »Ja, das ist schon eine krasse Vorstellung, nicht? Ich denke manchmal, wenn man jedes dieser Teile nur einmal im Vierteljahr anfasst und sauber macht – das sollte man doch tun, oder? – und für jedes Teil im Durchschnitt eine Minute braucht, dann sind das vierzigtausend Minuten im Jahr.«

Solche Zahlenkunststücke überwältigen mich immer. »Vierzigtausend Minuten?« Ich hielt mich am Sideboard fest.

»Nur mal geschätzt«, sagte Nick. »Natürlich braucht man nicht für jedes Teil eine Minute. Andererseits, wenn man bedenkt, dass es schon sechs Minuten dauert, um ein Herrenhemd zu bügeln, und das tut man ja häufiger als viermal im Jahr …«

Ich hatte noch nie gestoppt, wie lange ich zum Bügeln eines Herrenhemdes brauchte. Aber ich hatte ja auch schon länger keine Gelegenheit dazu gehabt. Das tat mir nicht so leid, fiel mir auf. Stephan war immer ziemlich pingelig gewesen mit den Ärmeln. Mit Doris' Methode, im Winter nur Kragen, Manschetten und Vorderfront zu bügeln, weil ihr Mann sowieso Jacke oder Pulli darüber trug, wäre ich bei ihm niemals durchgekommen. Und wenn ich mir Nick so ansah, konnte ich mir das bei ihm genauso wenig vorstellen.

Ohne meinen aufgewühlten Gemütszustand zu bemerken, fuhr Nick fort mit seiner Rechnung: »Das sind umgerechnet etwa sechshundertsechsundsechzig Stunden. Und das wiederum sind beinahe achtundzwanzig Tage. Rund um die Uhr. Würde man einen Achtstundentag zugrunde legen, wären das rund vierundachtzig Tage. Stell dir das mal vor. Man braucht über achtzig Tage im Jahr, nur um seine Sachen einigermaßen in Ordnung zu halten.« Er kniff die Augen zusammen und fixierte mich. »Was sagst du dazu?«

»Du kannst gut kopfrechnen«, sagte ich.

Er sah mich etwas beleidigt an. Offenbar hatte er einen anderen Kommentar erwartet. »Das ist alles?«

»Das ist doch schon viel. Ich kann das nicht. Ich hätte deshalb beinahe meine Bürokauffrau-Prüfung versemmelt.«

»Mia«, sagte er leicht ungehalten. »Könntest du nicht endlich dieses ausweichende Blödeln lassen und dich zu den Sachen hier äußern?«

»Ich weiß nicht«, seufzte ich. Irgendwie war mir elend. »Entweder ich blödele herum oder ich fange an zu heulen.« Und das stimmte nur zu gut, mir standen bereits die Tränen in den Augen.

»Mia!«, rief Nick erschrocken und kam näher, und

dann fiel ich ihm schon weinend um den Hals. »Was ist denn?«

»Ich kann das nicht!«, schluchzte ich. »Hier ist alles voller Stephan. Ich kann das nicht wegschmeißen, das ist wie ... wie ... Verrat. Als würde ich alles aufgeben, was unsere Ehe ausgemacht hat.«

Ich hatte schon die Befürchtung, er würde wieder mit seiner Salamitheorie anfangen, drei Souvenirs sind so gut wie dreihundert, aber das tat er zum Glück nicht. Vielleicht spürte er, dass unsere langsam keimende Beziehung damit schon wieder zu Ende gewesen wäre. Stattdessen zog er mich behutsam mit sich auf das Sofa und ließ mich sein Hemd vollheulen.

»Vielleicht hätten wir nicht gerade hier im Wohnzimmer anfangen sollen«, meinte er tröstend. »Das konnte ja nicht gutgehen.«

»Aber die anderen Räume sind genauso!«, jammerte ich. »Alles hier hat etwas mit Stephan zu tun. Magnus hat recht. Es ist ein Mausoleum, und ich werde langsam schrullig.«

»Schrullig?«, wiederholte Nick ungläubig. »Das hat er zu dir gesagt? Wo ist er, dass ich ihn verprügeln kann?«

»In Braunschweig«, erwiderte ich und versuchte, mir die Tränen aus dem Gesicht zu wischen. Die Vorstellung, wie Nick und Magnus sich schlagen würden, half mir zumindest dabei, mit dem Weinen aufzuhören.

»Nee, das ist mir zu weit«, entschied Nick. »Mia, dann lassen wir das einfach für heute. Niemand drängt dich.«

Ich spürte, dass er das nicht nur auf das Ausmisten bezog. Er ahnte, dass auch nach sieben Jahren Witwenschaft eine Ehe noch sehr präsent sein kann. Dankbar sah ich ihn an. »Tut mir leid, Nick. Ich bin eine schreckliche Frau. Du versuchst mir zu helfen, und ich mache so einen Zirkus.«

»Oje«, seufzte er. Er drehte sich zu mir und begann mich systematisch abzutasten. Nicht erotisch, sondern eher wie die Beamten am Flughafen, nur freundlicher, wenn Sie verstehen, was ich meine.

»Nick? Was machst du da?«

»Ich bin Bond, James Bond, und suche nach dem Selbstzerstörungsmechanismus«, erklärte er. »Ich würde ihn gern entschärfen, damit du mir noch eine Weile erhalten bleibst.«

Wider Willen musste ich lachen. »Der sitzt leider innen im Kopf. Aber ich glaube, mit einem Glas Rotwein lässt er sich ausschalten. Ich hole mal eine Flasche.«

»Und dann können wir uns einfach hier vor den Fernseher setzen und uns irgendeine Sendung für Hirntote reinziehen«, schlug er vor. »So was ohne Kummer und Sorgen. Kommt vielleicht heute ›Amrum Ahoi‹?«

»Ich glaube nicht«, sagte ich schniefend. Aber es ging mir schon wieder besser. Obwohl ich schon ein bisschen schockiert war, weil ich einen sehr realen, lebendigen Mann neben mir hatte und mich trotzdem von einem Toten nicht trennen konnte.

11

»Jan Hörnum war heute schon hier«, erzählte Tante Paula. »Er ist total beschäftigt mit diesem Garagenverkauf am Samstag.«

Mir wurde etwas mulmig. »Garagenverkauf? Samstag? Doch nicht etwa bei dir?«

»Doch, natürlich!« Paula sah mich überrascht an. »Das weißt du doch! Er sagte, ihr hättet das miteinander abgesprochen.«

»Na ja …« Er hatte es erwähnt, und wir hatten es ihm nicht ausdrücklich untersagt. So war das gewesen. Aber wenn man wollte, dass Jan Hörnum etwas unterließ, dann musste man ihn offensichtlich fesseln und knebeln.

»Auf jeden Fall passt das optimal«, fuhr Paula fort. »Weil ich doch am Wochenende im Silvretta einziehe. Die haben sogar einen Service, der die Möbel abholt. Da kann ich am Samstag noch mal ins Haus und entscheiden, was ich an sonstigen Sachen mitnehmen will, und den Rest verkauft ihr dann. Von dem Geld will ich übrigens nichts, das könnt ihr behalten.«

Darum geht es nicht, dachte ich. Von den paar Euro können wir dir Blumen zum Einzug kaufen. »Bist du sicher, dass er das wirklich machen will?«

»Aber sicher! Er hat schon im Anzeigenblatt für morgen und Samstag eine Kleinanzeige aufgegeben, und das Flugblatt hat er mir auch gezeigt.«

»Flugblatt?« Jetzt war ich doch perplex. Die Nummer war offensichtlich größer, als ich dachte.

Paula drehte sich zu ihrem Nachttisch und holte ein DIN-A4-Blatt hervor. Darauf erkannte ich ein Foto des brillenlosen Herrn Mäderle, darunter wahllos zusammengestoppelt einige Bilder von Antiquitäten und die Schlagzeile: »Garagenverkauf mit Jan Hörnum!!! Haushaltsauflösung – alles muss raus!! Tolle Schnäppchen zu Superpreisen – Möbel, Hausrat, Textilien! Samstag von 10 bis 16 Uhr, bei Behrendt, Richthofenweg 46.«

»Gut, was?«, sagte Paula. »Das hängt Frau Grützbauer heute in allen Supermärkten aus und im Bürgerzentrum.«

Klar, für die Drecksarbeit hatte er wieder eine Sklavin gefunden. Ich ließ das ausrufungszeichenlastige Flugblatt sinken und dachte nach. »Nick wollte zum Wochenende einen Container bestellen.«

»Das macht doch nichts«, fand Paula. »Dann machen wir erst den Verkauf, und was übrig bleibt, schmeißen wir weg.«

Wir? Sie würde davon ja wohl gar nichts machen. Während ich mich bei dem Gedanken an eine Horde von Menschen, die sich wie beim Winterschlussverkauf durch das Haus wühlten, fast in eine Panik steigerte.

Paula sah das nicht so eng. Wenn etwas kaputtging, dann machte das doch auch nichts mehr, fand sie. Und sie hätte richtig Lust, sich so etwas mal anzusehen. Nick könnte sie früh abholen, dann würden wir ihre Sachen packen. Die Möbel, die sie mit in die Residenz Silvretta nehmen wollte, müsste ich allerdings schon vorher ausräumen. »Die kommen eventuell schon am Freitag. Vielleicht kann Nick die reinlassen. Und könntest du mir diese Dinge auch schon mal einpacken?« Sie reichte mir eine umfangreiche Liste. Darauf hatte sie unter anderem ihr gutes Geschirr aufgeführt – 12 Personen, Essservice und Kaffee – sowie Besteck, Gläser, einiges an Hausrat, Kleidung, Bücher, diverse Kleinigkeiten bis hin zu ihrem Strickzeug. »Und wenn ich noch was vergessen habe, kann ich es ja am Samstag mitnehmen.«

Seufzend steckte ich die Liste in meine Tasche. Immerhin hatte es auch etwas Gutes. Jetzt wären Nick und ich erst mal in ihrer Wohnung beschäftigt, statt uns mit Stephans langen Schatten zu befassen. Und hinterher wäre vielleicht im Container mehr Platz für meine Sachen – wenn ich mich endlich entschieden hatte, wovon ich mich trennen wollte.

Von zuhause aus rief ich Nick an, um ihm schonend die Sache mit dem Garagenverkauf beizubringen. Er nahm es recht philosophisch auf, so als hätte ihm Lea auch eines ihrer stimmungsaufhellenden Mandalas aufgehängt. »Wenn er das schon überall angekündigt hat, dann müssen wir da wohl durch. Er soll nur nicht glauben, dass ich da den Marktschreier mache.«

»Nick«, sagte ich, »wenn hier einer den Marktschreier macht und den Leuten etwas aufschwatzt, wer, glaubst du, wird das sein?«

Er lachte. »Keine Frage. Was hältst du denn davon, wenn wir uns heute schon mal in Paulas Haus treffen und mit den Vorbereitungen anfangen? Da ist bestimmt eine ganze Menge zu tun.«

»Da könntest du recht haben.« Ich hatte schließlich Tante Paulas Listen in der Tasche. »Bring bloß deine Kartons mit, ja? Und ich hole mal meine alten Zeitungen wieder aus der grünen Tonne. Es gibt jede Menge einzupacken.«

»Klingt ja wahnsinnig verlockend«, sagte er. »Aber ich kann dir auch schon mal ein paar Zeichnungen mitbringen, damit du sehen kannst, wie ich mir den Umbau vorstelle. Sagen wir halb acht? Dann kann ich vorher noch um die Sperre laufen. Oder möchtest du mitkommen?«

Ich sah schon wieder sein provozierendes Grinsen vor mir. Auch wenn ich seit vierzig Jahren seine Traumfrau war, gab ihm das nicht das Recht zu beobachten, wie ich auf der Sperrmauer zusammenbrach. »Nein, danke, dafür bin ich zu kurzatmig. Ich hebe mir meine Energien lieber für die Einpack-Orgie auf.«

»Du bist nicht nur kurzatmig, sondern auch nachtragend«, sagte er. »Aber egal, dann sehen wir uns dort.«

Ich war ein wenig nervös, als ich feststellte, dass Jan Hörnum nicht da war. Der Umgang mit Nick wäre einfacher in der Gegenwart eines Dritten, denn so ein Melodram wie gestern wollte ich nicht noch einmal abziehen. Zu wissen, dass er eine intensivere Beziehung mit mir anstrebte, war überraschenderweise nicht einfacher auszuhalten als der Verdacht, er plane ständig irgendwelche hinterlistigen Komplotte gegen mich. Auch wenn wir uns einer unausgesprochenen Vereinbarung gemäß nicht mehr berührten oder gar küssten, war da plötzlich eine knisternde Stimmung im Raum, die zumindest ich spürte. Und an die Stelle meines jahrelangen Argwohns war das schlechte Gewissen getreten, das mich jedes Mal überfiel, wenn er mir eine Tür aufhielt oder mir geduldig lächelnd erklärte, wie er sich das mit dem neuen Wintergarten vorstellte.

Es war das gleiche schlechte Gewissen, das man hat, wenn man sich in einer Boutique einen teuren Mantel überzieht, von dem man genau weiß, dass man ihn nicht kaufen wird. Ich bin jedenfalls jemand, dem das so geht. Stephan war da abgebrühter, der lieh sich auch schon mal für ein Wochenende einen Vorführwagen, den er nie bestellen würde, nur um mit seinen Kumpels mitreden zu können, wenn es um Beschleunigung und Kurvenverhalten ging.

Haben Sie's gemerkt? Schon ist Stephan wieder mit dabei. So war es gestern Abend, als Nick und ich im Wohnzimmer die Schränke anschauten. Und so war es auch noch später in der Nacht, als ich unruhig im Bett lag und über meine Situation nachdachte.

Ich trauere nicht ständig meinem toten Mann nach. Ich bin nicht der Typ, der zweimal in der Woche zum Friedhof rennt und dort mit dem Verstorbenen stille Zwiesprache hält. Manchmal vergehen Wochen, ohne dass mir bewusst wird, dass ich eine Witwe bin. Aber in Situationen wie dieser, da ist Stephan auch nach über sieben Jahren sehr präsent.

Wir hatten eine sehr intensive Beziehung. Ich wage zu behaupten, dass wir uns nie getrennt hätten, wenn er diesen Unfall überlebt hätte. Wir wären eins dieser alten Paare geworden, die gemeinsam durch den Supermarkt ziehen und sich gegenseitig beraten: ›Soll ich den Reiniger mit dem Zitrusduft nehmen oder lieber den mit der Meeresbrise?‹ – ›Nimm den gelben, den gibt es auch in einer kleineren Flasche‹. – ›In Ordnung, dann geh du doch schon mal zur Wursttheke und such dir was aus.‹ – ›Ach nein, komm lieber mit, sonst packen die mir wieder die angetrockneten Scheiben mit ein.‹

Stephan war ein sehr dominanter Mensch, aber nicht auf unangenehme Weise – eher die Sorte, die zu einer Gruppe dazustößt und direkt mit ins Gespräch einbezogen wird. Einfach weil man ihn gleich wahrnimmt. Er hatte viel Humor, aber auch einen starken Willen, und in den schwierigen Phasen unserer Ehe war dieser Wille wie eine Wand, gegen die ich anlief und mir immer wieder eine blutige Nase holte. Aber andererseits kannte ich auch seine Schwächen, wusste, an welchen Stellen er auf mich angewiesen war, schöpfte Kraft aus der Tatsache, dass ihm sehr wohl bewusst war, dass er mich brauchte.

Zum Beispiel wenn es um zwischenmenschliche Probleme ging, ob bei der Arbeit oder privat. Da fragte er mich oft um Rat, weil er seiner eigenen Wahrnehmung nicht traute. Ich hätte ihm nie ausdrücklich gesagt, was er tun sollte, dann hätte er sich gegängelt gefühlt; aber ich schilderte ihm meine Sicht der Dinge, beschrieb ihm, wie die andere Seite meiner Meinung nach die Situation empfand, und half ihm so, das Problem zu entwirren.

In mancher Hinsicht war Nick ihm ähnlich: Auch er hatte viel Humor, strahlte einen hohen Grad von Selbstsicherheit aus und war ein Mensch, den man nicht übersah. Das machte es nicht einfacher für mich, und erschwerend kam hinzu, dass Nick auch an Stellen perfekt war, an denen Stephan seine Defizite gehabt hatte: Er war nicht unordentlich, sondern diszipliniert, er war verbindlich, wo Stephan manchmal eine gewisse Polterigkeit gezeigt hatte, und wo Stephans Dickköpfigkeit ihn gelegentlich auf den Holzweg führte, hatte Nick eine Argumentationsstärke, die den anderen den Wind aus den Segeln nahm.

Natürlich verstand ich das erst jetzt, denn bis vor kurzem hatte ich Nicks Disziplin für vorgetäuscht gehalten, seine Verbindlichkeit als den stetigen Versuch interpretiert, sich einzuschleimen, und seine Argumentationsstärke hatte ich als schiere Rechthaberei abgetan. Aber gerade diese Eigenschaften beunruhigten mich jetzt umso mehr, weil ich ihnen nichts entgegenzusetzen hatte. Wenn ich auf Nicks Werben einginge, wäre ich gezwungen, für alles die richtigen Argumente zu haben oder schon vorher zu wissen, dass ich nachgeben musste. Ich hatte einfach Angst, dass eines Tages die Phase der unbegrenzten

Attraktion vorbei sein würde und eine Beziehung übrig blieb, in der er, für ewig im Recht, die Preise festlegen konnte, während ich nur noch damit beschäftigt war, meine emotionalen Schulden abzuarbeiten. Kramschublade nicht aufgeräumt? Übel! Wiederholt genascht und heftig zugenommen? Ouh, ouh! Vergessen, die Zeitung abzubestellen? Kaum noch gutzumachen!

»Warum seufzt du so?«, fragte Nick mich. »Sollen wir mal eine Pause machen?«

»Nicht nötig«, sagte ich rasch. »Pausen brauchen nur Raucher.«

12

Am nächsten Morgen bekam ich hautnah mit, wie gut Jan Hörnums Werbestrategie funktionierte.

»Stell dir vor«, sagte Doris, »meine Nachbarin behauptet, dieser Hörnum würde am Wochenende auf einer Verkaufsveranstaltung auftreten. Im Supermarkt hing ein Zettel mit einem Bild von ihm an der Pinnwand, aber als sie von der Kasse kam, hatte den schon jemand geklaut.«

»Das stimmt«, sagte ich und holte das Anzeigenblatt aus der Tasche. Ich hatte es extra auf dem Weg zum Büro am Kiosk geholt. Es erscheint zweimal wöchentlich kostenlos, und neben ein paar zweitrangigen Titelstorys über das Bredenscheider Tierheim oder das neue Ausflugslokal am Museumsbahnhof standen hauptsächlich Kleinanzeigen darin, über die die Bredenscheider Bevölkerung fast so viel zu kaufen und zu verkaufen schien wie der Rest Deutschlands bei E-Bay.

»Tatsächlich«, sagte Doris, als sie die Anzeige sah. Es war zwar kein Foto dabei, aber der Text war identisch mit dem des Flugblatts. »Kann ich das vielleicht meiner Nachbarin mitnehmen?«

»Von mir aus.« Ich konnte jederzeit noch welche von den Dingern bekommen. Gelassen sah ich zu, wie Doris einen Textmarker aus der Schublade holte und die Anzeige rosa einkringelte.

Auch Lea interessierte sich für den Anzeigenteil, auch

wenn sie nicht so heiß auf unseren Garagenverkauf war. Sie stöberte durch die Kaufgesuche, in der Hoffnung, dass irgendjemand zufällig gebrauchte CDs suchte. »Diese ganze Popmusik höre ich doch nie wieder«, behauptete sie.

»Und was hörst du jetzt?«, fragte Doris. »Walgesänge? Thailändische Tempelgong-Konzerte? Nepalesische Männerchöre?«

Lea sah sie mit einem Blick voller Verachtung an. »Wenn du es unbedingt wissen willst: Ich höre hauptsächlich Entspannungsmusik. Der Bodhisattva Monasanga bietet eine CD-Sammlung an …«

»Nur hier! Und nur heute! Für lächerliche einhundertneunundsechzig Euro zuzüglich Versand!«, imitierte Doris die Einpeitscher der gängigen Verkaufssender. »Diese CDs sind im Handel nicht erhältlich! Rufen Sie gleich an!« Sie sah Lea nach, die beleidigt das Anzeigenblatt zurück auf den Schreibtisch geworfen hatte und in ihr Büro gerauscht war, wo sie vermutlich ihren Kolleginnen ihr Leid klagte.

»Du liebe Zeit«, befand Doris, »was für eine Mimose! Schade, dass ihre Bestimmung nicht die bunte Farbe des Humors ist.«

»Du machst es einem aber auch nicht immer einfach«, sagte ich.

»Ach Quatsch! Du hältst es doch auch mit mir aus.«

»Das liegt nur daran, dass ich so ein umgänglicher Mensch bin«, sagte ich.

»Glaubst du«, gab Doris zurück und blinzelte mir zu. »Außer mir ist ja niemand bereit, länger als vier Stunden am Stück mit dir zusammen zu sein.«

»Glaubst du«, gab ich zurück. Das konnte ich endlich mit Fug und Recht sagen.

In der Mittagszeit nötigte Doris mich, mit ihr zu »Bernhard's Grillstübchen« zu gehen und dort das Tagesgericht zu essen. Sie wusste immer, wenn Bernhard etwas Besonderes anbot, und heute war es wieder mal sein ganz famoser Linseneintopf, preiswert und lecker.

Wie immer setzte ich mich so, dass ich sein Schild mit den überflüssigen Apostrophen nicht sehen musste (er hatte nicht nur bei Bernhard's eins verwendet, sondern teilte den Besuchern auch mit, dass er seit neustem Sonntag's ebenfalls geöffnet hätte).

Doris und ich erfanden jedes Mal neue Variationen für den ebenso inflationären wie irrsinnigen Gebrauch des Apostrophs. Das Ziel war, einen möglichst langen Satz zu kreieren, in dem jedes Wort einen hatte. Unser Rekord bisher war die Kreation ›Bredenscheid's beste's Grills'tübchen – neuerding's Sonntag's ebenfall's nicht's Geschlossene's‹. Es tat dem Geschmack seiner Speisen keinen Abbruch, und Bernhard stand darüber. »Wenn es jemandem auffällt, dann kommt er wenigstens ins Gespräch mit mir«, sagte er. »Und vielleicht erinnert er sich besser, wo er gegessen hat.«

Bernhard's neuste Errungenschaft war eine große Tafel im englischen Pub-Stil, auf der er die Tagesgerichte der laufenden Woche mit Kreide notiert hatte. Für Freitag's war zu meinem Erschrecken Pannfisch angesagt.

»Erinnere mich daran, dass ich am Freitag hier auf keinen Fall hingehe«, sagte ich zu Doris.

Sie war ganz überrascht. »Wieso denn das? Der Fisch ist hier ganz prima. Total knusprig.«

»Knusprig?«, wiederholte ich verblüfft. »Was ist denn daran knusprig?« Ich erinnerte mich noch mit Schaudern an die weiche, etwas matschige Konsistenz von Fisch und Kartoffeln. Das Bissfesteste waren jedenfalls die Zwiebeln gewesen.

Doris holte sich bei Bernhard Unterstützung. »Bei mir gibt es den Fisch paniert und frittiert!«, klärte er mich auf. »Und dazu dann Bratkartoffeln und geröstete Zwiebeln.« Interessant, man hätte also fast sämtliche Bestandteile noch unter Verwendung von heißem Fett verbessern können. Im Gegensatz zu Bernhard's Haaren, die schon fettig genug waren, aber darüber wollte ich lieber nicht weiter nachdenken.

»Und keine weiße Sauce?« An die dachte ich auch noch voller Grausen.

»Ich nehm Remoulade«, sagte Bernhard. »Meine Gäste sind oft etwas kritisch mit Saucen, aber Mayonnaise oder Remoulade ist kein Risiko.« Das hätte mal jemand Jan Hörnum erklären sollen! Wir wären alle dankbar gewesen.

Nach einem weiteren Blick auf die Karte hatte ich noch eine Frage. »Warum gibt es denn zwischen ›mit‹ und ›ohne‹ einen Unterschied von einem Euro? Ist das nicht ein bisschen teuer für einen Klacks Remoulade oder so was?«

»Das gibt es immer dazu«, ließ Bernhard mich wissen. »›Mit‹ bezieht sich auf den Schnaps nach dem Essen. Die meisten wollen einen. Sie vielleicht auch?«

Ein Blick auf die Uhr überzeugte uns, den Schnaps abzulehnen und lieber schnellstens ins Büro zurückzukehren.

Tatsächlich stand Horst Adler schon da und prüfte die Vollzähligkeit seiner Untergebenen, aber es war eine Minute vor eins und wir damit noch in der Zeit. »Mahlzeit!«, verkündete er und zog sich in seine Zelle zurück.

Doris hängte ihre Jacke auf und beugte sich über ihren Schreibtisch. »Mia, hast du das Anzeigenblatt wieder eingesteckt?«, fragte sie.

»Nein, wieso? Das wolltest du doch deiner Nachbarin mitnehmen.«

»Sicher, aber …« Sie kramte noch einmal durch ihre Unterlagen, prüfte den Papierkorb, schaute in ihrer Handtasche nach. »Komisch. Ich war mir sicher, dass ich es auf meinem Schreibtisch liegen gelassen habe, aber es ist nicht da.«

Auch Lea und Mandy hatten es nicht. »Das hat bestimmt Horst Adler geklaut«, sagte Mandy. »Der spioniert doch immer auf den Schreibtischen rum.«

»Klar«, spottete Doris. »Und dann kommt er am Samstag zu Mias Garagenverkauf und holt sich von Jan Hörnum ein Autogramm.«

Wir lachten alle herzlich darüber.

13

Dabei hatte Doris leider gar nicht so unrecht. Zum Beispiel mit den Autogrammen. Als ich am Samstag um kurz nach acht in Paulas Haus erschien, hatte Jan Hörnum schon die wichtigsten Utensilien für den Verkauf auf einem kleinen Klapptisch neben der Haustür vorbereitet: eine metallene Geldkassette, dazu eine Spendendose in Form eines Seenotrettungskreuzers (»Für die Leute, die ihr Wechselgeld nicht haben wollen«), einen Berg Plastiktüten – nicht die gebrauchten aus Paulas Küche, sondern brandneue, flutschige aus dem Supermarkt – und einen Stapel Autogrammkarten.

Mir sollte das recht sein. Wenn die Leute genauso zahlreich wegen Jan Hörnum hierherkamen wie sie Tante Paula im Krankenhaus besucht hatten, umso besser. Jetzt hatten wir uns schon so viel Mühe gemacht, da wollten wir auch möglichst viel Zeug auf diese Weise loswerden. Schließlich spürte ich noch die letzten Abende in meinen Knochen, in denen wir bereits Möbel gerückt, Hausrat verpackt und die Garage ausgeräumt hatten.

Neben dem Haus stand bereits der gestern angelieferte Container. Noch war er fast leer bis auf ein paar definitiv nicht mehr brauchbare Sachen aus der Garage, und ich ahnte schon, wie schwer es mir fallen würde, ab morgen die nicht verkauften Reste hineinzuwerfen, so als würde man sie der ewigen Verdammnis preisgeben.

»Was haben wir für ein Glück mit dem Wetter«, sagte Jan Hörnum, der heute wieder friesisch kam und nicht nur einen weiß-schwarzen Kittel angezogen und seine Prinz-Heinrich-Mütze aufgesetzt hatte, sondern tatsächlich auch eine Fußbekleidung trug, die fast wie Holzschuhe aussah. Er hatte einen Klappstuhl und eine Tasse Kaffee bei sich und begab sich schon mal in Position als Kassenwart. Dabei waren es noch fast anderthalb Stunden bis zum offiziellen Beginn des Flohmarkts.

Nick war unterwegs, Tante Paula holen, also war es meine Aufgabe, die weiteren Vorkehrungen zu treffen. Damit die Leute nicht durch das ganze Haus trabten, hatten wir einiges an Möbeln von oben in die Garage gestellt und damit dem Namen der Veranstaltung Rechnung getragen. So konnten wir die obere Etage sperren und den gesamten Plunder unten zur Schau stellen, einschließlich einer Auswahl von Jacken, Mänteln und Mützen aus Onkel Rudolfs Bestand. Auch einige Pelzmäntel, die Paula loswerden wollte, waren dabei, und ich fragte mich, wer die bei dem warmen Wetter kaufen würde.

Damit für diese Sachen genügend Ausstellungsfläche zur Verfügung stand, musste ich den Hausrat (Codename »Klimbim«) nach draußen räumen und, je nach Empfindlichkeit und Beschaffenheit, in flachen Bananenkisten oder auf Plastikfolien feilbieten. Wir hatten beschlossen, dass wir Preisbereiche bilden wollten: nah am Haus kostete alles drei Euro, im mittleren Bereich verlangten wir zwei Euro pro Teil, in Richtung Hecke nur noch einen, und dann gab es noch einen großen Wäschekorb mit Grabbel für fünfzig Cent. Meine Aufgabe war es, auf jedes Teil entsprechende Farbpunkte zu kleben, damit Jan Hörnum dann korrekt kassieren konnte. Ich fand das dauernde In-die-Hocke-gehen ganz schön anstrengend, sodass ich bereits erste Anzeichen von Erschöpfung zeigte, als Nick mit Tante Paula in die Einfahrt rollte.

Erst einmal musste er sie den Gartenweg entlangschieben, sodass sie die gerade von mir dort ausgebreiteten Dinge noch ein letztes Mal begutachten konnte. »Nein, sieh mal, die Sammeltassen von Oma Alma!«, rief sie aus. »Wenn ich die jetzt da so stehen sehe, würde ich sie am liebsten behalten.«

»Entscheide dich schnell«, sagte Nick. »Oder streich sie aus deinem Gedächtnis für immer.«

Sie zögerte und schüttelte dann den Kopf. »Nein, nein«, sagte sie tapfer. Um gleich im nächsten Moment in neue Entzückensrufe auszubrechen: »Diese alten Blechdosen! Wisst ihr noch, wie ich früher immer das Spritzgebäck darin verwahrt habe? Und da, das ist der Fleischwolf, mit dem ich es durchgedreht habe! Sind die Vorsatzscheiben auch dabei oder wo sind die hingekommen?«

»Die sind hier«, sagte ich und bückte mich ein weiteres Mal, um sie ihr zu zeigen.

Aber Nick hatte Paula schon weitergeschoben, sodass sie jetzt einen Blick auf die handgetöpferten Schüsseln einer heimischen Künstlerin werfen konnte. »Oje«, stöhnte sie. »Hoffentlich kommt Bruni nicht auch und sieht, wie wir hier ihre Kunstwerke verscherbeln!«

»Ich könnte sie direkt in den Container werfen, dann sieht sie sie nicht«, bot Nick an.

»Nein«, entschied Tante Paula. »Das geht auch nicht. Stellt sie einfach auf die Anrichte ins Wohnzimmer und macht sie etwas teurer.« Seufzend ergriff ich die Teile, knibbelte die Punkte wieder ab und trug sie ins Haus.

Als ich wiederkam, hatte Paula sich auch von ihrem Stövchen verabschiedet, von den hässlichen Zinnbechern mit den Jagdmotiven, von einem Dutzend Fliesen mit den Panoramen deutscher Städte, von zwei unterschiedlichen Erdnussspendern, einem kompletten Bowleset aus grünlichem Steingut, von Salzstreuern, Aschenbechern, Keksschalen, Kerzenständern, Tortenplatten, Glaskrügen, Obstmessern, Serviettenringen, Sofakissen, Käsespießchen, von jeder Menge Deckchen, Bilderrahmen, Schminkspiegeln, Gesellschaftsspielen, Übertöpfen in grässlichen Farben und ein paar Dingen ohne eindeutig erkennbare Funktion. Ich konnte mir die Ausstellung nur mit Beklemmungen ansehen, weil ich wusste, dass ich zuhause ein ganz ähnlich zusammengesetztes Sammelsurium hatte.

Dann wollte Paula ins Haus, und spätestens jetzt wurde deutlich, dass sie nicht hierher hätte zurückkommen können. Sowohl die Haustür, wo Jan Hörnum sie jetzt jovial begrüßte, als auch die Terrassentür hatten eine schwer überwindbare Stufe.

Mühsam hievte sie sich aus dem Rollstuhl auf ihre Krücken und ins Haus. Nachdenklich musterte sie die Treppe. »Tja, Nick«, sagte sie kläglich, »dann musst du mich wohl nach oben tragen. Ich muss doch noch einmal nach meinen Kleidern schauen.«

»Na klar«, sagte Nick und holte einmal tief Luft, bevor er sie hochhob. »Geht es so?«

»Aber ja«, sagte sie und legte ihm haltsuchend einen Arm um den Hals. Behutsam trug er sie Stufe um Stufe, während ich mit den Krücken folgte, und setzte sie dann in ihrem Schlafzimmer auf dem Stuhl vor dem Fenster ab.

»So, jetzt gehe ich mir erst mal einen Kaffee holen«, erklärte er. »Möchte noch jemand einen?«

»Ach, das wäre nett«, sagte Paula und ließ ihre Blicke schweifen. Der Transport ihrer Schlafzimmermöbel zur Residenz Silvretta sollte nun zwar erst am Montag stattfinden, aber es war trotzdem schon sehr verändert. Wir hatten bereits die Bilder abgenommen, das Bettzeug eingepackt und die Lampe abmontiert. Es war nicht mehr gemütlich, sondern fremd.

»Sag mal, Mia«, sagte Paula beunruhigt. »Wo ist denn mein Schmuckkasten?«

Einen Moment lang war ich auch verunsichert, dann fiel es mir wieder ein. »Den habe ich in den Kleiderschrank gestellt.« Ich holte ihn hervor und stellte ihn auf die Fensterbank, damit sie ihren Schmuck sichten konnte.

»Tust du mir noch einen Gefallen«, bat sie, »und holst mir unten meine Handtasche wegen der Brille?«

»Sofort.« Unten an der Treppe traf ich Nick mit zwei Kaffeebechern in der Hand. Er warf einen melancholischen Blick auf die Stufen.

»Ich darf gar nicht daran denken, dass ich sie nachher auch wieder runtertragen darf«, stöhnte er. »Vielleicht sollte ich zusätzlich zum Laufen auch mit etwas Krafttraining anfangen.«

»Denk einfach an den Wassereimer«, sagte ich aufmunternd. »Das ist alles Übergewicht, das du nicht hast.«

»Das ist mehr als mein Eigengewicht«, behauptete er. »Ein Wunder, dass das physikalisch möglich ist.«

»Bei Ameisen geht das jedenfalls«, sagte ich. Das hatte ich mal gelernt, als ich Magnus für einen Biotest abhören musste.

»Ameisen können sogar Blattläuse melken«, brummte er und stieg die Treppe hinauf. »Das will ich auch nicht.«

Sieh mal an, das wusste ich jedenfalls noch nicht. Und ich war auch nicht sicher, ob ich mit dieser Information jemals etwas Nützliches anfangen könnte.

Obwohl es erst neun Uhr war, kamen bereits die ersten Neugierigen vorbei, zum Teil mit Brötchentüten und der Samstagszeitung unter dem Arm, um erst mal zu sichten, ob sich ein ausgiebiger Besuch nach dem Frühstück lohnen würde. Ich kam gerade rechtzeitig, um Tante Paulas grüne Handtasche von der Lehne des Rollstuhls zu retten, als schon ein älterer Mann davorstand und das Gerät inspizierte. »Was soll der denn kosten?«

»Der ist nicht zu verkaufen«, erklärte ich. »Den brauchen wir noch.«

»Schade«, sagte er und trottete davon.

Mit Hilfe ihrer Brille trennte Paula ihren Schmuck in drei Partien: den guten, den sie behalten würde, um im Silvretta-Speisesaal nicht unangenehm aufzufallen, den anständigen, den ich nachher mitnehmen sollte, weil ich ihn sowieso erben würde, und den Trödel, der auch noch verkauft werden sollte. Ich musste mir schon fast Gewalt antun, um die bunten Ketten nicht auch einzupacken, weil sie sich bestimmt gut eignen würden, um etwas Neues daraus zu basteln.

Dann wandte sie sich ihren übrig gebliebenen Kleidern zu. Stück für Stück musste ich alles aus dem Schrank holen und ihr zeigen. Einiges davon war noch Silvretta-fähig und wurde in einen Koffer gepackt, das restliche musste ich wieder zurückhängen. Ich glaube, sie brachte es einfach nicht über sich, ihre Garderobe heute auch zu verhökern. Am Ende traf sie noch eine Putzfrau mit dem Basler-Cardigan wieder, der ihr leider zu eng geworden war.

Der zunehmende Geräuschpegel von unten verriet, dass inzwischen mehr Leute da waren. »Du musst da sicher jetzt runtergehen«, meinte Tante Paula. »Schick mir einfach Nick rauf, der kann mir auch helfen.«

Das fand ich ungerecht. Wieso durfte Nick sich hier oben mit Paula zurückziehen, und ich musste mich dem Mob stellen? Und dass die Menge inzwischen Mobstärke hatte, war nicht zu übersehen. Meine so schön zusammengestellten Sachen waren schon arg zerpflückt. Die Fahrräder und Nicks altes Kettcar waren offensichtlich bereits weg, und als ich aus der Haustür kam, musste ich sofort den nächsten Interessenten davon überzeugen, dass der Rollstuhl nicht zu verkaufen war.

Jan Hörnum war in seinem Element. Er kassierte, schrieb Autogramme, sammelte Spenden für den Rettungskreuzer, unterhielt sich charmant mit älteren Damen und fachsimpelte mit den Männern. Währenddessen war in Paulas Haus und Garten die Hölle los. Ich hätte nie gedacht, dass ich mal erleben würde, wie sich zwei Frauen um eine Butterdose von Villeroy und Boch stritten (die eine argumentierte damit, dass sie die zuerst gesehen hätte, die andere versuchte es eher auf die Mitleidstour, weil sie das Geschirr sammelte und es jedes Jahr teurer wurde). Ich wurde Zeuge, wie ein Kind drei der zierlichen Obstmesser mit den Perlmuttgriffen in den Rasen bohrte und seine Mutter zusah, aber nichts dagegen unternahm. Ein besonderer Moment war auch, wie jemand eine der von Tante Paula in der Frühe noch bejubelten Keksdosen öffnete und tatsächlich ein paar antike Weihnachtsplätzchen zum Vorschein kamen. Beeindruckend war ebenfalls, dass er die Dose anschließend kaufte. Die Kekse fand ich später im Rosenbeet, aber ich konnte es ihm nicht wirklich übel nehmen.

Gegen halb zwölf fragte der erste Besucher, wo man denn hier in der Gegend was essen könnte, und zwar mit einem solchen Vorwurf in der Stimme, dass ich mich schon beinahe dafür entschuldigen wollte, dass wir keine Frittenbude aufgestellt hatten. Ich brauchte mehrere Anläufe, bis ich einmal zur Toilette gehen konnte, und als ich dann zurückkam, hing ein Zettel mit dem Hinweis »verkauft« an Tante Paulas Rollstuhl.

Wütend stürzte ich mich auf Jan Hörnum und zischte ihn an: »Sie haben tatsächlich den Rollstuhl verkauft? Was haben Sie sich denn dabei …«

Er schüttelte ungerührt den Kopf. »Nein, der ist nicht verkauft. Ich hab das Schild nur drangemacht, damit die Leute endlich Ruhe geben.«

Hätten wir doch nur ein Dutzend gebrauchte Rollstühle gehabt, wir hätten das Geschäft unseres Lebens machen können.

Gegen eins erschien auch Frau Grützbauer zum Helfen. Immerhin brachte sie eine mit Alufolie verhüllte Auflaufform mit und verteilte Nudelauflauf an die, denen der Zugang zur Küche gestattet war.

Ich brachte Tante Paula eine Portion nach oben. Sie weigerte sich nämlich, sich von Nick wieder nach unten tragen zu lassen, solange noch Leute da waren. Stattdessen durften wir ausgewählte Besucher zu ihr führen. Was ihre Sachen anging, hatte sie inzwischen ihre Auswahl getroffen, Nick zwei volle Koffer und einen Karton ins Auto stellen lassen und beobachtete nun von ihrem Fensterplatz aus das bunte Treiben im Garten.

»Guck mal, dahinten ist die alte Prinold«, sagte sie. »Die wohnt drüben in der Scharnhorststraße und hat noch nie ein Wort mit mir gewechselt, weil ich damals eine Ehe zerstört habe. Und jetzt kauft sie meine Dessertschälchen.«

Ich kannte die Dessertschälchen und konnte nicht ganz nachvollziehen, wieso jemand die haben wollte, wenn er nicht gerade durch ein Erdbeben sein Hab und Gut verloren hatte. Paula neben mir kicherte. »Wenn die wüsste, dass das ein Hochzeitsgeschenk war!«

Romy tauchte auf, offensichtlich war inzwischen die Apotheke geschlossen. Ich sah auf die Uhr: kurz vor zwei. Also noch zwei Stunden durchhalten, dann wäre der Spuk hoffentlich vorbei. »Meinst du, du könntest mir mal helfen, mich auf das Bett zu legen?«, fragte Paula. »Ich fühle mich etwas müde.«

Ich fühlte mich auch müde, aber für mich war leider kein Bett frei. Hoffentlich hielt wenigstens das Wetter, sodass später noch ein wenig Zeit war für den Garten. Ich machte Paula ein provisorisches Kopfkissen aus ein paar Pullovern, deckte sie mit ihrem alten Bademantel zu und ging wieder nach unten, um zwischendurch wieder mal Ordnung zu schaffen.

Auf Jan Hörnums Kassentisch stand ein schwarzer Kulturbeutel. »Was ist denn damit?«, fragte ich ihn.

»Den wollte jemand kaufen, hat es sich aber im letzten Moment anders überlegt«, sagte er.

Ich öffnete den Beutel und untersuchte den Inhalt. »Der muss von Onkel Rudolf sein«, sagte ich und zog eine Bürste mit Silbergriff hervor. »Iih, da sind sogar noch Haare dran. Die müsste man ja erst mal ordentlich sauber machen.«

»Darf ich mal sehen?«, fragte eine bekannte Stimme von hinten, und eine Hand griff nach Beutel und Bürste.

Erstaunt ließ ich los. »Herr Adler! Schleichen Sie sich schon wieder an?«

»Ich kann auch nichts dafür, wenn man mich nicht kommen hört«, sagte er schulterzuckend. »Was soll der Beutel kosten?«

»Fünfzehn Euro mit Inhalt«, sagte Jan Hörnum spontan. Ich starrte ihn ungläubig an. Das konnte er doch nicht ernst meinen für eine uralte Tasche mit eindeutig benutztem Innenleben!

Horst Adler zuckte nicht mit der Wimper. »In Ordnung«, sagte er. »Ich nehme sie. Und diese Bilder hier.« Er legte einen Stapel gerahmter Familienfotos auf den Tisch und zückte sein Portemonnaie. Bei dieser Auswahl konnte man endgültig davon ausgehen, dass er nicht ganz richtig tickte.

Während Jan Hörnum zusammenrechnete, sagte ich:

»Soll ich Ihnen nicht wenigstens die Bürste sauber machen?« Immerhin war er mein Chef.

»Nein, nein!«, sagte er hastig. »Das mache ich schon selber.« Er zahlte anstandslos die insgesamt siebenundzwanzig Euro und packte seine Erwerbungen in eine Tüte.

»Na dann, viel Spaß damit«, sagte ich, nur um etwas zu sagen.

»Den werde ich haben«, sagte er und hatte plötzlich einen ganz komischen Blick drauf. »Was haben Sie überhaupt mit dieser Veranstaltung zu tun?«

»Das Haus gehört meiner Tante«, erklärte ich. »Und was treibt Sie hierher? Machen Sie so was öfter? Sammeln Sie vielleicht alte Fotos?« Eigentlich wusste ich wenig über ihn.

»Normalerweise nicht«, sagte er und umklammerte seine Tüte. »Aber dies hier ist eine Fügung des Schicksals.«

Wir mussten ein paar Schritte zur Seite gehen, um andere Kaufwillige zu Jan Hörnum durchzulassen, aber jetzt hatte er mich neugierig gemacht. »Was meinen Sie damit?«

»Erinnern Sie sich an unser Gespräch von neulich? Dass man auf Botschaften des Schicksals achten muss? Das habe ich getan.«

Ich runzelte die Stirn. »Das verstehe ich jetzt nicht.«

»Können Sie auch nicht«, sagte er etwas hochnäsig. »Aber diese Woche lag im Büro ein Anzeigenblatt, in dem dieser Verkauf markiert war. Und das war ein Zeichen.«

»Das war eine Notiz für die Nachbarin von Doris«, widersprach ich. »Dann haben Sie die Zeitung mitgenommen? Wir haben sie überall gesucht.«

»Nein, das war an mich gerichtet«, sagte Horst mit einer ganz merkwürdigen Stimme. Ich fragte mich besorgt, ob er wohl was getrunken hatte. »Sie wissen gar nicht, wie lange ich schon auf eine solche Gelegenheit gewartet habe.«

»Was für eine Gelegenheit? Einen gebrauchten Waschbeutel zu kaufen?«

Horst Adlers Augen blitzten verächtlich. »Eine genetische Spur zu Rudolf Behrendt zu entdecken!«

»Kannten Sie Onkel Rudolf?«, fragte ich in dem verzweifelten Versuch, einen Sinn in dem Ganzen zu erkennen.

»Er ist mein Vater!«, schleuderte er mir entgegen.

Ich machte erschrocken einen Schritt nach hinten. Das war eine so bodenlose Behauptung, dass ich gar nichts sagen konnte.

Aber jetzt nahm Horst Adler verbal Fahrt auf. »Meine Mutter war bei ihm als Sekretärin angestellt«, berichtete er. »Und dann hatten sie eine Affäre, und ich bin das Ergebnis. Er hat sie dann entlassen und sich niemals zu mir bekannt. Aber jetzt habe ich eine Möglichkeit, es zu beweisen!« Er tippte heftig auf seine Tüte, die er inzwischen mit beiden Händen an sich drückte.

Ich starrte ihn verständnislos an. »Weil Sie seinen Kulturbeutel haben?«

»Weil ich über genetisches Material verfüge!«, sagte er triumphierend. »Ich werde die Haare aus der Bürste in einem Labor mit meinen vergleichen lassen. Das ist heutzutage kein Problem. Und dann werden wir ja sehen!«

Plötzlich wurde mir klar, dass ich einen durchgeknallten Psychopathen vor mir hatte. Nichtsdestoweniger wäre er, wenn seine Behauptung stimmte, in der Lage, in unserer Familie ganz schön viel Chaos anzurichten. Ich versuchte nachzurechnen. Horst war, wie er neulich erzählt hatte, fünfunddreißig. Wenn er recht hatte, dann hätte Onkel Rudolf Tante Paula vier Jahre nach der Hochzeit betrogen. War das vorstellbar? Ich wäre damals etwa zehn gewesen, da kriegte man bestimmt noch nicht so mit, wenn bei Verwandten der Haussegen schiefhing. Oder vielleicht hatte Paula nie etwas davon geahnt? Dann wäre es eine Katastrophe, wenn sie jetzt davon erführe.

Ich versuchte es auf die vernünftige Tour. »Herr Adler«, sagte ich beruhigend. »Wollen Sie denn wirklich nach so langer Zeit so viel Staub aufwirbeln? Sie sind doch inzwischen ein erwachsener Mann …«

»Seit ich denken kann, träume ich von diesem Moment«, erklärte er mir. »Zu wissen, dass Rudolf Behrendt in der gleichen Stadt wohnt und seinen eigenen Sohn verleugnet, hat mich meine ganze Jugend über verfolgt. Vielleicht bin ich sogar deswegen zum Nachlassermittler geworden und hierher zurückgekehrt, um wenigstens anderen Menschen Gerechtigkeit zu verschaffen, wenn sie mir schon versagt bleibt. Ich habe alles über diesen Mann recherchiert. Als er dann vor einigen Jahren starb, dachte ich schon, ich hätte keine Chance mehr, es nachzuweisen. Und dann liegt plötzlich diese Kleinanzeige da. Eine Fügung des Schicksals.«

Ein Alleingang von Jan Hörnum, dachte ich ärgerlich. Aber das hatte er natürlich auch nicht absehen können.

Ich versuchte es noch einmal. »Herr Adler, meine Tante ist alt und krank. Wollen Sie ihr das antun? Kommen Sie, ich gebe Ihnen das Geld für die Sachen zurück, und wir vergessen das Ganze.«

»Auf keinen Fall!«, rief er aus und klammerte sich an seine Tüte. »Was mir angetan worden ist, danach fragt auch keiner. Ich will Gerechtigkeit. Und Sie werden mich nicht daran hindern.«

Offensichtlich nicht. Hilflos sah ich zu, wie er sich mit seiner Trophäe durch die Menschengruppe wand, die gerade das Grundstück betrat. Was sollte ich machen? Auf ihn zeigen und schreien: ›Haltet ihn! Er hat meine Bürste!‹ oder so was? Er hatte ordnungsgemäß für die Sachen bezahlt, und selbst wenn er vor Gericht (schreckliche Vorstellung, dass er Tante Paula und Nick in einer Erbstreitigkeit vor Gericht zerren könnte) mit der Genanalyse nicht durchkam, wäre doch ein Schaden angerichtet, der nicht mehr korrigierbar war.

Nick, durchzuckte es mich. Ich musste ihn unbedingt darüber informieren. Und Tante Paula sollte es möglichst nicht erfahren. Noch nicht.

Ich fand Nick dort, wo er am weitesten vom Betrieb entfernt war. Er hatte sich hinters Haus verzogen und war mit ein paar gefährlich aussehenden Geräten dabei, die Nadelgehölze zu reduzieren, die auf der Grenze zum Nachbargrundstück standen.

»Guck mal«, sagte er fröhlich. »Ich betätige mich als Kiefern-Orthopäde!«

»Nick, ich muss dir was erzählen«, sagte ich bedrückt.

Er zog mich auf die Holzbank, die in der Nähe stand. Nicht mehr ganz neu, aber in Ehren ergrautes Teakholz, deshalb hatte ich sie behalten wollen. »Was ist denn los?«

Ich versuchte, die Horst-Adler-Story so gut wie möglich wiederzugeben. Während ich erzählte, kam mir das Ganze selbst so unglaublich vor, dass ich zum Schluss sagte: »Für mich klingt das absolut unwahrscheinlich. Er ist ein totaler Spinner.«

»Das glaubst du«, sagte Nick mit einer Stimme, die mich aufhorchen ließ. Erst jetzt sah ich ihn genau an. Sein Gesicht war aschfahl.

Das verunsicherte mich. »Du denkst tatsächlich, dein Vater hätte mit einer anderen Frau …«

»Ich weiß es, Mia. Mein Vater hatte immer was mit seinen Sekretärinnen. Weißt du nicht, wie er gestorben ist?«

»Er ist bei der Jagd vom Hochsitz gefallen und …«

Er lachte bitter. »Vom Hochsitz gefallen, ja. Bei der Jagd, nein. Oder sagen wir mal, er hatte es nicht auf Fuchs und Hase abgesehen.« Er stand auf und lief aufgeregt vor der Bank auf und ab. »Die Verletzungen, die sich dann so tragisch entzündet haben, befanden sich am ganzen Körper, auch am Hintern und am Bauch. Die betreffende Dame ist mit abgestürzt und hat sich eine Rippe geprellt. Pikanterweise war sie die Gattin eines Jagdkollegen. Wir waren alle übereinstimmend der Meinung, das müsste die Welt nicht wissen.«

Völlig schockiert starrte ich ihn an. Die Eröffnung über Rudolfs amouröse Abenteuer, die ja offensichtlich kein Einzelfall waren, ließen mein ganzes Weltbild wanken. Für mich war er immer der liebe alte Onkel gewesen, und selbst wenn er mich mal schelmisch in die Seite gekniffen hatte, hatte ich mir nichts dabei gedacht. Jetzt war ich natürlich verunsichert. »Und Tante Paula?«, fragte ich fassungslos.

»Die hat versucht, Haltung zu bewahren«, sagte Nick schwer atmend. Besorgt beobachtete ich, dass er immer mehr in Rage geriet, statt sich wieder zu beruhigen. Das hätte ich gar nicht erwartet. »Ich glaube, sie hat sich gezwungen, es zu akzeptieren, weil sie ja selbst eine seiner Affären gewesen war. Vielleicht fürchtete sie, dass er sich auch von ihr scheiden lassen würde, wenn sie so eine Welle machte wie meine Mutter damals. Aber das Schlimme ist, dass sie selbst gern ein Kind von ihm gehabt hätte und keins kriegen konnte, und jetzt kommt dieser Kerl daher und behauptet, er wäre sein Sohn?«

Er war inzwischen so zornig, dass ich mich nicht gewundert hätte, wenn kleine Funken aus seiner Nase gesprüht wären, als er jetzt schnaubte. »Das werde ich nicht zulassen!«

»Was willst du denn machen?«, fragte ich hilflos. Dieser Nick war mit Vorsicht zu genießen, und als er jetzt die schwere Astschere aufhob und auf die Gartenbank zukam, stand ich vorsichtshalber mal auf und ging beiseite.

»Ich weiß nicht«, sagte er böse, und dann hob er die Astschere hoch und drosch damit auf die Holzbank ein. »Ich werde es nicht zulassen!« Krach. Splitter. Krach. »Scheiße!«, schrie er. »Verdammte Scheiße!« Er wütete wie ein Berserker. Bautz. Krach. Rrrums. Nach zehn oder zwölf Schlägen war die Bank schwer lädiert und die Astschere in ihre zwei Hälften zerlegt.

Schwer atmend stand Nick mit den beiden Teilen in der Hand vor der Bank und sah sich die Bescherung an. Auf diese blödsinnige Art seine Wut zu kanalisieren hatte ihn offensichtlich wieder etwas beruhigt.

Ich wusste nicht, wie ich reagieren sollte. »Nick ...« Mit hängenden Schultern stand ich neben der Bank.

Nick ließ die Metallteile fallen und sah mich schuldbewusst an wie ein Hund, der ein Bratenstück geklaut hat. »Tut mir leid, Mia. Ich wollte nicht so ausrasten, aber ... Ich glaube, ich muss jetzt erst mal weg hier. Ich halte das nicht aus.«

»Was willst du tun?«, fragte ich ihn.

»Ich fahre nach Hause. Ich muss hier weg.« Er kratzte sich verlegen am Kinn. »Kann ich ... kann ich dich später anrufen?«

»Natürlich.« Ich rührte mich nicht vom Fleck, so verwirrt war ich.

Er nickte und stürzte davon. Erst als er um die Hausecke gebogen war, fiel mir ein, dass Tante Paula noch in der oberen Etage ruhte und damit rechnete, dass er sie wieder hinuntertragen würde. Aber dafür würden wir eine Lösung finden. Jedenfalls einfacher als für das Thema Horst Adler.

Seufzend sammelte ich die Werkzeuge ein. Wenn ich sie nicht gleich im Gartenhäuschen einschloss, würde sie irgendjemand für einen Spottpreis bei Jan Hörnum kaufen wollen. Schon kam ein Mann unternehmungslustig um die Ecke und beäugte die Szene.

»Diese Bank ist ja schon ein bisschen kaputt«, stellte er fest. »Was soll die denn kosten?«

»Zehn Euro«, sagte ich spontan. Auf jeden Fall musste sie weg, und wenn er sie zu Feuerholz zerkleinerte.

Der Mann nickte zustimmend. »Dafür kauf ich sie«, sagte er. »Aber ich kann sie jetzt nicht mitnehmen. Könnten Sie mir die auch anliefern?«

14

Vor dem Haus war immer noch Volksfestatmosphäre. Jan Hörnum hatte meistens eine Traube von Menschen um sich herum, die er mit launigen Sprüchen unterhielt und denen er fast nebenbei das Geld abnahm. Von den dramatischen Ereignissen im Garten hatte offensichtlich keiner was mitgekriegt.

Romy war auch noch da. Sie hatte von Jan Hörnum sogar einen Kaffee bekommen. »Ich habe welche von diesen nostalgischen Gewürzdosen gekauft«, verriet sie mir. »Vielleicht kann ich damit demnächst das Schaufenster dekorieren.«

»Du kannst mir einen Gefallen tun«, sagte ich. Mit schlechtem Gewissen hatte ich mich an Tante Paula erinnert, die noch immer oben in ihrem Schlafzimmer lag.

Romy hatte mal eine Weile beim Roten Kreuz gearbeitet, bevor sie ihre Karriere als Apothekersgattin startete. Deswegen schafften wir es gemeinsam, Tante Paula nicht nur aus dem Bett zu hieven, sondern sie auch die Treppe hinunterzuführen. Hastig riss ich das »Verkauft«-Schild aus dem Rollstuhl, und wir setzten sie wieder rein.

»Wo ist denn Nick?«, fragte sie verwundert. »Der wollte mich doch ins Haus Silvretta fahren.«

»Der musste weg«, sagte ich. »Aber ich kann dich bringen. Wann immer du möchtest.«

»Ich möchte jetzt«, sagte sie. Ich hatte nichts dagegen.

Wir rollten noch einmal den Gartenweg entlang und versuchten festzustellen, um wie viel sich die Bestände gemindert hatten. Aber weil inzwischen dort auch Kinder lagerten und mit Sachen spielten, die sie selber mitgebracht haben mussten – in Tante Paulas Besitztümern hatte es weder Barbies noch Sponge-Bob gegeben –, war das schwer zu beurteilen.

Schließlich verabschiedete sie sich huldvoll von Jan Hörnum und Frau Grützbauer, die versprachen, das Fort zu halten und hinterher wieder abzuschließen, dann setzte ich sie in mein Auto und fuhr mit ihr in Richtung Silvretta davon.

Nick hatte immerhin noch daran gedacht, Paulas Gepäck dort abzugeben. Sie wurde von einer netten Mitarbeiterin empfangen, die ihr Apartment schon so weit vorbereitet hatte, dass sie dort wohnen konnte, auch wenn ihre eigenen Möbel erst später kamen.

»Nächste Woche machen wir dann eine kleine Einweihungsparty«, versprach Paula mir. »Das organisieren die hier alles. Ich gebe euch Bescheid.«

»Ist gut«, sagte ich mit gemischten Gefühlen. Ob sie noch Lust zu feiern hatte, wenn sie erst mal von ihrem zweiten Stiefsohn hörte?

Normalerweise mag ich es, wenn ich aus einer hektischen Veranstaltung wie dieser in mein ruhiges, leeres, aufgeräumtes Haus zurückkommen kann. Aber heute wirkte es auf mich in erster Linie einsam und totenstill.

Vielleicht lag das an den Plänen, die ich inzwischen gemacht hatte. Auf dem Küchentisch lagen die Prospekte für den Wintergarten, auf den ich mich so riesig freute. Auf der Spüle stand die Blümchentasse, die ich inzwischen zu meiner Top-Kaffeetasse erkoren hatte. Und nachdem ich heute gesehen hatte, dass es gar nicht so schwer war, gebrauchten Hausrat loszuwerden, konnte ich es kaum erwarten, auch bei mir auszumisten. Der vorige Versuch, am Montagabend mit Nick, war nicht das Ende dieses Vorhabens gewesen, sondern nur ein Fehlstart.

Tja, damit wären wir wieder bei Nick. Ich sah ihn noch recht plastisch vor mir, vehement die Astschere schwingend wie einst Bud Spencer in diesen Prügelfilmen, in denen immer alle stöhnend am Boden liegen blieben, ohne bleibende Schäden davonzutragen. Dass er die Kraft hatte, eine Teakholzbank zu zertrümmern, hätte ich nicht bezweifelt, aber dass er sich so gehen lassen konnte, war eine echte Überraschung gewesen.

Ich hätte gern mit jemandem darüber geredet, aber das war eine so private Sache, dass mir niemand einfiel. Seufzend ging ich erst mal nach oben und stellte mich unter die Dusche, um die Spuren dieses Tages abzuwaschen. Danach streifte ich unentschlossen durchs Haus. Ich hatte mich so darauf gefreut, endlich nach Hause fahren zu können, weil ich die dauernde Auseinandersetzung mit den Leuten und den Sachen, die sie kauften, auf Dauer sehr anstrengend fand. Und jetzt entdeckte ich nichts, was mich einen ruhigen Samstagabend in meinem Haus so richtig genießen ließ. Zum Fernsehen war es noch zu früh. Zum Stricken oder Lesen hatte ich keine Lust. Ich hatte noch nicht mal Hunger!

Frustriert griff ich zum Telefon und rief Ines an. Ich musste doch wenigstens irgendjemandem Bericht erstatten, wie dieser private Flohmarkt verlaufen war. Leider erwischte ich nur ihren Anrufbeantworter und hinterließ keine Nachricht.

Auch Magnus war nicht zuhause, aber das ist für Studenten am Samstag ja normal. Ich versuchte es auf seinem Handy.

»Mama?«, fragte er beunruhigt. »Ist was passiert?«

Das hat man davon, wenn man seine Kinder darauf trainiert, dass man sie immer am Sonntag anruft und ansonsten nur, wenn es einen handfesten Grund gibt.

»Nein, eigentlich nicht«, sagte ich. »Bist du unterwegs?«

»Ich bin in Hildesheim mit ein paar Kumpels«, berichtete er. »Wir sind gleich auf einen Geburtstag eingeladen. Und was heißt ›eigentlich nicht‹?«

Tja, wie sollte ich das ausdrücken? »Wir haben heute in Tante Paulas Haus einen Garagenverkauf gemacht«, erzählte ich.

»O cool«, sagte Magnus. »Wie viel ist dabei rausgekommen?«

»Weiß ich noch nicht«, sagte ich. »Aber es lief ziemlich gut. Es waren unglaublich viele Leute da, weil Jan Hörnum eine Menge Reklame gemacht hatte.«

»Das ist dieser Käpt'n-Blaubär-Typ, richtig? Stimmt das, dass der früher mal eine Art Filmstar war? Gerrit hier behauptet, seine Ma wäre ein heißer Fan von ihm.«

»Ja, das stimmt«, sagte ich. »Vermutlich sind eine Menge Leute seinetwegen gekommen. Es war ein Mordsgedränge, und das war total anstrengend, weißt du?«

»Kann ich mir vorstellen«, meinte er mitfühlend. »Warst du die ganze Zeit da und hast Tante Paulas Zeugs verramscht?«

So würde ich es zwar nicht bezeichnen, aber zutreffend war es schon. »O ja«, stöhnte ich.

»Du armes Mütterchen«, sagte mein Sohn, während im Hintergrund jemand grölend die Ergebnisse der Bundesliga verkündete, »dann wirst du es dir jetzt sicher erst mal gemütlich machen, was? In die Badewanne gehen und dann mit einem Buch aufs Sofa legen?«

»Mal sehen«, sagte ich und verabschiedete mich dann

bald, weil er mir möglichst taktvoll mitzuteilen versuchte, dass er jetzt mit seinen Freunden weiterziehen müsste. Nachdenklich blieb ich noch eine Weile mit dem Telefon in der Hand sitzen. In die Badewanne, mit einem Buch aufs Sofa, mit einer Wärmflasche ins Bett – war das inzwischen meine Art, mir das Leben schön zu machen?

Ich war sechsundvierzig. Rein statistisch könnte ich noch fast doppelt so alt werden. Wollte ich denn jetzt schon damit anfangen, wie eine Greisin zu leben? Auch wenn ich nicht scharf darauf war, noch den Motorradführerschein zu machen oder das Bungeespringen anzufangen, gab es doch sicher spannendere Möglichkeiten, was man mit seinem Samstagabend anfangen könnte.

Eine davon drängte sich mir unnachgiebig auf und war nicht mehr wegzudrängen. Sie hatte kurze blonde Haare, blaue Augen mit vielen Lachfältchen drum herum und neuerdings auch ein Temperament, das mich magisch in Bann zog. Ich war ziemlich ratlos. Eigentlich hätte mich dieser spontane Ausbruch total verschrecken müssen. Ich mag es nicht, wenn Leute gewalttätig werden, wenn sie sich nicht anders zu helfen wissen als ihre Kraft einzusetzen. Ich sehe mir noch nicht mal Boxkämpfe an, auch wenn mir immer alle einzureden versuchen, dass es dabei um Taktik und Können ginge statt darum, sich gegenseitig zu verprügeln – ich bemerke immer nur die zugeschwollenen Augen und die blutigen Lippen.

Aber das hier war etwas anderes. Nick hatte sich nicht auf blödsinnige, machohafte Weise geprügelt. Er hatte seiner Hilflosigkeit nachgegeben, er hatte endlich mal seine Gefühle rausgelassen, auf eine sehr undisziplinierte Art, ganz ohne seine sonstige freundliche Kommunikation, ganz direkt, ganz spontan … und unheimlich sympathisch. Eigentlich hätten wir uns die Astscherenhälften teilen und zusammen die Bank komplett zerlegen sollen. Ich hatte so viel Verständnis für seine Wut.

Ob Sie es glauben oder nicht, in diesem Moment passierte etwas Denkwürdiges. Ich begann mich in Nick zu verlieben. Bisher war es nur eine gewisse Anziehung gewesen. Mir hatte es geschmeichelt, dass sich ein vorzeigbarer Mann für mich interessierte. Es hatte mich aufgewertet, dass er mit mir zusammenleben wollte. Ich hatte es genossen, dass er so eine kompetente Art zu küssen hatte, dass man sich bei seinen Zärtlichkeiten nicht unsicher fühlen oder Angst haben musste, es würde jetzt peinlich.

Aber das war alles ziemlich oberflächlich gewesen. Jetzt dagegen spielte sich die Handlung tief in mir drin ab, dort, wo sich die echte Mia befand, die immer noch was vom Leben haben wollte, statt sich in die Badewanne zu legen und den Rest ihrer Zeit mit guten Büchern zu verbringen. Die Mia, die noch einmal ein Risiko einzugehen bereit war, die ihre gutbürgerlichen Kiefernmöbel gegen Blümchentassen eintauschen wollte, der es wichtiger war, noch einmal ein Abenteuer zu erleben als die nächsten vierzig Jahre die Ordenssammlung ihres verstorbenen Mannes unangetastet im Schrank liegen zu haben.

Und dass man auch mit einem Mann wie Nick Abenteuer erleben konnte, war mir plötzlich klar. Wenn sonst nichts dafür sprach – ich hatte immerhin das Bild in seinem Schlafzimmer gesehen.

Ich schleuderte meine Hausschuhe von den Füßen. In meinem Schlafzimmer tauschte ich die bequeme Hose und das Kuschelsweatshirt gegen eine Jeans und meinen schönsten und einzigen Kaschmirpulli aus. Ich legte noch einmal Lippenstift auf und tuschte mir die Wimpern, steckte mir meine Perlenohrringe an, und dann war ich so weit.

Es war höchste Zeit, etwas zu unternehmen. Ich stieg in den Omega und schnallte mich an, steckte den Schlüssel ins Zündschloss und ... hörte ein unerfreuliches Würgen. O nein. Offensichtlich hatte ich die Beifahrertür nicht richtig zugemacht, als ich Paula aus dem Auto half, und deshalb hatte die Innenbeleuchtung die ganze Zeit gebrannt. Das nahm der Omega übel, er war ja nicht mehr der Jüngste und seine Batterie auch nicht.

Ich knallte die Beifahrertür richtig fest zu – seit der Feindberührung mit Jan Hörnums Benz ging sie etwas schwer, auch nach der Reparatur – und versuchte es erneut. So ganz leer war die Batterie noch nicht, vielleicht würde es noch klappen ... Fehlanzeige. »Scheiße!«, rief ich voller Frust, genau wie ein mir nahestehender Mann es heute schon getan hatte, und schlug auf das Lenkrad. Die Hupe ertönte laut. Ihr hatte das Licht nicht zu schaffen gemacht.

Daraufhin erschien Klaus. »Hast du ein Problem?«, fragte er besorgt.

Ich kurbelte mein Fenster runter, um es ihm zu erklären, und machte einen weiteren Startversuch, und er lauschte bedenklich dem mühsamen Orgeln. »Ist wohl etwas schwach auf der Brust, was?«, sagte er. Vermutlich sprach er so auch von seinen Kunden, denen er Medikamente gegen Bronchialkatarrh verkaufte. »Pass auf, ich sehe mal nach, ob ich das Starthilfekabel finde.«

»Das wäre nett«, ächzte ich verzweifelt. Noch nie, war mein subjektiver Eindruck, hatte ich das Auto so dringend gebraucht wie jetzt, und da ließ es mich im Stich. Ich sah zu, wie Klaus seine Garage öffnete. »Hör zu«, sagte ich drohend zu dem Omega. »Entweder du springst jetzt an oder ich rufe direkt am Montagmorgen beim Peugeothändler an und bestelle einen kleinen roten Flitzer mit elektrischem Dach, und du kommst auf den Schrott.«

Der Omega sagte nichts. Vermutlich konzentrierte er die Reste seiner Energie auf den Moment, wo ich es noch ein letztes Mal versuchen würde. Ich konzentrierte mich auch. Ich versuchte mich zu erinnern, was Lea mir neulich über das Bündeln der verborgenen Energien erzählt hatte. So genau wusste ich es nicht mehr, aber ich konnte nicht warten, bis Klaus sämtliche seiner Garagenfächer auf der Suche nach seinem Starthilfekabel durchwühlt hatte. »So«, befahl ich und drehte den Zündschlüssel.

Der Omega hatte mich ernst genommen. Er schnarrte und würgte, und dann sprang der Motor an. Ich trat auf das Gas, um ihn bloß nicht wieder ausgehen zu lassen, und dann lief er ganz rund. »Gut gemacht«, sagte ich zu dem Omega wie zu mir selber.

Klaus kam zurück, mit einem Kabelwust im Arm. »Grad hab ich's gefunden«, sagte er. »Aber jetzt brauchst du's ja nicht mehr. Wo willst du denn hin? Kurze Strecke oder weiter weg?«

»Keine Sorge«, sagte ich. »Ich fahr erst mal ein Stück, damit er sich aufladen kann.« Das war zwar eine Geduldsprobe, aber es musste sein. Ich fuhr auf die Autobahn und zwang mich, erst bei der zweiten Abfahrt auf die Gegenrichtung zu wechseln. Aber es war auch ein Test für mich. Wenn ich noch vor der Ausfahrt Bredenscheid wieder Zweifel hatte, dann ...

Hatte ich aber nicht. Im Gegenteil. Ich fuhr fast wie auf Autopilot zu Nicks Haus. Sein Wagen stand auf dem Parkplatz. In der ersten Etage brannte Licht im Küchenfenster. Trotzdem musste ich mehrmals klingeln, bevor er reagierte. »Wer ist da?«, fragte er durch die Gegensprechanlage. Es klang abweisend. Als Zeuge Jehovas hätte ich jedenfalls nicht weiter gedrängt.

»Mia. Lässt du mich rein?«

Der Summer ertönte, und die Haustür sprang auf. Ich

stieg die Treppe hoch zu seiner Wohnung. Er stand in der Tür, in Jeans und einem anderen T-Shirt als heute morgen, und wirkte immer noch nicht sehr einladend.

»Mia, was führt dich her?«

Was für eine blöde Frage. »Ich sammle für die Gesellschaft zum Schutz der Gartenbänke«, sagte ich und ging an ihm vorbei in den Flur.

Er sah verlegen beiseite und machte die Wohnungstür zu. »Ich kann dir gar nicht sagen, wie peinlich mir das ist«, murmelte er. »Glaub mir, so was passiert mir nicht oft.«

»Ich bin nicht gekommen, um dir Vorwürfe zu machen«, sagte ich.

»Sondern?«

Was sollte ich dazu sagen? Am besten ließ ich Taten sprechen. Ich ging auf ihn zu, legte meine Arme um seinen Hals und küsste ihn. Ich musste ein wenig Geduld aufbringen, bis er bereit war mitzumachen, aber danach gab es kein Halten mehr. Er schlang seine Arme um mich und drängte mich gegen die Wand in dem Versuch, mich so nah wie möglich an sich zu pressen.

Es war ein großartiger Kuss, nicht so handwerklich geschickt und schrittweise aufgebaut wie die von letztem Sonntag, dafür aber viel temperamentvoller, viel dramatischer und mit viel mehr Emotionen. Völlig verausgabt lösten wir uns schließlich voneinander, um Luft zu schnappen, und sahen uns an.

»Womit habe ich das verdient?«, keuchte Nick.

»Das hat mit Verdienen nichts zu tun«, erwiderte ich und strich ihm liebevoll über das Gesicht.

»Sondern?«, fragte er wieder.

»Damit, dass ich es will«, sagte ich. Das war der beste Grund von allen.

»Das kommt ganz schön überraschend«, gestand er.

»Ich hatte schon Angst, du wärst gekommen, um mir zu sagen, dass du das jetzt doch nicht machst. Mit Paulas Haus und so.«

Ich sah in seine Augen – leicht gerötet, sieh mal einer an – und las ganz viel von dieser Unsicherheit darin. Mir wurde bewusst, dass ich vierzig Jahre lang gedacht hatte, sie würden mich nur mit Ironie, Distanz oder hämischer Schadenfreude anschauen, und in den letzten Tagen hatte ich so viel mehr darin entdeckt: Begeisterung, Zorn, Verletztheit und auch Liebe. Eine ganze Palette voller Gefühle, die es die Sache wert machten, sich mit diesem Mann einzulassen.

»Doch, das will ich immer noch«, sagte ich. »Ich will auch immer noch meine eigene Küche haben. Und mein eigenes Schlafzimmer. Aber vielleicht ... können wir uns ab und zu gegenseitig ... besuchen?« Ich war nicht ganz zufrieden damit, wie ich es formuliert hatte, aber nun war es raus. Jüngere Menschen gehen vermutlich lockerer mit so was um, cooler, selbstverständlicher. Für sie ist es vielleicht ganz alltäglich, jemanden in ihr Bett einzuladen, es einfach mal darauf ankommen zu lassen, was daraus wird. Aber so war ich nicht. So gesehen war ich eher ein Relikt aus der Steinzeit. Ich hatte nie einen Joint geraucht. Ich war nie allein durch Europa getrampt. Und meine sexuellen Erfahrungen begrenzten sich auf einen großen Fehler namens Dietmar, als ich siebzehn war, und dann war Stephan gekommen. Ich hätte einer Frauenzeitschrift nichts zu erzählen. Genau genommen war ich hundert Jahre zu spät dran.

Nick lachte und küsste mich auf die Nase. »Ach, Mia«, sagte er. »Bin ich froh, dass du gekommen bist. Ich habe auch schon darüber nachgedacht, aber ich habe mich noch nicht mal getraut, dich anzurufen.«

Nicht getraut? Nick? Ich musste auch lachen. »Da

kannst du mal sehen. Frauen sind doch die wahren Helden des Alltags.«

»Zum Glück«, sagte er und legte mir den Arm um die Schulter. Wir setzten uns in Richtung Küche in Bewegung. »Ich hatte so ein schlechtes Gewissen, weil ich einfach abgehauen bin. Ich habe mich noch nicht mal mehr um Paula gekümmert.«

»Ich habe sie zum Silvretta gebracht«, sagte ich. »Sie hat sich zwar gewundert, wo du warst, aber ich habe ihr gesagt, du hättest dringend weggemusst. In deinem Zustand hättest du sie sowieso nur beunruhigt, und das willst du doch nicht.«

»Das will ich nicht«, stimmte er zu. »Im Gegenteil. Ich überlege die ganze Zeit, wie ich diesem Kerl die Tasche wieder abnehmen kann, damit er diesen Gentest nicht durchführen kann. Hast du eigentlich einen Schlüssel zu seinem Büro?«

»Nein, nur für den Haupteingang«, sagte ich. »Und du glaubst doch nicht ernsthaft, dass er das Ding in seinem Büro einschließt, oder?«

»Eigentlich nicht.« Auf dem Küchentisch lag ein Schwung Champignons. »Hast du schon gegessen? Ich könnte uns Tagliatelle mit Pilzsauce machen.«

»Klingt nicht übel«, sagte ich und setzte mich, während Nick ein Küchenmesser ergriff. »Soll ich irgendwas helfen?«

Er schüttelte den Kopf. »Ich bin gewöhnt, allein zu kochen. Sei einfach nur da.« Er begann, die Champignons recht fachmännisch zu putzen. »Weißt du eigentlich mehr über diesen Horst Adler? Zum Beispiel, wo er wohnt? Im Bredenscheider Telefonbuch gibt es vierzehn Anschlüsse unter dem Namen Adler, aber keinen Horst.«

»Hast du die etwa angerufen?«, fragte ich etwas beunruhigt. Er war nicht im Geringsten über diese Sache weg.

»Teilweise«, sagte er, ohne mich anzusehen. »Dann gibt es noch zwei Adlers in Möllenbeck und vier in Kappenhagen. Weiter bin ich noch nicht gekommen.«

»Horst kommt immer mit einem Auto mit Dortmunder Kennzeichen«, sagte ich. »Da musst du die Kreise noch weiter ziehen. Aber selbst wenn du ihn findest, was würdest du tun? Ich habe schon versucht, mit ihm zu reden, aber es hat ihn nur noch mehr aufgeputscht. Der hat sich so in diese Sache reingesteigert, mit dem ist nicht zu verhandeln.«

»Aber es geht um Paula!«, sagte er verzweifelt. »Sie soll nichts davon erfahren!«

»Ich weiß«, sagte ich beruhigend. »Aber Horst will das genaue Gegenteil. Er will endlich die Anerkennung als Sohn von Onkel Rudolf und natürlich auch seinen Erbteil.«

»Aber es gibt noch keinen Erbteil«, argumentierte Nick. »Die beiden haben sich gegenseitig als Erben eingesetzt, und nach dem Tod meines Vaters hat Paula alles bekommen. Meine Mutter war stinksauer, aber ich fand es in Ordnung.«

»Aber jetzt gibt es das Haus«, sagte ich düster. »Das fehlte mir noch, dass Horst da als dritter Erbe mit einzieht.«

»Das kommt überhaupt nicht in Frage!«, rief Nick empört. Ich hatte etwas Angst, dass er sich in den Finger schneiden würde, wenn er gleichzeitig Pilze hackte und sich aufregte. »Wenn es gar nicht anders geht, dann müssen wir ihn auszahlen. Aber ich will nicht, dass Paula …«

Es sprach für seine Hilflosigkeit, dass er begann, sich zu wiederholen. »Nick«, sagte ich eindringlich, »was macht dich eigentlich so sicher, dass er Rudolfs Sohn ist? Ich meine, so ein Gentest kann doch auch das Gegenteil beweisen.«

»Zum einen tendiere ich dazu, immer das Schlimmste zu vermuten«, erwiderte er. »In meinem Job ist das besser so. Im Zweifelsfall gibt es immer ein Problem mehr als erwartet. Zum anderen liegt es an seinem Vornamen.«

»Horst? Klar, das ist ein bescheuerter Name, erst recht für jemanden in seinem Alter und mit seinem Nachnamen, aber das beweist doch nichts.«

»Hast du dich nie gefragt, wofür das H im Namen meines Vaters stand?«

Offensichtlich nicht dafür, dass Onkel Rudolf auch Wientotsch war. Ich machte kugelrunde Augen. Vermutlich sahen sie aus wie zwei Champignons mit Wimpern drum herum. »Du meinst, der hieß gar nicht Hans Rudolf? Sondern Horst Rudolf Behrendt?«

»Er fand den Namen wohl selbst so blöd, dass er ihn immer abgekürzt hat.« Nick setzte Wasser für die Nudeln auf und gab Salz aus einem Plastikcontainer hinein. »Aber dass eine gefühlsverwirrte Mutter ihrem Sohn den Namen seines Vaters gibt, wenn er von ihm schon sonst nichts kriegt, das kann ich mir vorstellen.«

Okay. Deshalb diese furchtbare Kombination ... Kein Wunder, dass aus dem Kind ein solcher Neurotiker geworden war.

Nick zerließ Schmalz in einer Pfanne und gab die Pilze dazu. Er hackte mit großem Einsatz eine Zwiebel klein und warf sie ebenfalls in die Pfanne. Dann holte er Petersilie aus dem Kühlschrank und wusch sie ab.

Ich konnte mich kaum sattsehen an ihm und seinen geschickten, sparsamen Bewegungen. Er wirkte so erfahren, wie jemand, der genau wusste, was er tat, dem man vertrauen konnte. Und dann sagte er: »Glaubst du, dieser Kerl schleppt die Tasche mit sich rum? Ob man die irgendwie klauen kann?«

»Nick!«, rief ich schockiert. »Hast du sie noch alle?«

»Vielleicht nicht«, antwortete er mit einem schiefen Lächeln. »Aber das lässt mir einfach keine Ruhe. Ich stelle mir vor, wie ein Verbrecher denken würde. Zuerst müsste man doch mal rausfinden, wo er wohnt und was er für Lebensgewohnheiten hat. Ist er eigentlich alleinstehend?«

»Keine Ahnung«, sagte ich.

Nick sah mich tadelnd an. »Da arbeitest du schon in einem Ermittlungsbüro und hast noch nicht mal deinen Chef ausgeforscht? Du weißt nicht, wo er wohnt, ob er eine Frau oder eine Freundin hat ...«

»Ich mache die Ermittlungen nicht, ich schreibe nur die Berichte«, verteidigte ich mich. »Und dass dieser Typ einen Sprung in der Schüssel hat, das hätte ich dir auch ohne Detektivarbeit sagen können. Außerdem gibt es Abmahnungen, wenn man außerhalb der Fälle recherchiert. Das riskiere ich nicht.«

»Weichei«, sagte er vorwurfsvoll, und nur an dem Funkeln seiner Augen erkannte ich, dass er es nicht ganz ernst meinte. Aber mich zu bitten, am Montag Näheres über Horsts Wohnort, Familienstand und Lebensgewohnheiten in Erfahrung zu bringen, das war ihm schon ernst. Ich beschloss, diese Frage sehr behutsam mit Doris zu erörtern.

Nick gab Sahne in die Sauce (was auch sonst?) und Nudeln in das kochende Wasser. Er stellte zwei riesige Pastateller zum Vorwärmen in den Backofen, und dann widmete er endlich seine Aufmerksamkeit nicht mehr der Verbrechensplanung, sondern mir. Zwar warf er ab und zu einen prüfenden Blick auf den Herd, und einmal musste er auch Nudeln und Sauce kurz umrühren, aber dazwischen hatte er genug Zeit, mich vom Stuhl zu ziehen und wieder zu küssen.

Dann war es Zeit, den Tisch zu decken. Ich holte

Besteck aus der Schublade, er stellte Weingläser auf den Tisch. »Rotwein oder Weißwein?«, fragte er mich. »Oder was ich wirklich meine, ist: Musst du noch fahren … oder wirst du bleiben?«

Dabei ging es nicht um sein ausklappbares Schlafsofa. Ich spürte, wie mein Herz aufgeregter klopfte. »Weinweiß«, stotterte ich, »äh, ich meine …«

Nick lächelte und nahm mich in den Arm. »Bleib einfach«, flüsterte er mir ins Ohr. »Wir tun nur das, was wir beide wollen. Vertrau mir.«

»Wenn ich das nicht täte, wäre ich jetzt nicht hier«, sagte ich und lehnte mich an ihn. Das hatte ich schon lange nicht mehr getan, mich einfach gegen jemanden fallen lassen. Es war ein gutes Gefühl. Mein Herzschlag beruhigte sich wieder.

»Ich bin so froh, dass du da bist«, sagte er. »Manchmal renne ich durchs Leben und denke, alles gut und schön, aber das, was du wirklich möchtest, das kriegst du nicht.«

Da bist du nicht der Einzige, dachte ich, während ich ihm mit Erstaunen zuhörte. So war das also. Auch oder gerade die Leute, die so wirkten, als könnte sie nichts erschüttern, hatten ihre unsicheren Momente.

»Und als ich dein Gesicht gesehen habe, nachdem ich die Gartenbank attackiert hatte«, fuhr er fort, »da dachte ich: Das war's. Jetzt hast du's bei ihr für immer vergeigt. Ich kam mir vor wie ein Totalversager. Und dazu noch dieser Kulturbeutelfetischist, der demnächst zu unseren Familienfeiern eingeladen werden möchte. Mir war schon nach Auswandern zumute.«

Ich drückte ihn an mich. »Bleib lieber hier«, sagte ich. »Wir haben doch gemeinsame Pläne, oder?«

Er lachte und löste sich von mir, um sich wieder um das Essen zu kümmern. »Nichts lieber als das.«

Er goss die Nudeln ab, verteilte sie auf die Teller und

löffelte die Sauce darüber. Während ich schon an meinem dampfenden Teller schnupperte, holte er eine Flasche Weißwein aus dem Kühlschrank und goss uns ein. »Eigentlich schreit das nach Champagner«, meinte er. »Aber ich habe keinen kalt gestellt. Genauer gesagt habe ich gar keinen. Ich mag nämlich Champagner gar nicht so gern.«

Mit einem vermutlich dämlichen Grinsen hob ich mein Weinglas. »Ich kann mit badischem Grauburgunder auch gut leben.« (Sie müssen wissen, ich hatte das Etikett studiert. Ich werde nie eins dieser Geschmacksgenies sein, die das blind herausschmecken.)

»Ich glaube, dann passen wir zusammen.« Er hob sein Glas. »Auf eine spannende Wohngemeinschaft im Richthofenweg.« Und all das, was es implizierte – die Entwicklung einer Beziehung zwischen einer konservativen bis leicht verklemmten Witwe, die von ihrem Sohn schon als schrullig bezeichnet wird, und einem eigenwilligen Mann, der bisher sein Leben als Junggeselle verbracht hat. »Spannend« war noch harmlos ausgedrückt. Aber ich hatte keine Angst mehr davor. Es wäre allemal besser als den Rest des Lebens in einem Mausoleum zu verbringen. Danke, Magnus, dieser Toast ist auch für dich.

Ich kostete die Nudeln. Sie schmeckten irgendwie sonderbar. Nicht eklig wie Jan Hörnums Pannfisch, aber auch nicht ganz so, wie ich erwartet hatte.

»Was ist eigentlich mit der Gartenbank?«, fragte er. »Ich hoffe, Paula hat die nicht gesehen.«

»Oh, die habe ich verkauft«, sagte ich. Der Mann hatte sich schließlich bequemt, den Transport selbst zu organisieren, als ich mich nicht willens zur Anlieferung zeigte.

»Verkauft? Mit diesen ganzen Macken?«

»Ich habe gesagt, das wären Streifschüsse aus dem Zweiten Weltkrieg«, behauptete ich. »Da hat er gleich aufgehört zu handeln.«

»Du bist so geschäftstüchtig«, lobte er mich. »Sollen wir nächstes Wochenende direkt mit deinem Haus weitermachen?«

»Nur wenn dieses Mal Heino kommt und Autogramme gibt«, sagte ich. »Ich muss schließlich Romy und Frau Grützbauer was bieten können.«

Nick lachte und aß eine Gabel voll Nudeln. Und hielt inne. »Was ist denn damit los?«, fragte er ungläubig. »Die Sauce war doch ... Was ist das ...?« Er ließ die Gabel sinken und sah mich in einer Art komischer Verzweiflung an. »Da habe ich gedacht, der Tiefpunkt des Tages ist durchschritten«, klagte er, »und dann koche ich Tagliatelle mit Zucker statt mit Salz. Gib mir deinen Teller, ich tu das weg.«

»Warum?«, protestierte ich. »Gib mir lieber etwas Salz, dann kann man das durchaus essen.«

»Nein, wir schmeißen das weg und gehen zum Italiener«, entschied er.

»Das tun wir nicht«, widersprach ich. »Erstens will ich keine Lebensmittel wegwerfen. Zweitens will ich nicht mehr weggehen. Und drittens ... drittens ist dies ein besonderer Tag.«

»An dem ich Nudeln mit Zucker koche«, haderte er.

»Das tut man, wenn man verliebt ist«, entfuhr es mir. Eigentlich sagte man das ja, wenn etwas versalzen war, oder? Aber ich hatte schließlich höchstpersönlich mitbekommen, dass Nick sich nicht so wie üblich auf das Kochen konzentrieren konnte.

Nick lächelte. »Lass uns zum Italiener gehen und was richtig Gutes essen«, beharrte er.

Ich konnte auch beharrlich sein. »Lass uns hierbleiben und das hier essen. Bevor es kalt ist.«

Unsere Blicke verhakten sich wie bei einem visuellen Armdrücken. Wer zuerst wegguckte, hatte verloren.

Nach fünfzehn Jahren Training mit Stephan war ich im Vorteil. Nick guckte zwar nicht weg, aber er musste lachen. Er stand auf und holte einen Salzstreuer. »Du hast gewonnen«, teilte er mir mit. »Und wenn ich ehrlich bin, ich hätte nicht erwartet, dass ich gleich bei unserer ersten Auseinandersetzung nachgeben muss.«

Ich ergriff den Streuer und salzte großzügig. »Das war doch noch keine Auseinandersetzung.«

»Nicht?«, fragte er leicht verunsichert und nahm mir das Salz ab.

»Nein«, sagte ich. »Das war nur ein normaler Prozess der Entscheidungsfindung.«

»Ach so«, schmunzelte er. »Ehrlich, Mia, wenn das so ist, dann muss ich auch auf den getrennten Küchen bestehen. Zu meiner persönlichen Sicherheit.«

»Sagte ich's nicht?« Ich probierte meine Nudeln. »Na also, jetzt sind sie durchaus essbar. Und du wolltest das gute Zeug wegschmeißen und Geld beim Italiener verplempern, das wir viel besser für die Renovierung gebrauchen können.«

Sein Blick wurde dunkel und ernst. »Mia«, sagte er mit rauer Stimme. »Wenn das der Effekt ist, dann werde ich vielleicht nie wieder für dich kochen können.«

»Das wäre aber ...« schade, wollte ich in unserem üblichen Plänkelton sagen, aber mir blieb die Sprache weg, als ich diesen Blick verstand. Ich war so außer Gefecht gesetzt, dass ich mich noch nicht mal räuspern konnte.

Nick griff über den Tisch nach meiner Hand. »Verliebt bin ich ja schon lange«, erklärte er mir. »Schon seit Ewigkeiten. Aber jetzt ist es mehr. Viel mehr. Jetzt ist es richtig ernst.«

»Ja?«, krächzte ich hilflos. Wieder hingen unsere Blicke ineinander. Und dieses Mal hatte ich keine Chance. Ich musste die Augen zumachen, um nicht ... was?

Umzufallen? Ich saß doch schon. Anzufangen zu weinen? Auch nicht. Aber irgendwas war da, das mich total schwach machte. Es musste daran liegen, dass ich so genau nachvollziehen konnte, was er meinte. Ich machte die Augen wieder auf und sah ihn an.

Er lächelte. »Genau«, meinte er. »Und jetzt iss, bevor es kalt wird.«

Wir aßen beide noch ein bisschen, aber es war völlig egal, ob die Tagliatelle mit Zucker, mit Salz oder mit Tapetenkleister gekocht waren. Das war nicht mehr wichtig. Wichtig war, wie Nick aufstand, mich noch einmal vom Stuhl zog und seine Stirn gegen meine lehnte. Wie ich, mit einer Kühnheit, die ich mir nie zugetraut hätte, meine Hände unter sein T-Shirt schob, um seine warme Haut zu spüren.

Dann taten wir etwas, wofür ich meinem Sohn eine Riesenszene gemacht hätte: Wir ließen einfach alles stehen, ohne aufzuräumen, und gingen ins Bett.

Sie werden Verständnis dafür haben, dass ich diesen Teil nicht im Detail beschreibe. Dafür bin ich zu konservativ, und dafür ist es zu privat. Aber ich kann Ihnen versichern, dass es dabei nicht zu solchen peinlichen Missgriffen kam wie die Verwechslung von Zucker und Salz. Es gab auch überhaupt kein Problem mit unserem unterschiedlichen Erfahrungsstand. Es war einfach ein absolut schönes, sinnliches Erlebnis, und ich merkte, dass man auch nach langer Zeit der Abstinenz nichts verlernt. Im Gegenteil. Aber wie gesagt. Die Einzelheiten gehen keinen was an.

15

Natürlich war ich am nächsten Morgen etwas verunsichert. Ich wurde wach und sah mich in einem großen schwarzen Spiegel: Nicks Flachbildschirm. Auf merkwürdige Weise fühlte ich mich beobachtet. Ich erinnerte mich an Politthriller, Paris Hiltons Schmuddelvideo, an Erpressungsversuche, für die arme Milliardärinnen gefilmt worden waren …

»Na endlich bist du wach«, sagte Nicks Stimme neben mir. Er war es, der mich beobachtet hatte. Ich drehte mich zu ihm um. Er hatte den Kopf auf den Arm gestützt und mir beim Schlafen zugesehen.

»Wir müssen das sofort beenden«, sagte ich. »Ich kann nicht noch einmal mit einem Frühaufsteher zusammenleben.«

»Ich bin kein Frühaufsteher«, sagte Nick. »Heute ist eine Ausnahme. Eigentlich bin ich eher eine Nachteule. Deshalb habe ich auch mein Büro zuhause und nicht in der Baugesellschaft.«

»Aber das geht auch nicht«, klagte ich. »Zwei Langschläfer zusammen, wo soll das denn enden?«

»Da, wo wir jetzt sind«, sagte er zufrieden und zog mich näher an sich. »Nun sag mir, was du willst – eine Lerche oder eine Nachtigall? Dann muss ich mich dementsprechend erziehen. Ich werde dich jedenfalls nicht wegen so einer Lappalie wieder gehen lassen.«

Ich kuschelte mich in seine Armbeuge. Das sollte er bloß mal versuchen, mich gehen zu lassen. Er ahnte gar nicht, was für eine Klette ich sein konnte, vor allem, wenn es nach meinen momentanen Gefühlen ging. Gestern, kurz vor dem endgültigen Einschlafen, hatte ich kurz darüber nachgegrübelt, wie das wohl am nächsten Morgen sein würde. Es war besser als erwartet, keine Schuldgefühle, keine Verlegenheit, kein Bedauern. Nur sehr angenehme Erinnerungen. Und der Wunsch, dass das nicht bloß Erinnerungen blieben.

Nick ging es offensichtlich ähnlich. Seine Hand glitt sachte an meinem Rückgrat herunter und verursachte ein Kribbeln, das Lust auf mehr machte.

»Wie spät ist es?«, murmelte ich.

»Irrelevant«, sagte der Mann neben mir. »Heute ist Sonntag. Da gibt es nur zwei akzeptable Begründungen, um das Bett dauerhaft zu verlassen.«

»Und die lauten?«

»Quälende Hungerkrämpfe und unüberbrückbare Differenzen.«

»Es gibt noch eine«, widersprach ich.

»Und die wäre?«

»Das Ausräumen von Paulas Haus.«

»Das ist ein Sonderfall«, sagte Nick. »Und Sonderfälle werden Sonntags erst nach elf Uhr diskutiert. Steht in der Hausordnung.«

»Soll mir recht sein«, sagte ich. »Ich bin kein Mensch, der Revolutionen gegen die bestehende Ordnung anzettelt.«

»Braves Mädchen«, flüsterte er mir zu, bevor er Dinge tat, die sich doch recht revolutionär anfühlten. Aber ich widersetzte mich nicht. Ich bin wohl eher der Mitläufertyp.

Zusammen fuhren wir später zu Paulas Haus, um die Reste der Verkaufsaktion aufzuräumen. Ich hatte ein schlechtes Gewissen, weil wir Jan Hörnum damit allein gelassen hatten, aber Nick sah das nicht so. »Er hat das angeleiert, also ist es auch seine Sache.«

Oje. Er hatte wohl doch noch schlechte Laune. »Ich hoffe, Frau Grützbauer hat ihm wenigstens beim Zusammenpacken geholfen.«

»Meinst du, er hätte so viel Strafe verdient?«, fragte Nick.

»Hör mal, das ist unsere zukünftige Nachbarin«, sagte ich. »Wir sollten da gar nicht erst so ein Feindbild aufbauen.«

»Was heißt hier aufbauen?«, brummte er. Aber als er mich kurz zwischendurch ansah, lächelte er. »Ich dachte, vielleicht könnten wir Jan Hörnum dazu anstiften, ihr einzureden, sich kleiner zu setzen. Ich könnte ihr dann behilflich sein und ihr meine Wohnung verkaufen. Die ist weit genug weg.«

»Hey«, sagte ich, »warum überzeugen wir sie nicht beide zusammen davon, es so wie wir zu machen, und verkaufen ihnen mein Haus?«

»Zu plump«, befand Nick. »Außerdem hat er doch schon ein Haus, oder nicht?«

»Aber doch nicht hier.«

»Warum bin ich nicht traurig darüber?«

Wir waren bei Paulas Haus angekommen, und die kurze Phase guter Laune verflog wieder. Mit missmutigem Gesicht stieg er aus dem Wagen und schritt auf die Haustür zu, ohne zum Beispiel die Blüten an der Clematis zu bemerken, die sich in den letzten Tagen toll entwickelt hatten. Ein Gärtner war er nicht.

Wenn das Wetter gestern schon angenehm und für den Verkauf ideal gewesen war, dann war es heute einer jener traumhaften Frühlingstage, die man nur selten ausgerechnet an einem Sonntag hat und die eigentlich viel zu schade sind, um ein Haus auszumisten. Gerade wir beide hätten es doch verdient, heute faul zusammen auf einer Decke in der Sonne zu liegen. Aber Nick machte nicht den Eindruck, als ob er sich dafür die Ruhe gönnen würde.

Jan Hörnum hatte wieder mal den Volksmusiksender voll aufgedreht und erschien, als Nick die Lautstärke radikal drosselte. »Na, ihr Hübschen?«, sagte er leutselig. »Das war ja wohl ein voller Erfolg gestern, was?«

»Ist noch viel passiert, nachdem wir weg waren?«, wollte ich wissen. Wir folgten ihm in die Küche, wo er sich gerade mal wieder Kaffee gemacht hatte.

»Es geht«, sagte er und ließ sich auf die Eckbank fallen. Auf dem Küchentisch standen der Seenotrettungskreuzer und die Geldkassette.

Ich hob den Kreuzer an, der ganz schön schwer geworden war. »Das hat sich ja schon mal gelohnt.«

»Nicht nur das«, sagte er. »Hier in der Kassette befinden sich insgesamt eintausendeinhundertundsechsundvierzig Euro, die ich Ihnen hiermit zu treuen Händen übergebe.«

Ich schnappte ein bisschen nach Luft. »Eintausendeinhundert Euro? So viel?«

»Ein gutes Ergebnis«, meinte auch Nick. »Damit hätte ich gar nicht gerechnet.«

Und dann sagte Jan Hörnum: »Und das ist der Nettobetrag. Ich habe mir erlaubt, die Auslagen für die Werbung und eine Erfolgsprovision von fünfzehn Prozent direkt abzuziehen. Eine genaue Aufstellung liegt bei. Es muss ja alles seine Ordnung haben.«

Das musste man ihm einfach lassen, er hatte immer noch eine Überraschung auf der Pfanne. »Fünfzehn Prozent Erfolgsprovision?«, wiederholte ich ungläubig. Ich hatte noch nie erlebt, dass man bei solchen Aktionen so geschäftsmäßig vorging. Na gut, vielleicht war das nachvollziehbar, schließlich hatte er sich wirklich sehr reingehängt, aber war es nicht angemessener, erst mal darüber zu sprechen, statt direkt Fakten zu schaffen und das Geld zu entnehmen?

»Das ist der gängige Satz«, sagte Jan Hörnum mit Gleichmut. »Da können Sie jeden Agenten fragen. Es gibt auch welche, die verlangen achtzehn, aber das halte ich für überhöht.«

»Ich gehe mal und fange mit dem Keller an«, knurrte Nick und verließ die Küche, statt mich bei diesem Thema in irgendeiner Weise zu unterstützen.

»Warte, ich komme mit«, rief ich ihm nach.

»Wollen Sie nicht erst mal einen Kaffee trinken?«, fragte Jan Hörnum und schwenkte seine Tasse.

»Später vielleicht«, sagte ich und lief Nick hinterher. Ich holte ihn erst unten in der Waschküche ein. »Was hältst du denn von dieser Erfolgsprovision? Ist das nicht ziemlich dreist?«

Nick zog einen alten Wäschekorb unter einem Regal hervor. »Ich habe noch nie von so was gehört«, sagte er. »Aber sieh es mal so: Wir haben elfhundert Mäuse, die wir vorher nicht eingeplant hatten, und er kann mit der Provision seinen Benz voll tanken.«

»Glaubst du, er ist knapp bei Kasse?«

»Ich will es gar nicht wissen«, sagte er und begann, mit dem Korb in den Vorratskeller weiterzuziehen, wo er die Regale mit Konserven und Eingemachtem ausräumen wollte. Manche Sachen waren so staubig, dass ich befürchtete, es würde auf dem Etikett noch die Sütterlinschrift meiner Urgroßmutter auftauchen. Nick sah gar nicht erst nach, sondern packte alles mit entschlossenem Gesicht in den Korb.

»Na, dann fang ich mal mit der Wäsche an«, sagte ich und stieg wieder nach oben, um den ersten Sack für die Kleidersammlung zu packen.

Als Magnus klein und ich nicht berufstätig war, habe ich eine Zeit lang in einer Kleidersammelstelle der Kirchengemeinde mitgearbeitet. Zweimal im Monat war es meine Aufgabe, die eingehenden Spenden auszupacken und zu sortieren: das schlimmste Zeug für den Schredder, die mittelguten Sachen für Bethel und die guten Sachen für die Ausgabestelle. Ich lernte sehr schnell, warum manche Frauen sich dafür Gummihandschuhe mitbrachten, denn man ahnt gar nicht, was die Leute für noch verwendbar halten. Andererseits gab es manchmal Tüten mit Escada-Kostümen und Betty-Barclay-Kleidern, denen man nur anhand des Reinigungszettelchens ansehen konnte, dass sie mehr als einmal getragen waren. Da fragte ich mich oft, ob die in der Ausgabe überhaupt wussten, was für Werte sie da herumhängen hatten. Und als ich mal selbst dort aushelfen musste, stellte ich fest, dass diese Sachen noch nicht mal gut liefen, denn Menschen, die vom Sozialamt hergeschickt wurden, haben selten Bedarf an Cocktailkleidern, auch wenn sie nur ein paar Euro kosten.

Seitdem sortiere ich Kleiderspenden anders. Ich packe Tüten für den Schredder, denn auch damit lässt sich für karitative Zwecke Geld verdienen. Eine zweite Variante, schon kritisch ausgewählt, ist für die Ausgabestelle (beziehungsweise inzwischen wird viel davon auch direkt nach Osteuropa versendet). Das sind warme Jacken und Mäntel, robuste Schuhe, Pullover und neutrale Jeans. Und die Designerstücke, die Schuhe mit hohen Absätzen, die Lederhose in Größe 36, die ungewöhnlich geschnittenen Jacken oder extrem breiten Gürtel, all das wandert in eine Kiste, die ich bei einem Secondhandladen vorbeibringe, der auch Geld für ein Sozialprojekt erwirtschaftet – aber mit einem anderen Kundenkreis. Unerlässliches Accessoire für diese Tätigkeit ist ein dicker schwarzer Edding, um die Gebinde möglichst nachvollziehbar zu beschriften.

Tante Paulas Sachen waren hauptsächlich aus der dritten Kategorie (allerdings nicht in Größe 36, die hatte sie vermutlich seit ihrem zwölften Lebensjahr hinter sich gelassen). Nachdem sie gestern mit Entschiedenheit alles ausgewählt hatte, was mit in die Ruheresidenz Silvretta sollte, konnte ich den Rest nur noch wegpacken. Dazu kamen die Herrenklamotten, die Onkel Rudolf überlebt hatten, hauptsächlich Fälle für Säcke der Sorte Zwei, weil er ein Faible für Tweedjacken, Schurwollpullover und Kniebundhosen aus Breitcord gehabt hatte. (Ein Wunder, wie er mit solchen Klamotten bei den Frauen gelandet war.) Die paar Teile, die in die Schreddertüte gehört hätten, taugten immerhin noch als Putzlumpen für unsere kommenden Renovierungsmaßnahmen.

Als nächstes kamen die von Paula zurückgelassenen Handtaschen und Schuhe an die Reihe. Davon hatte zwar einiges, aber längst nicht alles gestern den Besitzer gewechselt, und weil gerade Handtaschen nicht konfektionsgrößenabhängig sind, bedeuten sie immer eine große Gefahr für mich. Aber ich entwickelte schnell eine praktikable Vorgehensweise. Zuerst verstaute ich die zu hässlichen, zu unpraktischen, farblich zu aggressiven Taschen in einem Karton und ließ die anderen (immerhin noch mindestens zwanzig) offen liegen. Dann packte ich einen Karton mit Schuhen, denn das war ungefährlich – weil Paula mindestens eine Nummer größer trägt als ich, würden mir auch die schönsten Pumps unbarmherzig um die Ferse schlappen, und die vernünftigen Schnürschuhe wollte ich gar nicht haben.

Ich trug den Karton in das leere Arbeitszimmer, wo ich die ganzen Sachen sammelte, und kehrte zu meiner Handtaschenausstellung zurück. Dieses Mal wurde ich schon kritischer und reduzierte sie auf sieben, die so schön waren, dass ich sie nicht einfach gehen lassen konnte. (Hatte Onkel Rudolf vielleicht die Handtaschen seiner Frau verschenkt? Da wäre ich auch schwach geworden ...) Daraufhin packte ich eine weitere Kiste mit Schuhen und brachte sie weg. Und dann kam das Schwierigste: Ich durfte mir nach meiner eigenen Vorgabe eine einzige Handtasche zum Behalten aussuchen, und die musste offen in Nicks Auto liegen können. Nicht dass ich glaubte, er würde mir ausreden, sie mitzunehmen. Aber ich hielt es für einen guten Filtermechanismus, wenn jemand, der mir so wichtig war wie er, diese Auswahl mitbekam. Nach kurzem Zögern entschied ich mich für einen großen blauen Rucksack und ließ die anderen Taschen verschwinden, bevor ich es mir noch mal überlegen konnte.

Nun waren die Kleiderschränke leer. Jetzt konnte ich entweder bei der Bettwäsche weitermachen oder den Schrank mit Tante Paulas Kosmetika leeren. Ich wusste ja bereits, was mich in einer der Schubladen erwartete. Deshalb nutzte ich die Gelegenheit, als ich unten Nick hörte. Er hatte in der Küche eine kurze Pause eingelegt und sich einen Kaffee geholt. »Kannst du mal kommen und mir helfen?«

»Natürlich.« Er kam die Treppe hoch und stellte seine Tasse ab. »Wozu brauchst du einen großen, starken Mann?«

»Ich möchte den Inhalt dieser Schublade in diese Tüte kippen«, sagte ich.

Nick zog die Schublade heraus. »Ouh«, sagte er. Ich verstand, was er meinte.

Ich schlug die Mülltüte auseinander und hielt sie offen, sodass er das ganze Pröbchenzeug direkt aus der Lade hineinrutschen lassen konnte. Danach war die Tüte schon dreiviertel voll. »Vielen Dank«, sagte ich und knotete sie direkt zu. »Du hast mir sehr geholfen.«

»Weißt du«, sagte er, »ich unterstütze dich ja gern, aber so schwer war die auch nicht.«

»Gewichtsmäßig nicht«, erwiderte ich. »Aber ohne dich hätte ich das nicht wegschmeißen können, ohne es mir noch mal einzeln anzusehen. Da waren immerhin Shampoofläschchen aus dem Adlon dabei.«

»Ach so«, sagte er und gab mir einen Kuss, der gar keiner war, weil er so dabei grinste. »Gibt es noch weitere Gefahrenzonen, durch die ich dich begleiten sollte?«

»Ich rufe dich, wenn es nötig ist.«

»Denk dran, dass wir zwanzig Kubikmeter im Container zur Verfügung haben«, sagte er. »Lass sie uns ausnutzen bis zum letzten Millimeter.«

»Vertrau mir«, sagte ich und griff nach dem zugeknoteten Müllsack. »Ich brauche dieses Zeug nicht. Ich brauche dieses Zeug nicht. Ich brauche dieses Zeug nicht.«

»Sehr schön«, meinte er. »Weiter so mit diesem Mantra. Dann sind deine buddhistischen Connections ja doch noch zu etwas gut.«

»Na klar«, erklärte ich ihm. »Ziel des Buddhismus ist es schließlich, sich von dieser Welt zu lösen und ins Nichts durchzudringen. Oder so was in der Art.«

»Nichts wäre vielleicht etwas übertrieben«, meinte er augenzwinkernd. »Aber eine relative Leere ist ja auch schon was. Mir persönlich erschienen ja die Aussichten mit den zweiundsiebzig Jungfrauen reizvoller.«

»Das ist der Incentive für muslimische Märtyrer«, belehrte ich ihn. »Das ist eine andere Firma. Und du bleib mal lieber bei der relativen Leere, wenn du weißt, was gut für dich ist.«

»Ach so. Na ja, ich fand sowieso die Menge etwas übertrieben. Da würde ich unter der Last der Erwartungen einknicken, glaube ich. Und«, er streckte noch einmal die Hand aus und fuhr mir kurz mit dem Finger über die Wange, »ich weiß sehr genau, was gut für mich ist.«

Dann nahm er seinen Kaffee und ging. Ich trug meinen Müllsack zum Container. Zum ersten Mal fiel mir auf, dass er rostrot gestrichen war, in der Farbe des liebenden Gebens. Aber das war sicher nur Zufall.

Danach ging ich auch in die Küche, um mir einen Kaffee zu holen. Jan Hörnum saß auf der Eckbank und studierte irgendwelche Unterlagen. Nach dem erfolgreichen Garagenverkauf war er offensichtlich der Meinung, er hätte genug für uns getan, denn mit dem banalen Entrümpeln war ja keine Erfolgsprovision mehr zu verdienen.

»Wie lange werden Sie noch hier im Haus sein?«, fragte ich ihn. »Dienstag oder Mittwoch wollen die Leute von der Sozialstation kommen und die Möbel abholen, die nicht verkauft worden sind.«

»Alle Möbel?«, fragte er erschrocken.

»Na klar. Die haben einen Siebeneinhalbtonner, da passt schon ordentlich was rein.«

»Und was machen die dann damit?«

»Das meiste wird von dieser Obdachloseninitiative aufgearbeitet und verkauft, soweit ich weiß. Die haben am alten Güterbahnhof eine große Halle, wo sie die Sachen ausstellen.«

»Na, das ist ja toll«, sagte er entrüstet. »Da werde ich obdachlos, damit andere Obdachlose daran verdienen können.«

»Sie sind doch nicht wirklich obdachlos«, widersprach

ich. Manchmal war er ganz der Grandseigneur, und wenn es ihm in den Kram passte wie jetzt, dann spielte er den hilflosen armen Opa.

»Ja, aber das würde ich dann sein«, beharrte er. »Ich kann doch nicht nach Hause fahren, bevor der Vertrag mit der Freilichtbühne unter Dach und Fach ist. Und nach allem, was ich für Ihre Tante getan habe ...« Er brach ab und machte ein vorwurfsvolles Gesicht. »Ist das denn wirklich so eilig mit den Möbeln?«

»Nächste Woche hat der Mann Zeit, der uns die Fußböden abschleift«, erklärte ich ihm. »Und wenn Handwerker Zeit haben, dann steht man ihnen nicht im Weg.« Das war natürlich auch wieder ein Freund von Nick, der ähnlich nach dem Jetzt-oder-nie-Prinzip gesagt hatte, er könnte entweder nächste Woche oder nächstes Jahr. Wir hätten die Wahl.

Draußen ging gerade der Mann mit den vielen Freunden vorbei, beladen mit einer Wanne voll undefinierbarem Plunder aus Onkel Rudolfs Werkzeugkeller. Wir hörten es laut scheppern, als er den Container erreicht hatte.

Jan Hörnum sah ihm auch hinterher. »Er ist es, der den Druck macht, stimmt's? Warum hat er eigentlich so schlechte Laune?«

»Das liegt an Ihrem Garagenverkauf«, fuhr ich ihn an. »Erinnern Sie sich an dieses Wiesel, das die Familienfotos und den Kulturbeutel gekauft hat?«

»Natürlich, der Kulturbeutel«, sagte er. »Ich hatte erst noch überlegt, ob ich den selbst behalte. Da waren schöne lederne Etuis drin.«

»Hätten Sie man bloß«, klagte ich. Und bevor ich so richtig darüber nachgedacht hatte, ob es klug war, hatte ich ihm schon die ganze Geschichte erzählt.

»Einen Gentest? Nach so vielen Jahren?« Jan Hörnum war ganz überrascht. »Geht das überhaupt?«

»Ich denke schon«, sagte ich erbost. »Und wenn sich herausstellt, dass das stimmt, dann wird er seinen Teil am Erbe fordern.«

»Vielleicht will er ja nur wissen, wer sein Vater war«, gab Jan Hörnum zu bedenken. »So was ist für manche Menschen ganz wichtig. Zur Selbstfindung, Sie wissen schon.«

»Mag sein«, sagte ich. »Aber Horst macht das nicht nur, um sich endlich ein Foto seines Papas übers Bett hängen zu können. Der ist Spezialist für Nachlassermittlung, der will auch Geld sehen, glauben Sie mir.«

»Die arme Paula«, sagte er mitfühlend.

»Genau. Und deshalb ist Nick so sauer. Er würde gern das ganze Thema von ihr möglichst fernhalten, aber er weiß nicht, wie.«

Jan Hörnum sah kummervoll aus dem Fenster, wo Nick gerade wieder des Weges kam. Ich hatte den Eindruck, er wollte sich seinen Frust regelrecht körperlich abarbeiten. »Und da kann man gar nichts machen?«, fragte Jan.

»Nick hat schon überlegt, im Büro einzubrechen und den Kulturbeutel zu stehlen«, sagte ich. »Aber wir wissen ja noch nicht mal, ob er dort ist. Und man müsste auf jeden Fall auch die Kasse mitnehmen, damit es nicht so auffällt.«

»Das ist keine Lösung«, meinte er. »Wenn Laien so was versuchen, machen sie immer irgendwelche Fehler.« Mit der moralischen Fragwürdigkeit eines solchen Unterfangens hielt er sich gar nicht erst auf. »So wie ich es sehe«, fuhr er fort, »ist der einzig gangbare Weg, diesen Horst dazu zu bringen, das Ding freiwillig herauszugeben.«

»Und wie wollen Sie das machen?«, fragte ich abfällig.

»Das weiß ich noch nicht«, sagte er gelassen. »Aber ich werde mal darüber nachdenken.«

»Tun Sie das«, versetzte ich etwas bissig und ging zurück ins Schlafzimmer, Paulas Bettwäsche ausräumen. Mit dem, was sie übrig gelassen hatte, könnte man vermutlich ein moldawisches Altersheim komplett ausstatten. Seufzend ging ich neue Kartons holen.

Nick war nicht glücklich mit den ganzen Kisten, die ich an irgendwelche Sozialeinrichtungen stiften wollte, statt den Inhalt einfach in den Container zu werfen. »Da bist du schon allein Stunden damit beschäftigt, die Sachen durch die Gegend zu fahren«, argumentierte er.

»Mag sein«, hielt ich dagegen. »Aber erstens ist es meine Zeit …«

»Die du besser mit mir verbringen solltest«, warf er ein.

»… und zweitens fühle ich mich besser dabei«, vollendete ich meinen Satz.

Dagegen versuchte er nicht anzudiskutieren. »Wenn es dich glücklich macht«, seufzte er. »Sag mal, was liegt da eigentlich in meinem Auto?«

»Eine Handtasche von Tante Paula, die ich gern als Andenken behalten möchte.«

Aber so leicht ließ er sich nicht ablenken. Er fasste mich um die Taille und schob mich näher an das Auto heran. »Das ist nicht nur eine Handtasche«, sagte er. »Oder geht man in Paris neuerdings mit blauen Müllsäcken auf die Straße?«

»Na gut, die ganze Wahrheit«, gestand ich. »Da ist erst mal ein Satz Bettwäsche mit Richelieustickerei, wunderschön, glaub mir. Die ist zu schade für Moldawien.« Aber für mein eigenes Bett (das zukünftige mit dem filigranen Metallgestell, das ich vorgestern im Prospekt von Möbel Augustin gesehen hatte) war sie genau richtig. Das würde er selber zugeben, wenn es erst mal so weit war.

»Wieso Moldawien?«, fragte er stirnrunzelnd.

»Dafür sammelt die Initiative von Pastor Berghoff. Jedes Vierteljahr schicken die einen LKW da rüber. Und dann fand ich diesen Leinenstoff, mindestens vier Meter doppelt breit, den konnte ich einfach nicht wegschmeißen. Ansonsten sind da nur ein paar Kleinigkeiten.«

»Kleinigkeiten?«, wiederholte er. Er konnte ziemlich viel Skepsis in ein einzelnes Wort packen.

»Ja, bloß ihre Filznadeln, der Stickrahmen, die Knöpfe und der Sticktwist. Ach, und ihre gute Zickzackschere.«

Nick schüttelte den Kopf. Er wusste genau, dass er mir nicht verbieten konnte, gegen meine eigenen Prinzipien zu verstoßen und doch noch Sachen aus Paulas Haus mitzunehmen. Und wenn er Anlauf nehmen würde, es mir auszureden, müsste ich ihm einfach erklären, wie schwierig und teuer es beispielsweise war, bis man so viele schöne Knöpfe zusammenhatte, aus Perlmutt und Hirschhorn und gebürstetem Metall.

Er versuchte es gar nicht erst. »Filznadeln! Zickzackschere!«, murmelte er, aber gleichzeitig spürte ich, wie er mich noch näher an sich zog. »Was wirst du mit dem doppelt breiten Leinen anfangen?«

»Vermutlich meine Eckbankpolster neu beziehen«, antwortete ich wie aus der Pistole geschossen.

»Wirst du denn deine Eckbank behalten wollen?« Das war auch so ein Kiefernobjekt, zusammen mit den Küchenstühlen und dem ausziehbaren Tisch.

»Keine Ahnung«, musste ich zugeben. Ich drehte mich zu ihm um und schlang ihm lachend die Arme um den Hals. »Aber ich könnte auch eine ganz tolle Überdecke für dein Bett daraus machen. Mit einer passenden Abdeckung für diesen furchtbaren Flachbildfernseher.«

Jetzt lächelte er. »Ich mag es, wenn du über mein Bett nachdenkst«, sagte er.

»Na siehst du.«

Ich sah ihm nach, wie er loszog, um die nächste Fuhre aus dem unerschöpflichen Keller zu holen. Inzwischen hatte er auch die Kartons mit den Restfliesen entdeckt, die entweder aus einem anderen Haus stammten oder zu Badezimmern gehörten, die es schon längst nicht mehr gab, in unglaublichen Farben wie Türkis oder Orangebraun geflammt. Immerhin klirrte das wie beim Polterabend, während die Riesenkiste mit den Stoffstreifen, die sich bei näherem Hinsehen als lauter abgeschnittene Rocksäume und ähnliche Lappen entpuppt hatten, keinen Laut abgegeben hatte.

Selbst nahm ich mir nun die Küche vor. Für Töpfe, Pfannen, das Geschirr und die Gläser hatte ich nämlich auch einen Abnehmer – eine Familie, deren Wohnung vor kurzem ausgebrannt war und die nur noch das Nötigste besaßen. Und mit Paulas unerschöpflichem Vorrat an Geschirrhandtüchern konnte ich das Ganze direkt bruchsicher ausstopfen.

Jan Hörnum hatte inzwischen das Schmollen eingestellt. Er saß auch nicht mehr auf der Eckbank – er musste weichen, als ich das Fach unter dem Sitz ausräumte, wo eine Menge aus Zeitschriften herausgerissene Kochrezepte und Prospekte zu Tage traten –, sondern hatte sich eine Gartenliege geholt, in der er ruhte und in etwas las, das für mich wie ein Drehbuch aussah.

»Warum setzen Sie sich denn nicht auf die Terrasse damit?«, fragte ich ihn verständnislos. Ich konnte nicht nachvollziehen, wie jemand freiwillig drinnen saß, solange das Wetter noch einigermaßen passabel war. Und heute war es traumhaft.

»Zu hell«, sagte er. »Meine Augen vertragen das nicht.«

Und da wollte er den ganzen Sommer auf einer Freilichtbühne verbringen? Dachte er, sein Regisseur würde ihn mit einer Sonnenbrille von Bagdad nach Stambul reiten lassen?

Ich öffnete den Kühlschrank und betrachtete unschlüssig den Inhalt. »Tja …«, machte ich. »Was von den Lebensmitteln brauchen Sie denn noch?«

»Gar nichts«, verkündete er. »Ich habe nämlich gerade mit Ihrer Nachbarin telefoniert, und die hat mir ihr Gästezimmer angeboten. Ich kann in zwei Stunden kommen, sagt sie.«

Oje, da hatte sich Romy trotz ihrer Hitzewellen und Klaus, der Schnarchnase, zu diesem Opfer durchgerungen? Das konnte ich unmöglich zulassen. Schon weil sie mir noch monatelang davon vorjammern würde. »Lassen Sie das«, rang ich mir ab. »Sie können die restlichen Tage auch bei mir wohnen.«

Er machte noch nicht mal den Versuch, sich zu zieren oder sich besonders dankbar zu zeigen. »Das ist auch eine gute Lösung«, befand er, und dann kam wieder eine typische Hörnum-Schote: »Dann könnten Sie doch auch Romy kurz anrufen und ihr das erklären. Sie wird es verstehen.«

Bleib ganz ruhig, sagte ich mir selber. Es bringt gar nichts, wenn du dich aufregst. Außerdem hast du jetzt Nick, zu dem du flüchten kannst, wenn es dir zu viel wird.

Ich nahm das tragbare Telefon und ging in den Garten, um Romy die Planänderung durchzugeben. »Da bin ich aber froh, dass du jetzt anrufst«, keuchte sie. »Ich hätte gleich mit Putzen und Bettenbeziehen angefangen.«

»Warum schnaufst du denn so?«, fragte ich.

»Ich bin auf dem Trimmrad«, berichtete sie. »Ich dachte, ich versuche mal, mich jetzt schon müde zu strampeln, damit ich schlafe, bevor Klaus mit der Schnarcherei anfängt.«

»Das brauchst du jetzt nicht mehr«, sagte ich aufmunternd.

»Tja, leider zu spät«, sagte sie bedauernd. »Jetzt bin ich so fertig, dass ich vermutlich noch nicht mal den Tatort zu Ende gucken werde. Und den hätte ich so gern gesehen.«

»Setz einfach Klaus mit davor«, riet ich ihr. »Entweder er bleibt wach und kann dir das Ende erzählen oder er schläft ein und du bleibst durch das Schnarchen wach.«

Ich hörte sie am anderen Ende schwer ausatmen. »So einfach ist es auch nicht«, sagte sie.

Da sagte sie mir nichts Neues.

16

»Na, wie ist euer Ausverkauf gelaufen?«, fragte Doris am nächsten Morgen, nachdem sie sich ausführlich darüber beklagt hatte, dass Lea ganz kurzfristig Urlaub genommen und ihr einige brandeilige Sachen aufgeladen hatte. »Meine Nachbarin war jedenfalls begeistert. Sie hat fünf Sammeltassen gekauft und alles mögliche andere Zeug und noch dazu ein Autogramm bekommen. Gestern Abend schwebte sie im siebten Himmel.«

»Nicht schlecht«, sagte ich. »Wir sind eine Menge Sachen losgeworden und haben fast zwölfhundert Euro eingenommen, kannst du dir das vorstellen?«

»Das ist ja unglaublich«, sagte sie beeindruckt. »Das habt ihr bestimmt Jan Hörnum zu verdanken. Ich habe sogar im Rewe so ein Flugblatt an der Pinnwand gesehen.«

Ich erzählte ihr von den vielen Leuten, von den Autogrammen und dem Seenotrettungskreuzer, und sie bedauerte, dass sie nicht auch gekommen war, aber irgendeine Nichte von ihr hatte am Sonntag Kindtaufe gehabt, und dafür musste sie Kuchen backen.

»Dir scheint das aber gutgetan zu haben«, stellte sie fest. »Du siehst richtig gut aus.«

Dabei hatte ich weniger Schlaf bekommen als sonst. Ich hatte gestern Abend nämlich Jan Hörnum für den Tatort zu Romy und Klaus abgeschoben und mich zu

Nick abgesetzt, weil ich viel mehr Lust dazu hatte, mit ihm noch ein Glas Wein zu trinken. Natürlich war es nicht dabei geblieben – dafür ich aber bei ihm. Es war eine grausame Hetzerei gewesen heute Morgen, und ich hätte eher erwartet, dass ich müde und erschöpft aussah.

Die Tür ging auf, und Horst Adler kam herein, leise wie immer. »Guten Morgen, die Damen!«, sagte er, und als er mich sah, verzog sich sein Gesicht zu einem hässlichen Grinsen. Er schwenkte seinen Arm ein wenig, und ich wusste, das war eine Botschaft für mich, denn in seiner Hand befand sich eine mir bekannte Plastiktüte. Er hatte den Kulturbeutel bei sich. Vermutlich würde er gleich anfangen, nach einem Labor zu forschen, wo er seine Haaranalysen in Auftrag geben konnte.

Ich dachte wieder an Nick und Paula und wandte den Blick ab, um mich an meinen Schreibtisch zu setzen. Aber Horst hatte offensichtlich das Gefühl, er müsse seinen Triumph noch ein wenig auskosten. »Hatten Sie noch ein schönes Wochenende?«, fragte er mich.

Womit rechnete er jetzt? Dass ich sagen würde: ›O nein, ich habe mich die ganze Zeit darüber geärgert, dass ich Ihnen nicht die Astschere übergezogen und den Beutel wieder abgenommen habe‹, damit er ihn mit einem hämischen ›nanana‹ vor meinem Gesicht schwenken konnte?

Ich sah ihn wieder an und hielt seinem Blick stand. Dieses Grinsen gehörte offensichtlich zu einer Machtprobe. Er wollte mir zeigen, dass er gewonnen hatte. Es war ein Fehler gewesen, von der armen kranken Tante Paula zu sprechen. Genau da würde er ansetzen.

Bevor Doris unruhig wurde, sagte ich: »Doch, ja. Es war sehr lustig.«

»Sehr schön«, sagte er und schlich in seine Zelle.

Doris sah ihm hinterher. Dann sah sie mich an. »Was war das denn?«

Ich zuckte mit den Schultern. »Horst war auch auf unserem Flohmarkt.«

Sie schüttelte den Kopf. »Was es nicht alles gibt …«

Hast du eine Ahnung, dachte ich und schaltete meinen Computer ein. Die Beziehung zu Nick würde ich ihr zu einem anderen Zeitpunkt beichten, vielleicht wenn wir mal wieder in Bernhard's Grillstübchen das Tagesgericht verzehrten, aber im Augenblick war es noch wie ein Geheimnis, das ich für mich behalten wollte. Mein Herz schlug schneller, als ich sah, dass er mir eine E-Mail geschrieben hatte. Es war allerdings kein Storm-Gedicht, sondern eine vordergründig sehr trockene Information darüber, dass der Silvretta-Transport heute kam und er sich darum kümmern würde, dass der Siebeneinhalbtonner des Obdachlosenprojekts für Mittwochmorgen angekündigt sei, auch das würde er regeln, und dass Frau Grützbauer eine Frage hätte, die ich bearbeiten müsste. Klar, das ging ja gut los, die unangenehmsten Dinge blieben gleich an mir hängen.

Es war nicht zu erwarten, dass Horst so rasch wieder vorbeikommen würde, möglichst noch mit am Handgelenk baumelnder Plastiktüte. Vermutlich hatte er gerade den Inhalt seines Beutestücks auf seinem Schreibtisch ausgebreitet, zählte die Haare, die er für den Test zur Verfügung hatte, und suchte noch den Taschenboden nach Fingernagelresten ab. Deshalb rief ich die Grützbäurin sofort an. Dann hatte ich es wenigstens hinter mir.

Noch während es durchklingelte, bemerkte ich, dass Nick einen Anhang an seine Mail gehängt hatte. Was konnte das sein? Ich klickte auf das Icon, und bis sich Frau Grützbauer mit ihrer üblichen weinerlichen Stimme meldete, öffnete sich eine Grafik, in der Nick mein zukünftiges Schlafzimmer gezeichnet hatte. Nun hatte ich schon eine Skizze davon gesehen, eine sachliche Darstellung von der Tür aus betrachtet, in der er die Position eines Bettes, des Kleiderschranks und vor allem der statt des Fensters einzusetzenden Sprossentür zum Garten hinaus angedeutet hatte. Aber jetzt gab es mehr Einzelheiten. Nicht nur, dass das Bett deutlich breiter war und ansatzweise über rosa gestreifte Bettwäsche verfügte. Auch sonst hatte er einige Details hinzugefügt, zum Beispiel zarte Vorhänge, die sich vor der offenen Tür nach draußen bauschten, ein paar Pflanzen, ein kleines Tischchen, auf dem eine Flasche und zwei Gläser standen.

Ich starrte atemlos auf das Bild. Es fühlte sich an, als müsste ich platzen vor Rührung, weil er so genau getroffen hatte, wovon ich träumte. Dieser Mann war ein Geschenk des Himmels. Noch dazu eins, das ich jahrzehntelang nur verächtlich herumgeschubst hatte, ohne zu ahnen, was sich darin verbarg.

»Hallo? Hallo?«, jammerte Frau Grützbauer. »Wer ist denn da?«

Oh. Ich meldete mich zurück in den Alltag. »Sie hatten eine Frage, Frau Grützbauer?«

»Ach, Sie sind es«, stellte sie erleichtert fest. Vermutlich hatte sie schon mit einem perversen Stalker gerechnet, als ich mich nicht sofort gemeldet hatte. »Ja, ich hätte da eine Frage.«

»Fragen Sie«, sagte ich. Das Bild vor mir machte mich großmütig, ausgeglichen, bereit, der ganzen Welt einen Gefallen zu tun.

»Wegen Ihrem Container vor dem Haus.«

»Was ist damit?«

»Ich hätte da noch ein paar Sachen, die …«

»Werfen Sie sie rein«, sagte ich großzügig. In diesem Moment konnte man mich um fast alles bitten. Und ein bisschen Schrott mehr konnte der Container bestimmt noch verkraften.

»Nein, nein, es ist eher die Frage, ob ich mir da noch was rausholen kann«, winselte sie. »Ich hab da drin so ein Tischchen gesehen, das …«

Ich überlegte, dass sie den Inhalt des Containers eigentlich nur mit Hilfe einer Leiter hatte inspizieren können. Hatte sie sich diese Nacht mit einer Taschenlampe und einem Alugestell bewaffnet und vor dem Container aufgebaut? Aber um mit Nicks Worten zu sprechen, wollte ich es gar nicht so genau wissen.

»Frau Grützbauer«, sagte ich in einem Ton, mit dem vermutlich schon Ludwig der Vierzehnte seinen Untertanen an einem guten Tag ihre Petitionen gewährte, »Sie können gern alles haben, was da drin ist. Ich möchte nur betonen, dass wir keine Haftung übernehmen, dass die Sachen noch intakt sind, und dass Sie das auf eigene Gefahr tun.« Es hätte uns noch gefehlt, wenn sie uns nächste Woche anzeigen würde, weil sie sich beim Wühlen an etwas Scharfkantigem geschnitten hatte.

»Keine Sorge«, sagte sie eilig. »Das ist sehr freundlich von Ihnen. Wir werden bestimmt eine gute Nachbarschaft haben. Ihre Tante war ja immer etwas zurückhaltend.«

Mit gutem Grund, dachte ich, und wir werden das auch sein. Du wirst schon sehen. Laut sagte ich: »Dann noch einen schönen Tag, Frau Grützbauer.« Mein Tag war schon allein durch diese Skizze schön, ich sah plötzlich alles durch rosarote Gazevorhänge. Nick war ein Zauberer. Ich sollte mal wieder BAP hören, dachte ich.

»Du bist heute irgendwie anders«, sagte Doris nachdenklich. »Was ist los mit dir?«

»Guck mal«, sagte ich verträumt und zeigte auf meinen Bildschirm. Die Vorhänge sahen so realistisch aus, dass ich mir fast vorstellen konnte, wie ein leichter Luftzug durch die Tür kam.

Sie warf einen neugierigen Blick darauf. »Nein, wie furchtbar«, sagte sie. »Wo kommt das denn her? Fehlt nur noch ein Blümchengeschirr.«

»Genau«, sagte ich und schickte das Bild an meine private E-Mail-Adresse, damit ich es für immer verwahren konnte.

17

Gegen zwei klingelte es. Es war Mandys Aufgabe, den Besuchern zu öffnen und sie erst mal ins Wartezimmer zu bitten, und deshalb achtete ich nicht besonders darauf, als sie an meinem Schreibtisch vorbeikam, um Horst Adler den Besuch zu melden. Aufmerksam wurde ich erst, als sie sagte: »Der Herr Mäderle ist jetzt da, der heute Morgen angerufen hat.«

Mein Blick schoss fragend zu Doris, aber sie war so vertieft in ihre Arbeit, dass sie nicht auf den Namen geachtet hatte.

»Bringen Sie ihn zu mir rein«, befahl Horst Adler.

Das war übliches Verfahren. Für größere Gruppen richteten wir nach Voranmeldung das Wartezimmer zu einer Art Besprechungsraum her, aber Einzelbesucher mussten sich mit Horst in seine Zelle quetschen. Meistens war das ein Vorteil, weil der kleine Raum eine Atmosphäre von Diskretion und Sicherheit vermittelte, und Erbschaftsangelegenheiten sind nun mal etwas sehr Sensibles.

Ich war total gespannt, als Mandy den Besucher holte. Würde Jan Hörnum tatsächlich herkommen und versuchen, Horst seine Beute wieder abzunehmen? Das würde ich ihm hoch anrechnen, auch wenn ich seine Erfolgschancen als eher gering einstufte.

Aber der Mann, der hinter Mandy durch unser Büro schlurfte, war nicht Jan Hörnum. Es war ein eher blasser, unauffälliger Mensch mit schütterem blondem Haar und einer schlechten Haltung, der sich schüchtern umsah und mit leiser Stimme »Guten Tag!« sagte. Eine richtige graue Maus in einem grauen Regenmantel.

Dann begegnete ich seinem Blick, und mir stockte der Atem. Das war nicht Jan Hörnum, aber es war Günter Mäderle in voller Maske. Er nickte mir zu, so als wollte er zu den Büroangestellten nicht unhöflich sein, und trat dann in Horst Adlers Büro. Mandy schloss hinter ihm die Tür.

Ich wartete, bis sie wieder nach nebenan verschwunden war, und dann stand ich auf und schlich in Richtung Horst Adlers Bürotür. Doris bemerkte es und sah mich ungläubig an.

»Ich erkläre es dir später!«, versprach ich flüsternd, und dann quetschte ich mich ganz nah an den Türrahmen, sodass man mich durch den Milchglaseinsatz nicht sehen konnte. Ich wusste, dass sich die Erbauer dieser Büroetage mit Schallschutz keine besondere Mühe gemacht hatten.

»Herr Mäderle«, begann Horst jovial das Gespräch. »Was kann ich für Sie tun?«

»Ja, also«, sagte Herr Mäderle, und ich konnte mir richtig vorstellen, wie er dabei die Kante seines Mantels knetete. Die Unsicherheit in Person. »Es ist mir etwas unangenehm, aber ... Es geht um etwas sehr Persönliches ...«

Horst war es gewohnt, dass die Leute um den heißen Brei herumredeten. Es kam selten vor, dass jemand kurz und knapp erklärte: ›Da gibt es eine Erbschaft, und die hätte ich gern.‹

»Ich kann Ihnen versichern«, sagte er deshalb beruhigend, »dass nichts, was hier gesprochen wird, diesen Raum verlässt.«

Hast du eine Ahnung, dachte ich.

»Ich habe letzte Woche meinen Bruder besucht«, erzählte Herr Mäderle jetzt. »Der wohnt gerade in Bredenscheid bei Bekannten. Vielleicht kennen Sie ihn? Er ist Schauspieler und tritt unter dem Künstlernamen Jan Hörnum auf.«

»Ach ja?«, fragte Horst überrascht. »Das ist Ihr Bruder?«

»O ja«, versicherte ihm Herr Mäderle. »Wissen Sie, wenn man in Hamburg geboren ist und Mäderle heißt, dann ist es schwer, eine Karriere im Theater zu machen. Deshalb nennt er sich so.«

»Aha«, sagte Horst. Und vermutlich dachte er genau wie ich: Worauf willst du eigentlich hinaus?

»Also, ich bin kein Schauspieler geworden«, fuhr Herr Mäderle fort. »Das liegt mir gar nicht, wissen Sie. Ich bin beim Finanzamt.«

»Ach ja«, sagte Horst. »Interessant.« Gesprächserhaltende Verbalisation nennt man das.

»Ja, und vergangene Woche war ich im Münsterland zu einer Fortbildung«, sagte Herr Mäderle. »Über die Veränderungen im GmbH-Recht. Da kommt was auf uns zu, verstehen Sie?«

»Ich weiß«, sagte Horst. »Unsere Firma ist eine GmbH.«

»Na, dann kann ich Ihnen nur raten, sich rechtzeitig mit Ihrem Steuerberater zu besprechen«, nuschelte Herr Mäderle. Ich konnte nur mit dem Kopf schütteln, während Doris mich immer noch ungläubig beobachtete. Sie hatte mich noch nie lauschen sehen. Und ich hatte noch nie ein Schauspieler-Genie live erlebt. »Auf jeden Fall war ich für eine Woche im Münsterland zu dieser Fortbildung. Und da hatte ich mir schon im Vorfeld überlegt, noch ein paar Tage Urlaub dranzuhängen. Wenn ich schon mal diese Strecke fahre, dachte ich mir, dann sehe ich mir noch etwas von der Gegend an.«

Jetzt hatte er Horst so weit, dass er ihn definitiv für einen Langweiler hielt. »Herr Mäderle«, sagte Horst freundlich, aber bestimmt. »Vielleicht kommen wir mal zu dem Grund Ihres Besuches. Sie hatten mich dringend um einen Termin gebeten.«

»Sofort«, sagte Herr Mäderle. »Ich hatte ja schon meinen Bruder erwähnt, der sich zurzeit hier aufhält, nicht wahr?«

»Ja«, sagte Horst geduldig. »Der Schauspieler.«

»Genau. Und da dachte ich: Den besuchst du mal. Ich habe mich dann am Freitag mit ihm verabredet, und er hat mir angeboten, ich könnte die Nacht dort verbringen, weil sonst keiner im Haus war.«

Wie realistisch er das rüberbrachte, erkennt man daran, dass ich schon ganz empört war. Jan Hörnum ließ einfach andere Leute in Paulas Haus übernachten? Typisch für ihn. Dann fiel mir ein, dass dies niemand anderes war als das Objekt meiner Entrüstung. Ich beruhigte mich und genoss den Fortgang der Vorstellung.

»Ich bin am Samstagmorgen recht früh gefahren«, fuhr Herr Mäderle fort, »weil in dem Haus ein Flohmarkt stattfinden sollte, und da wollte ich nicht im Weg sein. Ich habe mir dann in Soest ein Zimmer genommen, weil ich dort noch nie war. Kennen Sie Soest? Eine hübsche Stadt.«

»Ich kenne Soest«, sagte Horst mit mühsam aufrechterhaltener Geduld.

Geschieht dir recht, dachte ich amüsiert und hoffte, dass Jan Hörnum noch einige solcher Schleifen parat hielt. Obwohl ich auch selbst gespannt war, was er denn nun eigentlich vorhatte. Ich sollte es bald erfahren, denn nun schloss sich der Kreis langsam.

»Erst am Abend, als ich zu Bett gehen wollte, merkte ich, dass ich meinen Kulturbeutel nicht dabeihatte. Stellen Sie sich das vor! Samstagabend nach neun Uhr, und man hat weder eine Zahnbürste noch ein Stück Seife zur Hand. Zum Glück konnte mir das Hotel damit aushelfen.« Ich ahnte, was jetzt kam. »Gestern habe ich dann meinen Bruder angerufen und gefragt, ob er meinen Waschbeutel im Bad gefunden hat, und können Sie sich vorstellen ...« Er unterbrach sich selbst. »Ach, natürlich können Sie es sich vorstellen, Sie waren doch selber dort. Also, um es kurz zu machen, mein Beutel ist dort auch verkauft worden. Und nachdem mein Bruder ein wenig herumgefragt hat, deutet alles darauf hin, dass Sie ihn erworben haben, Herr Adler!«

Ich war froh, dass ich gegen die Wand gelehnt stand. So konnte ich wenigstens nicht umfallen und die Aufmerksamkeit der beiden auf mich lenken. Mit Doris würde ich schon klarkommen. Ich hielt die Luft an, denn jetzt hatten wir eindeutig den Knackpunkt der Komödie erreicht. Jetzt war nur die Frage, ob Horst auf diese unglaubliche Geschichte reinfallen würde. ›Man muss ihn dazu bringen, das Ding freiwillig abzugeben‹, hatte Jan Hörnum gesagt. Ich verstand plötzlich, was er damit gemeint hatte.

»Ich habe so ein Objekt gekauft«, gestand Horst zögernd. »Vielleicht können Sie mir beschreiben, wie Ihre Kulturtasche aussah, damit ich weiß, ob es die ist.«

Das war natürlich kein Problem. Herr Mäderle schilderte das Objekt in allen Einzelheiten, einschließlich der Bürste mit dem Silbergriff. Ich hätte gern Horsts Gesicht dabei gesehen, aber man kann nicht alles haben.

Ich hörte ihn tief seufzen. Ich konnte seine Enttäuschung nachvollziehen. Er war so kurz vor seinem Ziel gewesen, und nun stellte sich heraus, dass er beinahe die

Haare eines wildfremden Finanzbeamten hätte untersuchen lassen.

»Ich habe zufällig die Tasche hier«, sagte er. Bingo! Kapitulation! »Schauen Sie mal, ist sie das?«

Es raschelte, dann sprach Herr Mäderle. »O ja, das ist sie! Da bin ich aber froh. Ich habe sie schon sehr lange, es war ein Geschenk meiner verstorbenen Frau.« Er schien darin herumzukramen. »Was für ein Glücksfall, dass Sie die auch noch mit in Ihr Büro genommen haben! Was wollten Sie hier denn damit?«

Übertreib es nicht, dachte ich nervös.

»Och«, murmelte Horst, »ich wollte ... das ist eher Zufall, ich hatte sie noch im Auto, und da ... Ich dachte, ich räume sie erst mal aus und werfe die benutzten Produkte weg. Aber so weit bin ich noch nicht gekommen.«

»Zum Glück!«, sagte Herr Mäderle. »Obwohl ich mir schon neue Zahnpasta gekauft hatte. Aber macht nichts. Jetzt sagen Sie mir doch bitte, was Sie dafür bezahlt haben, das möchte ich Ihnen selbstverständlich erstatten.«

»Siebenundzwanzig Euro«, sagte Horst spontan.

Und jetzt hätte ich mich fast verraten. Im letzten Moment schaffte ich es, mir meinen Protest zu verkneifen. Siebenundzwanzig Euro hatte er für alles zusammen bezahlt, aber die Fotos von Onkel Rudolf wollte er ja diesem Herrn Mäderle wohl nicht auch berechnen?

Der schien auch überrascht zu sein. »Ein stolzer Preis«, sagte er. »Für einen Flohmarkt.«

»Nun ja«, sagte Horst aalglatt, »es sind schließlich silberne Toilettensachen drin ... und da war noch jemand anderes, der auch Interesse hatte ...«

Du schwarzes Schwein!, schrie ich innerlich. Aber ich konnte ja jetzt schlecht ins Zimmer stürzen und dem falschen und doch echten Herrn Mäderle zurufen: ›Betrug! Der Kerl zieht Sie über den Tisch!‹

Der Herr Mäderle wusste das ja selbst nur zu gut, hatte er ihm als Jan Hörnum doch höchstpersönlich das Geld abgenommen. Aber er trug es mit Fassung. »Ach, ich bin einfach froh, dass ich die Tasche wiederhabe«, sagte er. »Damit sind so viele Erinnerungen verbunden. Kommen Sie, ich gebe Ihnen dreißig. Der Rest ist für Ihre Mühe.«

Welche Mühe?? »Vielen Dank«, hörte ich Horst sagen, und dann war es höchste Zeit, an meinen Schreibtisch zurückzukehren. Doris verfolgte kopfschüttelnd, wie ich lautlos dorthin schlich.

Die Tür zu Horsts Zelle öffnete sich, und er begleitete seinen Besucher hinaus. »Auf Wiedersehen«, sagte er und schüttelte dem Herrn Mäderle die Hand. »Und vielen Dank für Ihre Tipps zum GmbH-Recht.«

»Da nicht für«, sagte Herr Mäderle im bestem Hamburgerisch und schwenkte eine Plastiktüte. »Ihnen auch herzlichen Dank. Auf Wiedersehen, die Damen.«

Im letzten Moment erkannte ich, dass er mir zuzwinkerte. Dann schloss sich die Tür. Horst Adler, auf gewisse Weise ein gebrochener Mann, ging mit hängendem Kopf in sein Büro zurück.

Doris starrte ihm nach, bis er seine Tür zugemacht hatte. »Heute ist aber ein merkwürdiger Tag«, bemerkte sie. »Ganz abgesehen von deinem Verhalten, für das du mir eine Erklärung schuldig bist, was ist denn mit ihm los? Heute Morgen wirkt er total aufgekratzt, und jetzt hängt er in seinem Anzug wie ein Baguette vom Vortag.«

Ich grübelte bereits darüber nach, wie und was ich ihr erklären sollte. »Sei nachsichtig mit ihm«, sagte ich. »Er hat gerade seinen Vater verloren.«

Ich hatte die dreißig Euro schon griffbereit, als ich nach Hause kam, aber Jan Hörnum wollte sie nicht haben.

»Ich möchte die Tasche behalten«, erklärte er mir,

»und das ist sie mir wert.« Ich war mir nicht sicher, ob sich dieser Wert eher auf den tatsächlichen Gegenstand bezog oder auf den schauspielerischen Triumph, den er symbolisierte. Jedenfalls stand Jan Hörnum bereits in der Küche und hatte sämtliche Einzelteile aus der Tasche auf dem Tisch ausgebreitet, dazu eine Sammlung von Lappen und Reinigungsmitteln von der Silberputzpaste bis zu Sagrotan.

Ich verkniff mir den Gedanken daran, wie viele meiner Schränke er dafür durchsucht hatte. Heute war er mein Held. Und weil er gerade damit beschäftigt war, die besagte Bürste einer Grundreinigung zu unterziehen, würden auch bald alle genetischen Spuren beseitigt sein.

»Sie waren großartig«, sagte ich, nahm mir einen Kaffee und rutschte auf die Eckbank. »Allein die Verkleidung. Ich hätte Sie fast nicht erkannt. Sie hätten wirklich einen Oscar verdient.«

»Da, wo ich herkomme, zählt der Ifflandring mehr«, sagte er etwas pompös. Aber ich sah, wie er über mein Kompliment strahlte. Außerdem sah ich, dass er sich sehr steifbeinig bewegte.

»Was ist mit Ihnen los?«, fragte ich erschrocken. »Hatten Sie einen Unfall?«

»Nein, nein«, wehrte er ab. »Nur eine etwas anstrengende Reitstunde. Gut, dass die erst nach meinem Termin bei Herrn Adler war.«

Wie sehr ihn diese Reitstunde mitgenommen hatte, erkannte ich erst eine Weile später, als ich im Wohnzimmer eine seltsame Ansammlung von Kissen und Decken auf dem von ihm bevorzugten Fernsehsessel sah. Es war wohl schwer für ihn, sich normal hinzusetzen. Er hatte sogar versucht, Magnus' alten Schwimmring in die Konstruktion mit einzubeziehen, der natürlich nach fünfzehn Jahren eine gewisse Materialermüdung aufgewiesen hatte und nun schlaff über der Sofalehne hing. Ich hatte gar nicht gewusst, dass wir den noch hatten, und ich wollte lieber auch nicht wissen, wo Jan Hörnum ihn entdeckt hatte. Auf jeden Fall konnte ich froh sein, dass ich in meinem Haus keine Drogen oder Hehlerware versteckt hielt, denn solange ich diesen Hausgast hatte, war kein Geheimnis sicher.

Ich stellte meine leere Kaffeetasse auf die Spüle, wo einige Silberteile aus dem Kulturbeutel auf ihre Behandlung warteten. »Ich fahre rüber zu Paulas Haus«, verkündete ich. »Ich denke, ich werde dort mit Nick was essen.«

Jan Hörnum sah mir zu, wie ich einen Block, einen Zollstock und ein Maßband in meine Handtasche steckte. »Sie haben es wirklich eilig damit, was?«, sagte er.

»Stimmt«, sagte ich und suchte in meiner Kramschublade nach einem funktionstüchtigen Kuli. »Ich kann es kaum erwarten, mich da einzurichten.«

»Mit Nick«, stellte er fest. Er öffnete die Seifendose und klaubte das alte Stück heraus.

Ich nickte lächelnd. »Richtig. Es hat auch mit Nick zu tun.« Und das konnte ruhig jeder wissen.

»Er ist ein Glückspilz«, sagte er. Und dann stakste er mühsam zum Abfalleimer.

»Rufen Sie Romy an«, riet ich ihm. »Sie kann Ihnen bestimmt was zum Einreiben empfehlen.«

»Mal sehen«, sagte er. Aber er sah mich nicht an.

Ich traf Nick in Paulas Haus in Begleitung eines riesigen Muskelmanns in einem rosa Polohemd an. Nick selbst hatte ja schon breite Schultern, aber hinter diesem Kerl konnte er sich verstecken. Ansonsten wirkten sie wie großer und kleiner Bruder, weil sie beide diese blonden kurzgeschorenen Köpfe hatten.

»Mia, das ist Ingolf«, stellte er vor. »Er wird ab Mittwoch hier die Böden abschleifen.«

Ingolf schüttelte mir die Hand, wovor ich erst etwas Angst hatte, aber es tat nicht weh. »Grüß dich, Mia«, sagte er mit einer Stimme, die fast eine Oktave höher war als erwartet. »Ein schönes Haus habt ihr hier.«

Okay, Nicks Freunde waren auch meine Freunde. Das schloss offensichtlich das Duzen mit ein. Sollte mir recht sein, Hauptsache, Ingolf trieb sich hier nicht noch stundenlang herum, damit ich Nick endlich die frohe Botschaft zum Thema ausgefallener Gentest mitteilen konnte. Leider hatten sie die obere Etage noch nicht besichtigt, und ich schlenderte geduldig hinterher.

Ich stellte mich an das Fenster in Nicks zukünftigem Wohnzimmer und sah in den Garten hinunter, während die beiden Männer über bautechnische Details fachsimpelten. Das Gartenhäuschen musste dringend gestrichen werden, und wir brauchten neue Möbel für die Terrasse. Aber erst mal musste der Wintergarten aufgestellt werden, der einen Teil der Terrasse wegnahm. Dafür wollten wir sie zum Garten hin breiter machen. Der Kirschbaum musste beschnitten werden. Die Rosen brauchten unbedingt Pflege. Tante Paula hatte in den letzten Jahren wohl nicht mehr die Kraft gehabt, sich um alles ausreichend zu kümmern.

Hier wartete eine Menge Arbeit auf uns, von meinem Haus mal ganz zu schweigen. Aber das machte mir nicht die erwartete Angst. Ich konnte mir das Endergebnis schon so gut vorstellen, dass ich total motiviert war: ein helles, freundliches, sparsam möbliertes Haus, und Nick und ich mittendrin.

Endlich verabschiedete Ingolf sich. »Bis Mittwoch dann!«

Wir standen in der Haustür und sahen ihm nach, wie

ein altes Ehepaar. »Ich muss dir unbedingt was erzählen«, sagte ich zu Nick.

»Moment«, sagte er und nahm sich erst mal die Zeit, mich ausgiebig zu küssen. »Ich hab dich so lange nicht gesehen.«

Ich musste lächeln, mir ging es ja genauso. »Bist du jetzt bereit, mir zuzuhören?«

»Schieß los.« Er fasste mich um die Taille und zog mich zur nächsten Fensterbank. Es gab nirgendwo mehr einen Sitzplatz. Aber als ich ihm von Jan Hörnums dreistem Coup bei Horst Adler erzählte, hielt es ihn sowieso nicht mehr ruhig am Fleck.

»Er hat ihm tatsächlich die Tasche abgeluchst? Mit dem gesamten Inhalt?«

»Genau. Er steht gerade in meiner Küche und unterzieht die Sachen einer Grundreinigung.«

»Und du bist sicher, dass dieser Kerl nicht schon ein paar Haare rausgenommen hat?«

»Nick, das Ganze ist wertlos für ihn. Er denkt, dieser Beutel gehört Jan Hörnums Bruder und hat mit deinem Vater nichts zu tun. Es gab nichts darin, das mit Namen versehen war. Es war sehr glaubhaft, wirklich. Ich habe es selbst gehört.«

Nick zog mich an sich und wirbelte mich übermütig herum. »Du hast gelauscht! Das hätte ich nie von dir gedacht!«

Ich lachte. Schließlich teilte ich ja seine Begeisterung. »Glaubst du, das lässt mich kalt, wenn ich sehe, wie dich das mitnimmt? Ich hatte doch schon selbst darüber nachgedacht, mich mit meinen Kolleginnen zusammenzurotten, Horst eins über die Birne zu ziehen und ihm den Beutel abzunehmen!«

»Das hättest du für mich getan?«, fragte er gerührt.

»Vielleicht«, schränkte ich ein. »Immerhin hätte es

uns unsere Jobs gekostet, und Horst wäre nach wie vor seinen Gentest-Haaren nachgejagt. Der Hörnum-Plan war viel eleganter, das musst du zugeben. Weil er jetzt gar nicht mehr davon ausgeht, dass es noch etwas zu untersuchen gibt.«

Er nickte seufzend. »Gut, diese Kuh haben wir erst mal vom Eis. Trotzdem beschäftigt es mich ständig, dass er eines Tages daherkommen und die Aufnahme in unsere Familie beantragen könnte. Vielleicht lässt er jetzt die Familienfotos biometrisch auswerten und beweist damit, dass seine Nase exakt den gleichen Winkel hat wie die von meinem Vater.«

»Wenn dein Vater wirklich so ein schlimmer Finger war«, sagte ich, »dann ist ja eh nicht auszuschließen, dass eines Tages noch ein kleiner Rudolf auftaucht. Oder eine Rudolfine.«

»Nicht auszudenken«, stöhnte Nick. »Stell dir das vor. Paula bis an ihr Lebensende mit Prozessakten überhäuft. Und ich müsste plötzlich alles teilen! Ich war als kleiner Junge doch immer froh, ein Einzelkind zu sein.«

»Deshalb warst du so fies zu mir«, begriff ich.

»Das meinst du nur«, sagte er und zog mich wieder näher. »Das waren meine untauglichen Versuche, dir meine Liebe zu zeigen. Ich hoffe, inzwischen kann ich es besser.«

»Ich habe den Eindruck«, sagte ich, und dann verloren wir uns noch einmal sehr intensiv in genau diesen Versuchen.

Bis jemand gegen die offene Haustür klopfte, um uns auf sich aufmerksam zu machen. »Ähem!«, machte Ines. »Allgemeine Verkehrskontrolle. Dürfte ich mal Warndreieck und Verbandskasten sehen?«

Erschrocken fuhren wir auseinander. »Ines!«, rief ich. »Was machst du denn hier?«

»Meiner Neugier nachgeben«, antwortete sie. »Eigentlich wollte ich ja nur das Haus sehen, aber da der schöne Nick nun auch da ist …«

»Schön?«, fragte Nick irritiert.

»Auf jeden Fall klärt sich für mich damit auch die Frage, ob du schwul bist«, fuhr sie gnadenlos fort. »Jetzt würde ich jedenfalls sagen, nein.«

»Was soll denn das mit dem Schwulsein?« Seine Blicke wechselten zwischen ihr und mir. »Hattet ihr hier eine Wette laufen, oder was? Bin ich nur ein Objekt eurer menschenverachtenden Experimente?«

»Ich experimentiere nicht«, erklärte Ines ihm sachlich, »ich beobachte nur.« Den Begriff ›menschenverachtend‹ hatte sie nicht abgestritten, fiel mir auf, wobei das mit dem Verachten wohl ein bisschen stark war. Aber eine waschechte Philanthropin war sie auch nicht.

Während Nick ging, um noch weitere Dinge zu finden, die er in den Container werfen konnte, zeigte ich Ines das Haus. Aber sie interessierte sich gar nicht so sehr dafür, wie wir es umbauen wollten, als für unsere Wohngemeinschaft an sich.

»Du benimmst dich wie diese Hollywood-Promis«, bemerkte Ines spitz. »Mir gegenüber streitest du noch alles ab, und dann komme ich kurze Zeit später und erwische euch in den Fängen der Begierde.«

»Schreibst du neuerdings für ein Frauenmagazin oder woher hast du diese blumige Ausdrucksweise?«

»Das sind noch Nachwirkungen des Schocks.«

»Ich wusste nicht, dass du so sensibel bist. Hat dir denn nie jemand etwas über die Bienchen und die Blümchen erzählt und wie im Vergleich dazu Papa und Mama das machen?«

Ines war nicht so leicht abzufertigen. »Das Problem ist, dass du nicht meine Mama bist und Nick schon gar nicht mein Papa. Vielleicht habe ich jetzt ein tief sitzendes Trauma, weil ich meine Freundin ohne Vorwarnung beim Knutschen überrascht habe …«

»… obwohl sie verwitwet ist und deshalb kein Recht mehr auf aktiven Sex hat?«, fragte ich bewusst provozierend.

Ines zog den Kopf ein. »Touché. Tut mir leid, Mia, so war es nicht gemeint. Aber du hättest mir ruhig mal einen Tipp geben können, statt mich in diese schwule Sackgasse laufen zu lassen. Als ich euch da gerade so sah, wurde ich richtig neidisch.«

Vielleicht war das ausgleichende Gerechtigkeit. Ich war so oft neidisch auf Ines gewesen, auf ihren beruflichen Erfolg, ihre unerschütterlichen Positionen, ihre selbstsichere Art. Aber all das, wurde mir klar, würde ich nicht gegen die letzten drei Tage mit Nick eintauschen wollen.

Drei Tage nur! »Ich hatte noch nicht die Gelegenheit«, sagte ich. »Nick und ich … das hat sich eigentlich erst seit Samstag entwickelt.«

»Ach du Schreck!«, rief Ines. »Dann platze ich ja tatsächlich in die heißeste Phase der Balz. Soll ich wieder gehen?«

»Ach nein«, entschied ich. »Zum einen erhöht es die Spannung, zum anderen hätte ich sonst so ein schlechtes Gewissen.«

»Na gut«, sagte sie. »Ich hatte mir nämlich überlegt, ob wir nicht rasch was zu essen beim Chinesen bestellen. Ich habe einen Mordshunger. Was meinst du?«

Ich hatte nichts dagegen, und Nick, der gerade in Paulas Gästezimmer eine dunkelbraune Gardinenstange abmontierte, auch nicht.

»In Ordnung«, sagte Ines und zückte bereits ihr Handy. »Ich lade euch ein.«

Das bedeutete natürlich ein rein vegetarisches Essen, zudem mit Stäbchen in Ermangelung von anderem Besteck, und es gab auch bestimmt gemütlichere Sitzgelegenheiten als die Wolldecke aus meinem Auto, die wir im Wohnzimmer über die eingerollten Teppichreste breiteten, da Nick heute schon den Teppichboden entfernt hatte. Aber trotzdem hatte es was.

»Das nennt man dann ›back to the roots‹«, befand Nick, während er mühsam den Rest Bratnudeln aus dem Styroporbehälter pickte.

Ich hatte mir die extrem heiße vegetarische Frühlingsrolle für zuletzt aufbewahrt und bemühte mich jetzt, sie möglichst ohne Kleckern zu essen. »Das müsste dir doch entgegenkommen«, sagte ich. »Der absolute Verzicht auf die Dinge.«

»Von absolutem Verzicht habe ich nie gesprochen«, protestierte er. »Ich gehöre nicht zu den Leuten, die sich mit dem Nichts vereinigen wollen.«

»Klar, jetzt bin ich's wieder«, sagte Ines. »Erst esst ihr meine Speisen, und dann hackt ihr auf mir rum. Aber das erinnert mich an was.« Sie griff nach ihrer Handtasche und holte eine Zeitschrift hervor, auf deren Titel eine Buddhafigur prangte.

»Was ist das denn?«, fragte ich sie. »Das ›Nirvana Aktuell‹ oder ›Meditieren mit Stil‹?« Nicht, dass Sie glauben, ich hätte mir das spontan ausgedacht. Doris und ich hatten mit Blick auf Lea neulich kreativ geblödelt, und neben der ›Buddha Times‹, ›Feng Shui im Auto‹ oder ›Stricken für Buddhisten‹ waren auch diese Ideen dabei entstanden. Ich konnte einfach nicht widerstehen, sie endlich anzuwenden.

»Spotte du ruhig«, sagte Ines erstaunlich gelassen und blätterte in dem Magazin. »Hier steht's. Letzte Woche haben sie den Bodhisattva Monasanga in der Schweiz verhaftet.« Sie hielt ein Bild hoch, das einen fetten, verklärt grinsenden Mann mit Zopf in orangefarbenen Gewändern zeigte.

»Reizender Mensch«, sagte Nick. »Und was hat er sich zuschulden kommen lassen? Mögen die Behörden in der Schweiz die Art nicht, wie er seine Einkommenssteuer angibt?«

»Sie mögen vor allen Dingen nicht, dass er sein Schlafzimmer mit vierzehnjährigen Mädchen teilt«, berichtete Ines. »Zwei davon sind inzwischen schwanger.«

»Oh!«, sagte ich schockiert. Das war eine besonders unerfreuliche Variante von liebendem Geben.

»Genau«, sagte Ines. »Ich hatte doch gleich den Eindruck, dass dieser Typ nicht so ganz auf der Linie der klassischen Lehre liegt. Vielleicht kannst du es ja deiner Kollegin schonend beibringen.«

»Vielleicht weiß sie es schon«, murmelte ich. »Sie hat sich ziemlich überraschend Urlaub genommen.«

»Oje«, sagte Ines besorgt. »Als damals der Bhagwan seine Sekte auflöste, gab es wohl einiges an Folgeschäden. Haltlose Menschen, die nichts mehr zum Glauben hatten. Ich würde mich mal nach ihr erkundigen an deiner Stelle.« Sie piekte ihre Stäbchen durch den Styropordeckel eines Behälters. »Und jetzt verlasse ich euch, damit ihr wieder eurem Hobby nachgehen könnt.«

Nick sah ihr nach, bis sie das Haus verlassen hatte. »Was meinte sie denn mit Hobby? Zum Beispiel Fleisch essen? Sollen wir gleich noch am Haus des Goldenen Bogens vorbeifahren und uns einen Big Mac gönnen?«

Er schien genauso ein Defizit zu empfinden wie ich, wenn er rein vegetarisch aß. Ich faltete die Wolldecke wieder zusammen. »Ich glaube, sie hat fleischliche Gelüste anderer Art gemeint.«

»Das ist natürlich auch eine Idee.« Nick grinste wie

ein Raubtier. »Da wäre ich doch selbst nie draufgekommen.«

»Ach nein?«

»Bestimmt nicht. Aber jetzt, wo ich so darüber nachdenke …« Er packte mich und hob mich samt Wolldecke hoch. »Los, wir fahren zu mir. Da du nicht mehr vierzehn bist, brauche ich ja kein schlechtes Gewissen zu haben.«

Das war sozusagen Wasser auf meine Gebetsmühlen. »Und weil ich so schwer bin, wirst du auch nicht das Gefühl haben, dich mit dem Nichts zu vereinigen.«

18

Mittwochmittag rief Nick mich im Büro an. »Sag mal, was ist eigentlich mit deinem Handy los? In zwei von drei Fällen ist es ausgeschaltet.«

»Na ja«, sagte ich, »es schaltet sich selber aus. Der Akku hält nicht mehr so lange durch.«

»Wie lange besitzt du dieses Handy denn schon?«

»Lass mich nachdenken ... Höchstens fünf Jahre.«

»Dann brauchst du ein neues«, sagte er. »Diese Akkus sind nicht für die Ewigkeit gemacht, und Handyverträge auch nicht.«

Das waren Dinge, mit denen ich mich nicht gern beschäftigte. Die Kombination von Technik und Verträgen, möglichst noch garniert mit irgendwelchen Rechenexempeln, denen ich nicht folgen konnte. »Rufst du deshalb an, um mir das zu sagen?«

»Nein, das ist nur ein Nebenschauplatz«, sagte er. »Eigentlich wollte ich wissen, ob du mir sagen kannst, was es mit diesem Schrank auf sich hat, der plötzlich auf der Terrasse steht.«

»Was für ein Schrank? Was für eine Terrasse?« Das Leben war voller Fragen.

»Die Terrasse von Paulas Haus«, erwiderte er. »Und wenn ich es richtig sehe, handelt es sich bei dem Schrank um dieses alte halbhohe Teil mit den Schubladen, das in Paulas Vorratskeller stand.«

»Aber das haben wir doch in die Garage geräumt«, wandte ich ein.

»Klar, am vorigen Freitag«, sagte er. »Aber ich bin sicher, dass es dort am Sonntag nicht mehr war.«

»Stimmt«, sagte ich. »Das ist wohl verkauft worden. Und jetzt ist es wieder da?«

»Allerdings«, sagte Nick. »Es ist ein Wunder. Man liest ja manchmal von Haustieren, die auch über längere Distanzen wieder nach Hause finden, aber von einem Schrank habe ich das noch nie gehört.«

»Dann hatte er sicher Heimweh«, vermutete ich.

»Das hatte er wohl«, sagte er. Im Hintergrund hörte ich eine Schleifmaschine, was erklärte, warum er sich mitten am Tag in unserem zukünftigen Haus aufhielt. »Und was machen wir jetzt damit?«

»In den Filmen heulen die Leute immer ein bisschen und behalten ihn dann«, erinnerte ich mich.

»Damit kann ich leben«, rief er gegen den Lärm an. »Ich habe das Findelkind nämlich mal ein bisschen angekratzt und glaube, dass es sich aufgearbeitet sehr gut in deinem Flur machen würde. Hinten, am Kopfende, wo es links in die Küche geht.«

»Du glaubst, der Schrank passt da hin? So, dass die Tür noch aufgeht?«

»Ich bin ziemlich sicher«, meinte er. »Aber du solltest es dir selber angucken. Kommst du heute Abend vorbei?«

»Natürlich.« Ich würde doch keine Gelegenheit verpassen, mich mit ihm zu treffen. »Ich bringe noch kurz die Kisten mit Geschirr bei der Sozialstation vorbei und bin so gegen fünf da.«

Der Plan klappte einigermaßen. Nick hatte recht gehabt mit seiner Vermutung, das Verteilen der ganzen Spenden würde viel Zeit in Anspruch nehmen. Vor allem, weil man nicht einmal eine große Tour fahren und alles nacheinander abgeben konnte. Stattdessen war eine ausgeklügelte Logistik erforderlich, man musste erst mal die Verantwortlichen anrufen, Öffnungszeiten erfragen oder Termine ausmachen, aber so was nimmt man ja gern auf sich für das Gefühl, ein gutes Werk getan zu haben.

Deswegen kam ich fast zeitgleich mit einer jüngeren Frau vor Paulas Haus an. Ich hatte erst gar nicht registriert, dass sie auch zu uns wollte, aber als ich um die Hausecke auf die Terrasse kam, wo Nick schon wieder mit einer Art Spachtel an dem Findelkind arbeitete, war sie mir gefolgt.

Genau wie ich zuckte sie zusammen, als im Haus in diesem Moment wieder das ohrenbetäubende Kreischen der Schleifmaschine einsetzte. »Ich komme wegen dem Schrank«, schrie sie gegen den Lärm an.

Nick bedeutete uns, mit ihm hinter das Gartenhaus zu gehen, wo der Geräuschpegel etwas erträglicher war. »Was ist denn mit dem Schrank? Wollen Sie ihn kaufen?«

»Den hatte ich schon gekauft!«, erwiderte sie mit einer abwehrenden Handbewegung. »Aber wir wollen ihn jetzt doch nicht, deshalb hat mein Mann den heute früh auf dem Weg zur Arbeit vorbeigebracht. Da war aber keiner da.«

»Aber wir können nicht …«, begann ich.

Die Frau unterbrach mich mit deutlich kämpferischem Ton. »Dieser Herr Hörnchen hat mir versichert, dass ich ihn jederzeit zurückgeben könnte. Der ist nicht zufällig da? Sie könnten ihn fragen. Er hat es mir aus-drück-lich zugesagt.«

Herr Hörnchen? Wider Willen musste ich grinsen. Vielleicht sollte ich ihr sagen, dass wir ihn in die Bäckerei gebracht hätten, weil man ihn jederzeit zurückgeben könnte?

Jetzt schaltete Nick sich ein. »Sie haben also den Schrank am Samstag hier gekauft?«

»Sage ich doch«, brummte sie.

»Und Herr Hörnum hat Ihnen dafür ein Rückgaberecht versprochen.«

»Genau. Und deshalb bin ich jetzt hier, um mir die vierzig Euro abzuholen.«

Vierzig Euro? Ich wollte schon protestieren. Ich war ganz sicher, dass wir fünfundzwanzig veranschlagt hatten. Die Erfahrung mit Horst Adler drängte sich auf. Entweder hatte Jan Hörnum eigenmächtig die Preise erhöht oder diese Frau versuchte uns über den Tisch zu ziehen. Aber Nick angelte bereits sein Portemonnaie aus der Hosentasche und prüfte sein Barvermögen.

»Ich habe nur dreißig passend«, sagte er. »Mia, hast du noch zehn Euro?«

Etwas unzufrieden mit der ungeklärten Frage holte ich mein Geld aus der Handtasche und gab ihm zwei Fünfer, die er der Frau weiterreichte. Die wirkte nun deutlich entspannter – vielleicht hatte ihr Mann ihr die Hölle heiß gemacht wegen dieses Kaufs – und verabschiedete sich.

Nick legte mir den Arm um die Schulter und küsste mich auf die Schläfe. »Guck nicht so knurrig«, sagte er. »Freu dich lieber. Wir haben gerade unsere erste gemeinsame Anschaffung getätigt!«

»Nicht ganz freiwillig!«, wandte ich ein. »Und ich bin auch nicht ganz sicher, ob das mit den vierzig Euro korrekt ist. Vielleicht haben wir gerade unseren eigenen Schrank zu einem überhöhten Preis zurückgekauft.«

Nick ließ sich dadurch nicht die Laune verderben. »Mag sein«, meinte er, »aber mit einem Mann, der morgens vor der Arbeit mal eben allein diesen Schrank auf unsere Terrasse stellt, lege ich mich nicht an.«

Er führte mich zurück zu unserem Findelkind, das auf

der rechten Seite schon etwas entblättert war. Die bräunliche Farbschicht ließ sich relativ gut abkratzen, erklärte er mir, und darunter kam eine lebhafte Kiefernmaserung zum Vorschein. Die wiederum würde sich gut unter einer weißen Lasur machen. »Und jetzt kommt das Schärfste!«, kündigte er an.

Dafür musste ich mich vor die Rückseite des Schranks hocken. »Siehst du diese Aussparungen unten an den Füßen? Wo jemand nachträglich noch was ausgesägt hat?«

Natürlich sah ich die. Aber sie machten keinen Sinn für mich. »Was ist damit?«

»Die entsprechen genau den Fußleisten hinten im Flur. Ich hab's ausgemessen. Das bedeutet, der Schrank hat da schon mal gestanden. Ist das nicht verrückt?«

Ich reichte ihm die Hand und ließ mich von ihm wieder hochziehen. Seine Augen funkelten vor Begeisterung: über den Schrank, der genau in den Flur passte, über das Haus, das wir gemeinsam bewohnen würden, aber auch über uns. Die Begeisterung war ansteckend. Ich legte ihm die Arme um den Hals, spürte die Kraft und die Wärme, die von ihm ausgingen. Und war dankbar, dass ich noch einmal diese Chance bekommen hatte.

19

Für Donnerstag war Tante Paulas kleines Abendessen geplant. Sie hatte uns schon vorher wissen lassen, dass man es im Silvretta-Speisesaal gern sähe, wenn die Bewohner und ihre Gäste angemessen gekleidet zum Dinner erschienen.

Ich prüfte deshalb noch einmal kritisch meinen Kleiderschrank. Fast ganz am Ende der Stange entdeckte ich ein Kleid in einem pudrigen, graustichigen Braun, das dort ein trauriges Dasein fristete, weil ich es noch nicht oft angehabt hatte. Nicht, dass ich es nicht hätte anziehen wollen, aber als ich es kaufte, hatte ich gerade eine radikale Diät hinter mir. Das Kleid war als Belohnung gedacht. Es wurde schnell zur ständigen Mahnung, denn vierzehn Tage später hatte ich schon wieder zwei Kilo drauf und Probleme, den Reißverschluss zuzumachen.

Aber in letzter Zeit hatte ich den Eindruck, als hätte ich abgenommen. Meiner Waage, die das auch behauptete, traute ich ja nicht, aber es wäre einen Versuch wert. Zögernd zog ich das Kleid hervor. Es sah immer noch toll aus, mit einem asymmetrischen Ausschnitt und diesem raffinierten Schnitt, der jedoch völlig versagte, wenn der Reißverschluss nicht zuging. Es wäre sehr frustrierend, wenn das jetzt wieder passierte, aber ich zwang mich zu dem Experiment.

Der Einstieg von unten ließ sich gut an. Ich navigierte

problemlos Oberteil und Mittelstück über meine Hüften und schlüpfte schon mal in die Ärmel. Aber erst jetzt kam der Augenblick der Wahrheit, bei der Frage, ob meine Arme genug Spiel hatten, um das Kleid über die Schultern zu streifen und anschließend noch nach hinten greifen zu können, um den Reißverschluss zu fassen. Doch, das ging. Und ohne dass ich mich wie eine Hulatänzerin hin- und herwinden musste, ließ er sich sogar nach oben ziehen.

Kritisch betrachtete ich mich im Spiegel, aber da war nichts falsch. Keine Naht klaffte peinlich, um mir erst mehr Spielraum vorzugaukeln und dann eine größere Reparatur erforderlich zu machen. Das Kleid saß, wie es sollte. Ich war total begeistert und gleichzeitig etwas ratlos. Ich hatte weder eine Wunderdiät gemacht noch gehungert. Natürlich hatte ich viel körperlich gearbeitet, dafür aber auch nicht schlecht gespeist – wenn man mit Nick zusammen aß, kam eine rasch zwischendurch eingeworfene Wurstscheibe nicht in Frage. Aber vielleicht war es gerade das? Oder lag es daran, dass ich grundsätzlich nicht mehr so viele Trösterchen brauchte, weil ich Nick hatte?

Normalerweise brauche ich immer viel länger für die Lösung der Kleiderfrage, deshalb hatte ich jetzt ordentlich viel Zeit für die Auswahl der Accessoires und das Schminken. Ich war ganz zufrieden mit mir, als ich schließlich die Treppe herunterkam. Jedenfalls zufriedener als mit Jan Hörnum, der sich heute für das Modell »Hanseatic« entschieden hatte, mit blauem zweireihigem Blazer mit Goldknöpfen, weißem Hemd und einem Paisleyhalstuch. Natürlich passend dazu das Einstecktüchlein. Aber er war nun mal kein Senator, und das sah man ihm an.

Nick kam uns abholen, in einem klassischen dunklen

Anzug, was mir viel besser gefiel. Es konnte natürlich auch daran liegen, dass mir Nick in jeder Beziehung besser gefiel. »Lass dich mal anschauen«, sagte er und knipste zusätzliches Licht in der Garderobe an.

Ich drehte mich einmal um meine eigene Achse. »Na? Kann ich so gehen?«

»Viel besser noch«, grinste er, »du kannst so bleiben.« Er half mir in meine Jacke. Dann warteten wir noch auf Jan Hörnum, der plötzlich entschieden hatte, dass er noch seine Brille putzen musste, und fast pünktlich kamen wir im Speisesaal der Residenz Silvretta an.

Dieser Speisesaal war schon ein Erlebnis für sich. In normalen Altersheimen sind die Räume hell, freundlich und funktional. Hier hingegen hatte man den Eindruck, in Neuschwanstein auf eine Audienz zu warten. Auf rosenholzfarbigem Grundton prangten weiße Stuckelemente an der Decke, und die Wände wurden durch marmorierte Halbsäulen unterbrochen. Spiegel in Goldrahmen, Kerzenleuchter und zwei barocke Gemälde dekorierten die einzelnen Flächen, die hohen Fenster wurden durch geraffte Gardinen eingerahmt, auf dem Fußboden war echtes Parkett verlegt anstelle des üblichen Heimlinoleums. Es sah eher aus wie in einem noblen Restaurant, und die Leute an den bereits besetzten Tischen benahmen sich auch so. Nur dass sie alle ziemlich alt waren. Wir senkten vermutlich den Durchschnitt radikal.

Nick sah sich prüfend um. »Ich wette, das war ein echtes Kunststück, das alles mit den Feuerschutzbestimmungen und diesem Wust von Vorschriften unter einen Hut zu bringen«, sagte er.

Tante Paula rollte gut gelaunt auf uns zu. »Da seid ihr ja. Und was habt ihr euch schick gemacht!«

Jan Hörnum küsste ihr galant die Hand. »Das tun wir doch gern für Sie, gnädige Frau.« Er überreichte ihr formvollendet ein kleines Päckchen. »Alles Gute zum Umzug.« Geschmeichelt packte sie es aus: eine Videokassette mit zwölf Folgen von ›Amrum Ahoi‹.

»Ich weiß ja, dass Sie Ihren Videorekorder mitgenommen haben«, sagte er. Vermutlich hatte er ihm in der Zwischenzeit gefehlt, bis er zu mir zog. Fernsehen schien nämlich eins seiner Hobbys zu sein.

»Natürlich!«, strahlte sie. »Das ist ja lieb von Ihnen. Und so persönlich.«

Mist. Da war mein Blumenstrauß natürlich nichts Besonderes. Ich wechselte einen Blick mit Nick, aber er schien das nicht so problematisch zu finden.

Wir setzten uns sofort, damit Tante Paula nicht die ganze Zeit zu uns aufschauen musste. Auch hier hatte Silvretta Stil bewiesen. Wir hatten einen Vierertisch am Fenster bekommen, der mit einem Mittelgesteck, zwei Sorten Weingläsern und gestärkten Servietten gedeckt war. In einem Kühler wartete bereits eine Sektflasche.

»Ich möchte zunächst mal mit euch anstoßen«, sagte Paula. »Nick, würdest du …?«

»Natürlich.« Er öffnete die Sektflasche mit einer Kompetenz, als sei er Oberkellner von Beruf. Ich war richtig stolz auf ihn. Vielleicht hatte er immer so fähig gewirkt, aber ich hatte – durch meine Vorurteile beeinflusst – das nur als Arroganz ausgelegt und als den Versuch, mich auszustechen. Jetzt kannte ich ihn besser, und auch wenn mich gerade der temperamentvolle, gefühlsbestimmte Nick letztlich davon überzeugt hatte, mich auf diese Beziehung einzulassen, brauchte ich den nicht die ganze Zeit. Es war auch sehr beruhigend, den ruhigen, ausgeglichenen Nick um sich zu haben, auf den man sich verlassen konnte.

»Ich möchte einen Toast ausbringen«, sagte Jan Hörnum und erhob sein Glas. »Auf die wunderschöne Residenz Silvretta, die nun Ihr neues Zuhause ist, und dass Sie noch viele Jahre so charmant und lebensfroh hier verbringen werden!«

Wir stießen dezent miteinander an, und während wir noch dem Sekt auf unserer Zunge nachschmeckten und uns freundlich lächelnd zunickten, kamen vier Herren in den Speisesaal und setzten sich an den Nebentisch. Vielmehr drei von ihnen setzten sich und der vierte kam auf Tante Paula zugesegelt.

»Wenn mich meine schneeblinden Augen nicht täuschen, ist das doch Paula Behrendt, oder?«, rief er mit einer Stimme, die durch den ganzen Saal dröhnte. Die Leute an den anderen Tischen schauten kurz zu uns herüber und drehten sich dann wieder um. Offenbar kannten sie das schon. Irgendeinen ungehobelten Proleten musste man wohl immer ertragen.

»Du täuschst dich nicht, Erwin«, sagte Tante Paula freundlich, aber distanziert.

Das störte Erwin nicht. Er schüttelte ihr die Hand und uns gleich mit. »Was machst du denn hier?«, wollte er wissen. »Wohnst du jetzt hier?«

»Du sagst es«, erwiderte sie. »Du denn auch?«

»O ja«, tönte er. »Seit mich meine liebe Heidi vor zwei Jahren in die ewigen Jagdgründe verlassen hat, habe ich hier meine Zelte aufgeschlagen. Nicht das Schlechteste, was einem passieren kann, wenn einem der Onkel Doktor sagt, dass man kürzertreten soll, um die Pumpe zu schonen!«

Er setzte sich jetzt zu den anderen, aber wenn wir gehofft hatten, das bedeute das Ende dieser heiteren Konversation, dann hatten wir uns getäuscht. Er rückte seinen Stuhl etwas zu uns herum, sodass er sowohl uns als auch die ihn begleitenden Herren in das Gespräch miteinbeziehen konnte. »Unsere Paula hier war nämlich die Frau von Rudolf Behrendt, meinem Jägerfreund. Ich habe dich immer für deine Geduld bewundert, Paula, wenn man bedenkt, dass dein Rudolf so ein Schwerenöter war. Der ließ doch wirklich nichts anbrennen.«

Die Herren schwiegen dazu. Paula spielte etwas nervös mit ihrem Besteck. Ich spürte, wie Nick neben mir mit den Zähnen knirschte. Jan Hörnum hingegen schaute um sich und sagte laut: »Und ich dachte, das sei hier ein kultiviertes Haus.«

»Oh, das ist es auch!«, polterte Erwin. »Hier machen sie ständig in Kultur und so was. Gerade neulich war so ein Mime da, der hat Gedichte aufgesagt. Sah beinahe so aus wie Sie. Natürlich nicht so seriös.«

»Oh, vielen Dank«, murmelte Jan Hörnum.

»Ich hab's mir nicht selber angehört, weil ich lieber Formel Eins sehen wollte«, fuhr Erwin fort. »Aber die anderen sagten, er hätte das ganz gut gemacht. Jedenfalls interessanter als jetzt neulich der Vortrag über dänisches Kunsthandwerk.«

Nick griff unter dem Tisch nach meiner Hand. Ich war mir nicht sicher, ob die Muskeln an seinem Unterkiefer vor Ärger zuckten oder um sich das Lachen zu verkneifen.

Jetzt machte Paula einen taktischen Fehler. »Was macht denn dein Sohn, Erwin?«, fragte sie in dem Versuch, das Thema zu wechseln. »Ich hörte, er hat dein Dentallabor übernommen?«

»Allerdings hat er das«, sagte Erwin. »Er ist genauso ein Zahnklempner wie sein alter Herr. Hat mich wirklich sehr beruhigt.«

»Das kann ich mir vorstellen«, sagte Paula freundlich. »Es ist bestimmt erfreulich, wenn man seine Firma an den Sohn abgeben kann.«

»Nicht nur das«, sagte Erwin und beugte sich vertraulich zu ihr vor. »Er ist mir so ähnlich, dass ich jetzt wirklich sicher sein kann, dass er das Produkt meiner Lenden ist. Du weißt ja, wie dicke Freunde Heidi und Rudolf früher waren, da habe ich manchmal gezweifelt, ob er den Namen Erwin junior zu Recht trägt.«

Wir saßen wie erstarrt. Noch nicht mal Jan Hörnum fiel etwas ein. Gab es denn kein Storm-Gedicht, das er jetzt hätte rezitieren können? Die Herren am Nebentisch räusperten sich verlegen.

Paula legte ihr Messer beiseite. »Ich kann dich da beruhigen, Erwin«, sagte sie mit schneidender Stimme. »Als mein Stiefsohn Nick hier fünf oder sechs Jahre alt war, hatten er und Rudolf beide Mumps. Danach konnte Rudolf keine Kinder mehr zeugen. Ich will nicht ausschließen, dass er Heidi trotzdem mal die Zeit vertrieben hat, aber mit Erwin junior hat er definitiv nichts zu tun.« Sie setzte sich noch ein wenig gerader hin. »Und jetzt bitte ich dich, uns zu entschuldigen, wir würden gern in Ruhe essen.« Ostentativ drehte sie ihm den Rücken zu.

Jetzt war auch Erwin starr vor Staunen. »Dann guten Appetit«, murmelte er und drehte sich ebenfalls zu seinem Tisch.

Nick und ich sahen uns an. »Wusstest du das mit dem Mumps?«, flüsterte ich ihm zu. Er schüttelte den Kopf und raunte: »Ich hatte keine Ahnung.« Langsam kroch ein Grinsen über sein Gesicht. »Ich glaube, du musst heute zurückfahren«, sagte er zu mir. »Ich habe was zu feiern.«

Ich konnte es verstehen. Pech für Horst Adler. Ob ich es ihm sagen sollte? Dann musste er sich doch noch einen neuen Vater suchen. Aber vielleicht suchte er sich auch eine neue Sekretärin? Und was wäre dann mit mir? Ich beschloss, dass jetzt nicht der Moment war, um darüber nachzudenken. In meinem Leben hatte sich so viel in so kurzer Zeit umgekrempelt, da konnte die Frage nach meinem Job sich hinten anstellen.

Als hätte das Personal nur die peinliche Situation abwarten wollen, kam jetzt ein junges Mädchen und fragte, was wir trinken wollten.

»Das kommt darauf an, was es zu essen gibt«, meinte Nick. »Was hast du denn für uns ausgesucht, Paula?«

Jetzt war sie wieder die souveräne Gastgeberin. »Ich habe zu Ehren unseres Gastes mit dem Küchenchef einige norddeutsche Spezialitäten ausgewählt«, erklärte sie uns. »Er hat mir zunächst einen Krabbencocktail empfohlen, danach gibt es eine friesische Kartoffelsuppe und als Hauptgericht echten Hamburger Pannfisch.«

Jan Hörnum neigte sich mit anerkennendem Lächeln zu ihr. »Das haben Sie perfekt ausgewählt, gnädige Frau.«

Ich war mir da nicht so sicher. Immerhin konnte ich mich ja schon mal an Vorspeise und Suppe halten. Und dann war es ein Glücksspiel, ob der Küchenchef das Rezept von Pannfisch eher so wie Jan Hörnum interpretierte oder wie Bernhard.

Letztlich lautete die Antwort übrigens: weder noch. Der Silvretta-Chefkoch wusste, was er tat, und ruinierte das Rezept weder durch halbgare Zwiebeln und eine eklige Sauce noch dadurch, dass er alle Bestandteile einzeln frittierte und dann unter einem Klatsch Remoulade begrub. Stattdessen servierte er uns eine ansprechende Kreation aus perfekt gebratenem Rotbarsch auf einem Kartoffelbett, sodass ich alle meine Vorurteile gegen das Gericht revidieren musste.

»Das könnte mein Leibgericht werden«, sagte Nick begeistert. »Ich muss das unbedingt mal selber ausprobieren.«

»In dieser Form kann man es auch gut essen«, musste Jan Hörnum zugeben.

Tante Paula strahlte. »Und du, Mia?«, fragte sie mich. »Bist du auch zufrieden?«

Ich warf einen Blick auf den Mann, der gerade die letzte Deko-Tomate von meinem Teller stibitzt hatte. »Auf jeden Fall!«, versicherte ich ihr. Und das bezog sich nicht nur auf das Essen.

20

Als ich am Freitag nach der Arbeit auf dem Weg zu Paulas Haus war, kamen im Radio gerade die Nachrichten. Nachdem die Meldungen zum politischen Tagesgeschehen verlesen worden waren, folgten wie üblich einige Hinweise zu regionalen Ereignissen. Und was ich da hörte, ließ mich aufhorchen.

»Endlich ist das Geheimnis gelüftet«, berichtete der Moderator. »Nachdem Reinhard Rogalski, der traditionelle Hauptdarsteller der Freilichtfestspiele in Hammerscheid, sich im letzten Herbst von der Bühne verabschiedet hat, herrschte lange Zeit großes Rätselraten darüber, wer seine Nachfolge antreten wird. Schon länger wurde gemunkelt, man sei mit einem bekannten deutschen Schauspieler in Verhandlungen, aber bisher bewahrte die Pressestelle immer Stillschweigen zu dieser Frage. Heute war es dann endlich so weit. In einer Pressekonferenz stellte Friedbert Fleischer, der Geschäftsführer der Festspiele, endlich den neuen Star vor. Näheres dazu von unserer Mitarbeiterin vor Ort, Petra Bodenstein, nach einer kurzen Werbepause.«

Mein Herz klopfte, als ginge es dabei um mich. Jan Hörnum hatte endlich sein Ziel erreicht und seinen Vertrag unterschrieben. Damit ich den Bericht in Ruhe und mit voller Konzentration hören konnte, bog ich kurzentschlossen auf den Plus-Parkplatz ab und stellte mich in eine Lücke neben den Glascontainern. Weil sie eigentlich für Behinderte gedacht war, bot sie wunderbar viel Platz. Wenn ein Behinderter käme, würde ich auch sofort wegfahren. Es kam aber keiner.

Nachdem ein Bredenscheider Autohaus seine Reklame gesendet hatte, meldete sich Petra Bodenstein, und ich war überrascht über das Gekreische im Hintergrund. Sang sich da der Shantychor Greetsiel zu einem spontanen Glückwunschständchen ein?

»Ja, endlich wissen wir Bescheid!«, rief Petra in ihr Mikrofon. »In einer kurzfristig angesetzten Pressekonferenz im Saloon der Westernstadt hat uns vor einer halben Stunde Geschäftsführer Friedbert Fleischer die beiden wichtigsten Männer der neuen Freilicht-Saison vorgestellt. Zum einen handelt es sich dabei um Reinhard Rogalski, der nach langen Jahren als Held jedes Karl-May-Stücks nun das Pferdehalfter an den Nagel gehängt hat und auf den Regiestuhl umgestiegen ist. Wir hatten die Chance, Herrn Rogalski nach seinen Gründen für diesen Schritt zu befragen, und hier ist seine Antwort.«

Nun hörte man die Stimme von Reinhard Rogalski, der sehr bedächtig sprach: »Wenn man erst mal fünfundfünfzig ist, dann wird es Zeit, es ein wenig ruhiger angehen zu lassen. Ich habe sechsundzwanzig Jahre auf dieser Bühne gestanden, und ich habe es gern getan, und jetzt möchte ich meine Erfahrung gern an anderer Stelle für diese großartige Einrichtung einbringen.«

Fünfundfünfzig, dachte ich entrüstet, während Petra einige Fakten über Besucherzahlen herunterlas, um die Spannung für die eigentliche Überraschung zu erhöhen. Da gibst du schon auf, während Jan Hörnum gerade erst seine Reitstunden nimmt? Schämst du dich denn gar nicht, wenn du demnächst einen Mann über die Bühne scheuchst, der schon Theater gespielt hat, als du noch in die Schule gingst?

»Doch jetzt zu der zweiten Hauptperson«, fuhr Petra fort. »Und Sie hören schon, liebe Zuhörer, dass sich hinter mir bereits eine Menge aufgeregter, größtenteils weiblicher Fans eingefunden hat, um ihrem Idol zu seiner neuen Aufgabe zu gratulieren. Denn der neue Kara Ben Nemsi ist kein Geringerer als der strahlende Stern am Teenie-Himmel, der aus der Vorabend-Soap ›Schwesternliebe, Bruderhass‹ beliebte Holger Helmut Kasprowiak, unter seinen Fans auch als Holli K. bekannt. Er wird in diesem Sommer zusammen mit Hadschi Halef Omar vom 17. Juni an über die Naturbühne reiten …«

Gut, dass ich auf dem Parkplatz stand und nicht gerade durch den Bredenscheider Feierabendverkehr gondelte. Während Friedbert Fleischer irgendetwas darüber brabbelte, dass sein neuer Hauptdarsteller ein jugendlicheres Publikum anziehen könnte und die Freilichtbühne sich insgesamt moderner ausrichten wollte, versuchte ich mich zu sammeln. Die hatten Jan Hörnum die ganze Zeit hingehalten, bis sie endlich diese gerade der Pubertät entwachsene Haargelschleuder verpflichten konnten! Er hatte sich Hoffnungen gemacht und Pläne geschmiedet und seinen Hintern wund geritten, während die Manager der Festspiele längst ihre neue Zielgruppe definierten, und das waren auf keinen Fall die Silberpappeln, für die Jan Hörnum noch ein Prominentenname war.

Ob er das schon wusste? Ich hatte das Gefühl, ich müsste mich jetzt um ihn kümmern. Damit konnte man ihn nicht allein lassen. Ich holte mein Handy aus der Tasche – es war tatsächlich aufgeladen, damit ich für den Mann meines Herzens erreichbar war – und rief Nicks Mobilnummer an.

»Wo bleibst du?«, fragte er munter. »Du musst dir

unbedingt ansehen, was ich mit dem Findelkind gemacht habe. Und Ingolf ist jetzt unten fertig und sagt, es kann geputzt werden.« Na super, das Leben war eine Abfolge von unvergleichlichen Vergnügungen.

»Ich komme etwas später«, sagte ich. »Ich hab gerade im Radio gehört, dass Jan Hörnum den Vertrag in Hammerscheid nicht gekriegt hat, sondern dieser pickelige Holli K.«

»Ach du Scheiße«, sagte er. »Da willst du mal eben nach ihm schauen?«

»Ich denke, das sollte ich tun.«

»Okay, dann sprich ihm mal etwas Trost zu«, sagte Nick verständnisvoll. Und setzte dann warnend hinzu: »Aber nicht zu viel!«

Zehn Minuten später kam ich bei mir zuhause an und sah den Riesen-Benz mit geöffnetem Kofferraumdeckel vor meiner Einfahrt stehen. Jan Hörnum kam mir mit einer Reisetasche und einem Kleidersack entgegen. Er trug wieder seinen cremeweißen Anzug und sah nicht gerade fröhlich aus.

»Ich hab's gerade im Radio gehört«, sagte ich. »Ich hoffe, die haben Sie wenigstens vorher angerufen?«

»Ich habe mit dem Assistenten von Herrn Fleischer gesprochen«, sagte er mit rauer Stimme. »Der hatte wohl schon eine Weile versucht, mich zu erreichen, aber er hat es immer auf der Nummer von Paulas Haus probiert. Das konnte natürlich nicht klappen.«

»Vielleicht sollten Sie sich doch mal ein Handy anschaffen«, schlug ich vor.

»Blödsinn«, meinte er und stellte seine Taschen in den Kofferraum. »Damit mich von früh bis spät die ganze Welt nerven kann?«

Na wenn das so ist, dachte ich. Aber er tat mir trotzdem leid. »Was werden Sie denn jetzt machen?«

»Ich fahre nach Schwerin«, teilte er mir mit. »Mein Agent hat schon etwas Neues für mich aufgetan, auf der Freilichtbühne dort geben sie dieses Jahr ›My Fair Lady‹, und kurzfristig ist Lou Simon für die Rolle des Professor Higgins abgesprungen.« Er klappte den Kofferraumdeckel zu. »Eigentlich gut, dass es so gekommen ist«, meinte er. »Die Rolle passt viel besser zu meinem Typ als dieses Karl-May-Gedöns nach dem Motto ›Immer nur draufhauen‹. Ich bin doch eher der feinsinnige Charakter, der aus seinen Rollen auch die Tiefe herausholt.«

Ich hätte geschmunzelt über diese Selbsteinschätzung, die zeigte, dass man sich über mangelndes Selbstbewusstsein bei ihm keine Sorgen zu machen brauchte, aber ich erinnerte mich auch an die Gedichtlesung, die mich fast zu Tränen gerührt hatte, und natürlich an den unglaublichen Auftritt bei Horst Adler. Dieser Mann hatte seine Talente und Fähigkeiten, und es tat mir nicht leid, ihn getroffen zu haben.

Ich kannte Lou Simon nicht. Aber ich kannte ›My Fair Lady‹, und da fiel mir etwas auf. »My Fair Lady? Das ist doch ein Musical! Können Sie denn singen?«

»In Schwerin wird es wohl Gesangslehrer geben«, meinte er unverzagt. Er zückte seinen Autoschlüssel. »So, dann will ich mal.«

»Bleiben Sie doch wenigstens noch bis morgen früh«, schlug ich vor. »Das ist eine weite Fahrt.«

»Nee, ich breche lieber jetzt auf«, entschied er. »Nachts zu fahren macht mir nichts aus.« Vermutlich musste er Land gewinnen, nachdem seine Hoffnungen hier so brutal zerplatzt waren. Er reichte mir die Hand. Sie war warm und trocken und hart wie ein Olivenast. Mir wurde bewusst, dass dies tatsächlich das erste Mal war, dass wir uns berührten. »Machen Sie es gut, Mia. Viel Glück für Sie und Ihren Nick, und lassen Sie sich bloß nicht zu viel von ihm gefallen!«

Ich lächelte. »Keine Sorge. Und Ihnen eine gute Fahrt. Vielleicht melden Sie sich mal und lassen uns wissen, wie es Ihnen ergangen ist?«

Jetzt wurde sein Blick wieder vage. Das kannte ich schon. »Ich will Ihnen da nicht zu viel versprechen«, sagte er. »Wissen Sie, wenn erst mal die Proben anfangen, dann bleibt wenig Zeit für Privates.«

»Alles klar«, sagte ich, und dann stieg er in sein Auto, das vorne links immer noch eine große, grün verschrammte Beule von meinem Omega hatte. Ich war mir nicht sicher, ob ich jemals von seiner Versicherung hören würde.

Hilflos stand ich auf dem Bürgersteig und winkte ihm nach. Und stellte fest, dass er mir meinen Hausschlüssel nicht zurückgegeben hatte. Ich konnte nur hoffen, dass er ihn nicht von innen stecken gelassen hatte.

Nachdem das erledigt war, kletterte ich auch wieder in den Omega und fuhr zu Paulas Haus. Schon an der Gartentür hörte ich das schreckliche Kreischen der Schleifmaschine, mit der Ingolf jetzt die obere Etage bearbeitete.

Ich ging ums Haus und fand Nick wie vermutet auf der Terrasse. Das Findelkind stand auf einer Plastikfolie. Er hatte es abgeschliffen und war jetzt dabei, es weiß zu streichen, und einen Augenblick lang konnte ich mich schlecht entscheiden, was besser aussah – der Schrank oder der Mann mit der verblichenen Jeans und dem gammeligen T-Shirt. Auf Dauer würde ich mich aber für den Mann entscheiden, ohne Zweifel.

Er hatte mich nicht kommen gehört – kein Wunder bei dem Krach aus dem oberen Stockwerk – und drehte sich überrascht um, als ich ihm auf die Schulter tippte.

»Hi«, sagte ich und küsste ihn auf die Wange.

»Selber hi«, sagte er und hielt vorsichtig den Pinsel auf Abstand. »Na, was sagst du?«

»Super«, sagte ich begeistert. »Das wird toll.«

»Die Platte könnte ich in einer Kontrastfarbe streichen«, schlug er vor. »Was hältst du von Grün?«

Ich schüttelte den Kopf. »Nein. Rosa.«

Er grinste verständnisvoll. »Natürlich. Was sonst?«

»Genau.« Ich ließ mich auf die Treppenstufe zur Terrassentür fallen und sah zu, wie er den Pinsel wieder in den Farbtopf tunkte und weiterarbeitete. Das Weiß war nicht ganz deckend, aber es verlieh dem Schrank eine Art Patina, die mir gut gefiel.

»Wenn du dich gefangen hast, könntest du zum Baumarkt fahren und dir den richtigen Farbton aussuchen«, schlug er vor. »Und noch einen Pinsel mitbringen.«

»In fünf Minuten«, sagte ich und genoss den Anblick. Es gab Momente, da konnte ich es nicht fassen, dass ich Nick so lange nicht als den Mann begriffen hatte, der zu mir passte. Und dass er die Geduld gehabt hatte zu warten, bis ich so weit war.

»Wie hat er es denn aufgenommen?«, fragte er.

»Er ist abgereist zu einem neuen Projekt«, erzählte ich ihm.

Nick schüttelte den Kopf, während er innehielt und sein Werk überprüfte. »Ich kenne ja eine Menge Leute. Aber das war mit Abstand der verrückteste Typ, der mir je über den Weg gelaufen ist.«

Das sah ich auch so. Ich wuchtete mich wieder hoch und griff nach meiner Tasche – Tante Paulas blauem Rucksack, genauer gesagt. »Okay, dann fahre ich mal eben in den Baumarkt.«

»Komm schnell zurück!«, rief er mir nach.

Im Baumarkt stand ich eine Weile vor dem Farbregal und konnte mich nicht entscheiden zwischen einem sanften Babyrosa und einem Fuchsiaton. Während ich noch nachdenklich mit dem bereits ausgesuchten Pinsel gegen mein Bein trommelte, kam eine bekannt aussehende Person vorbei. »Was machst du denn hier für Übungen?«, fragte sie.

»Hallo Lea«, sagte ich. »Was treibt dich her?«

»Vermutlich das Gleiche wie dich«, sagte sie. »Ich bin am Renovieren.« Sie trug Jeans und ein nicht ganz sauberes weißes T-Shirt.

Ich bemerkte außerdem einen Eimer mit blauer Wandfarbe, eine Anstreicherrolle und mehrere Rollen Blümchentapete in ihrem Einkaufswagen. »Oh«, machte ich, »ist deine rostrote Periode vorbei?«

»Meine was?«, fragte sie verwirrt. Dann lachte sie. »Ach, das. Der Bodhisattva Monasanga und der ganze Unfug. Ja, das ist Geschichte. So was brauche ich nicht mehr. Ich konzentriere mich jetzt auf mein eigenes Leben.«

»Aha«, sagte ich und griff nach dem Fuchsia-Farbtopf. Irgendwann musste man sich ja mal entscheiden. Immerhin wollte Nick, dass ich schnell wiederkam. »Und dafür renovierst du deine Wohnung?«

Sie grinste. »Nein, das mache ich wegen meines neuen Nachbarn. Der hat nämlich angeboten, mir zu helfen, weißt du?«

»Ist er nett?«

Das Grinsen verstärkte sich. »Sehr! Und so praktisch veranlagt. Gleich als er das erste Mal in meine Wohnung kam, hat er meine kaputte Schranktür im Wohnzimmer repariert.«

Ich nickte. Schließlich wusste ich solche Dinge auch zu schätzen. »Du, ich muss los. Wir sehen uns nächste Woche bei der Arbeit?«

»Ich hab noch ein paar Tage mehr Urlaub genommen«, sagte sie. »Jens hat auch gerade frei, da wollen wir möglichst fertig werden.« Das klang ja schon richtig vertraut. Wie schön für sie. Überhaupt gönnte ich der ganzen Welt ihr Glück. Im Gegensatz zum Einswerden mit dem Nichts.

Ich winkte ihr zu. »Dann frohes Schaffen!«

»Worauf du wetten kannst«, sagte sie und schob ihre Karre in Richtung Gardinenabteilung.

Nick war mit dem weißen Anstrich fertig, als ich wiederkam. Er betrachtete prüfend die Farbe, die ich ausgesucht hatte. »Das mache ich morgen«, beschloss er. »Jetzt muss ich erst mal was essen. Sollen wir uns eine Pizza bestellen oder lieber chinesisch?«

»Pizza«, entschied ich. Asiatische Küche konnte mir mal für eine Weile gestohlen bleiben. »Mit Schinken und Artischocken.«

»Geht in Ordnung«, sagte er und legte mir den Arm um die Schulter. »Dann rufe ich beim Pizzadienst an, und du kannst schon mal anfangen zu fegen.«

»Geht in Ordnung«, sagte ich.

»Aber eine Sache muss ich dir noch zeigen«, sagte er und blieb mit mir vor dem Findelkind stehen. Mit großer Geste zeigte er in die obere Schublade, die zum Trocknen offen stand. »Guck mal!«

Neugierig spähte ich hinein. In der Schublade lagen eine Rolle Kreppband zum Abkleben, der Schrankschlüssel und ein Schraubenzieher. Vergeblich suchte ich nach dem Besonderen, das ich aus seiner Stimme herausgehört hatte. »Was ist damit?«

»Du Blindfisch!«, sagte er vorwurfsvoll. »Dabei habe ich mir damit so viel Mühe gegeben. Das ist der Anfang unserer gemeinsamen Kramschublade.«

»Verzeih mir«, murmelte ich und presste mein Gesicht

in die warme Kuhle an seiner Schulter. Manchmal tat es fast weh, wie lieb ich ihn inzwischen hatte.

»Na gut, noch ein Mal«, sagte er und rieb mir über die Schulterblätter. »Du wirst eines Tages schon noch kapieren, was du an mir hast.«

Nicht nötig, dachte ich. Das wusste ich längst.